宵待草夜情

新装版

連城三紀彦

ハルキ文庫

角川春樹事務所

目次

宵待草夜情

能師の妻

〈第一話・篠《しの》〉

一

昭和四十×年、東京都中央区銀座六丁目の工事現場から発見された右大腿部《だいたいぶ》ならびに脛部《けいぶ》の人骨は、人為的な切断の跡がみられることと、百年近く前のものと推定されたために、一時期マスコミの話題になった。発見された場所が、日本一の繁華街と言える銀座通りに近かったこともニュース性に加味された。大通りから少し奥まっており、昼間は車の音を遠くに、森閑《しんかん》とさえしているのだが、夜になると、四丁目交差点の近代的なネオンがすぐ近くに見える場所である。

駐車場をとり壊し、ビジネスホテルを建てる工事が開始されてまもなくだった。ブルドーザーが掘り起こした長さ六十センチ足らずの右脚の骨は、地中一メートル近くの所に埋《う》められていた。なにぶん百年近くもの歳月に浸蝕《しんしょく》されているので正確なことはなに一つ言えないが、おおよその推定では二十歳前後の男ということである。

この記事を新聞で読んだ時にも私には引っ掛かるものがあったが、半月後、今度は週刊誌を読んで確信を得た。週刊誌にはKという年配の作家が〝銀座昨今〟と題して短いエッセイを載せていた。終戦後、復興して間もない頃《ころ》の銀座の思い出を一通り述べ、最後にKはこう記している。

「先日、明治初期の物らしい人骨の一部が発見された場所は、私には思い出深い場所である。いつから駐車場になっていたのかわからないが、戦後まもない頃、あの周辺は広い空地で、その中央に恰度《ちょうど》芝居の小道具のように桜の木が一本植っていた。枝垂《しだ》れ桜《ざくら》というのか、細い枝が地を舐《な》めるほどに降りかかり、冬枯れた時など銀座名物の柳《やなぎ》と区別がつかなかった。その細い枝を糸に、珠《たま》を通しでもするように、春になると白い花が繋《つな》がる。焼跡を見慣れた目に、花の色は眩《まぶ》しかった。それから数年、花見といえば私にはその一本の桜だった。花も美しかったが、春の光がいっぱいにふり注いで白砂でも敷きつめたように浮びあがる空地に、花の影が揺れる様は、今思い出しても溜息《ためいき》が出る。先日の白骨事件で久しぶりに私は、その空地を訪れてみた。桜の木はもうどこにも見当らず周辺は見違えるほどに近代的になっていたが、おぼろげな記憶をたどってみると、白骨が発見された地点は確かにその桜が植っていた場所である。桜の根元には死骸《しがい》が埋められている、という伝説があるが、あの桜の下にも人の命の一片が埋まっていたのである。そう言えば蕾《つぼみ》は血が滴《したた》るような朱《あか》さだったのに、開いた花が潔癖なほど白かったことを覚えている。当時も人の命の最期《さいご》の血が、開いた花のそんな白さに昇華していくような印象を抱いたものである」

この一文を読んで、私はもしかしたらと思った。桜の下に埋められていたとすると、その白骨の脚は、明治二十二年、奇怪《きっかい》な殺され方をした、若い能楽師、藤生《ふじお》貢《みつぐ》のものではないのか。

藤生貢の名も、藤生流という流派も、しかし能の正史には登場しない。大東亜戦争が勃《ぼっ》発《ぱっ》した年に死んだ鷹場《たかば》伯爵《はくしゃく》がその回顧録で若い頃（明治初期）に貢の父にあたる藤生《ふじお》信雅《のぶまさ》という能楽師を後援していたこと、明治二十二年、五年に亙《わた》る欧州生活から戻《もど》った鷹場伯爵の帰国を祝う宴席で、貢がその前年に死んだ父の遺志を継いで『井筒《いづつ》』を舞ったことがわずかに述べられている程度である。

従って、これは二三の文献に頼った私の想像になるのだが、藤生流というのはもともと金剛《こんごう》か喜多《きた》の一流派で、徳川時代中期に独立し、江戸を離れ、近江《おうみ》近辺で独自の流派を築きあげたものらしい。今度の戦争が始まるまで、滋賀《しが》県の一画には確かに藤生流という流派が残存していた記録が残っている。

貢の父、信雅がこの藤生流の直系か、それともツレ家の末裔《まつえい》かはわからないが、ともかく、信雅は維新前後、三十歳半ばで東京に出、新しい能の灯《ひ》を新しい時代の流れに点《とも》そうとした人である。新しい時代と言ったが、御一新直後といえば、能が衰微の一途をたどり、観世《かんぜ》流は徳川への忠心から静岡に下り、能の家は大半が滅亡の危機に瀕《ひん》した時期である。

離散している。この能の歴史の暗黒期に、単身上京した藤生信雅の胸中にあったのが、能の灯を守り通そうという意志だったのか、長い期間、五流の陰に沈んでいた藤生流をこの機に乗じて世間に浮びあがらせようという野望だったのかは定かではないが、東京に出てからの信雅の苦労は想像に難《かた》くない。信雅は、廃業した春藤《しゅんとう》流などツレ家の二三と手を結び、神社の境内、或《ある》いは空地などで河原乞食《かわらこじき》同然に能の上演を続けたようである。

これが、しかし、好運にも鷹場伯爵の目にとまったのだった。鷹場伯爵という人は維新の際の陰の活躍が認められ、大した身分もないが三等級の爵号を与えられ、その後も明治期全般に亙《わた》り、政府を陰で支え続けた人である。こういう境遇が、名もない能の一流派に共感を覚えさせたのか、否《いや》、信雅自身にも秀《ひい》でた技倆《ぎりょう》があったのだろう、生涯《しょうがい》独身を通し、唯一《ゆいいつ》の道楽が能であった伯爵は、藤生信雅に相当な援助を始めるようになったのだった。

明治十年頃には、小川町の旧徳川藩主の広い邸宅を与えられ、敷地内に小さな能楽堂を持ち、暮しむきも安定した。伯爵に囲われた形だったのかそれとも対外的にも活躍したのかこれもわからないのだが、ともかく明治十年代前半が藤生流の最盛期だったことは間違いないようである。だが、これも数年の短い花だった。

明治十七年、鷹場伯爵の洋行が決まり、五年後の帰国の祝宴で、信雅は伯爵の愛曲であった『井筒』を舞う約束をしたのだが、伯爵が日本を離れると同時に、運も逃げたように、その後連続して不幸に見舞われた。まず家から火を出し、邸内のまだ木目も新しい能舞台を半焼させたことである。この火事で嫡子《ちゃくし》の信秀が神経を痛め、二年後に狂い死にした。翌年には妻の紀世が、その後を追うように病死し、火事で脚の骨を傷《いた》めた信雅は、とうとう起き伏しさえ自力では無理になった。さらに追い討ちをかけるように心臓を悪くし、伯爵の帰国一年前には病床に伏すようになったのだった。

皮肉なことに、恰度この頃より世間では能復興の兆《きざし》が色濃く見え始めていた。能の歴史に逆らうように闇《やみ》に咲かせた花は、これも時代に逆流して朽ちようとしていた。信雅の最後の頼みの綱は、十五になる次男の貢であった。貢は幼少時より能に並ならぬ才覚を示し、その歳《とし》で既に死んだ兄の信秀より確かな技を身につけていた。信雅は、なんとかしてまだ若い貢に『井筒』を演じるに足る花を植えつけたいと願ったに違いない。『井筒』は名曲であるが、それだけに信雅自身にさえ極めきることのできぬ難曲である。それを、まだ年《とし》端《は》もゆかぬ貢に演じさせるというのは不可能に近いが、信雅のせっかく自分の手で開かせた花を後世に残したいという願望は、末期の焦《あせ》りと絡《から》んで執怨《しゅうおん》になっていたのだろう、病身に鞭《むち》うち、貢の指導に励んだ。

信雅は二十一年の末に死に果てたが、一念が天に通じたか、一年後の秋、約束通り鷹場邸で開かれた帰国の祝宴で、貢は見事な『井筒』を舞ったのだった。庭に仮舞台を設け、澄んだ夕風に楓《かえで》の葉が緋色《ひいろ》の滴《しずく》を点々と落とす中で舞われた様を、鷹場伯爵は〝この世ならぬ光景〟と評し、〝まだ技に硬さ幼さは残るが、信雅は散らでの花を確かに貢の小さな命に遺《のこ》しおいた〟と絶讃《ぜっさん》している。そのままゆけば、藤生流は近代能楽史に一花を咲かせ得たかもしれない。だが藤生信雅が文字通り命を賭《と》して守り通そうとした能の花は、その祝宴の夕《ゆうべ》だけに束《つか》の間《ま》の命を開き、まもなく予想もできない形で踏み潰《つぶ》されてしまった。

貢は宴の夜から三日目に失踪《しっそう》し、およそ十日後には変死体となって発見されたのだった。

この若き能楽師の唐突な最期を文字に留《とど》めるのが忍びなかったのだろう、鷹場伯爵は回顧録に、当時新聞などでも騒がれたその事件について何も記していない。ただ宴の成功を歓《よろこ》び、貢がこれだけの技倆を発揮した陰には深沢篠《ふかざわしの》という婦女《おんな》の力があると、その女性を褒《ほ》め讃《たた》えているのみである。鷹場伯爵の回顧録ではこの女の身元等はいっさいわからない。深沢というと明治初期の能の衰退期に断絶したツレ家に同じ名があるから、その流派の末裔かもしれない。ともかく仕舞や謡《うたい》の心得は相当あったようである。回顧録のわずかな記述によると、この女は信雅の死ぬ直前に藤生家に正妻として入り、貢の義母としてその後の一年近く貢の指導にあたった、とある。

寧《むしろ》、この深沢篠や藤生貢の名を後に伝えることになったのは、能楽史ではなく、犯罪史の方である。

深沢篠は当時三十六、歿年《ぼつねん》五十四歳の藤生信雅とは十八年齢が開き、貢とも二十歳の年齢差がある。現代の感覚で言うなら、まだうら若いと言ってもいいこの義母が、貢の初舞台ともいえる重要な舞台の成功の後三日目に貢——つまりまだ少年の面影《おもかげ》さえ残していたと想像される十六の義子《ぎし》を殺害し、その死骸を切り刻み近辺の桜の木の根元に埋めた、今で言うバラバラ事件は、当時の世相を相当騒がせたようである。

当時の新聞の誇大表現は信じられないとしても、事件には確かな記録が数点残されている。

それらを綜合《そうごう》すると、事件の経過は、次のようなものである。

――貢が消えたのは、伯爵邸の宴の晩から三日目である。信雅が死んでまもなく藤生家に入った多加《たか》という年若い女中が、夜半に庭に立っている貢の姿を見たのが最後である。

藤生家の庭には、事件が起こる数ヵ月前まで土塀《どべい》を凌《しの》ぐ丈で桜の木があったという。(記録は花の種類について何も残していないが、後に私はこの事件全体に花吹雪を舞わせている桜に何故《なぜ》か、江戸彼岸と呼ばれる花片《はなびら》の細く薄い少し淋《さび》しげな風情《ふぜい》のある桜を連想するようになった)事件の年の春、藤生家では火事を出した。ぼや程度で家に被害はなかったようだが、その火事で桜の木が焼けた。焼けた残骸を土中に埋めたというが、貢はそのまだ土が起こされてまもないところに立ち、顔につけた能面に月光の露を浴びるように上方を仰ぎ見ていたという。

貢がこの時面《おもて》をつけていたというのは、いかにも維新後間もない頃の事件らしく物語めいてはいるが事実と想《おも》われる。貢は春の火事で顔半分に火傷《やけど》を負い、爛《ただ》れた顔を恥じて人前では面を顔から離さずにいたと言う。藤生家の凋落《ちょうらく》に火は重要な役割を果たしている。

その火事の後、貢はいっそう性格を暗く沈め、弱法師《よろぼし》に似た目を閉じた面に、すべての感情を包み隠してしまうようになったのである。

——翌朝、貢の姿が見えなかったが、篠は心配する気配も見せず、多加に三日の暇を与え家に戻るよう言った。この間《かん》に篠は貢の死骸を切断して処理してしまったようである。五日後、当時の警察署に投げ文があった。小川町の外れにある神社境内の桜の根元を掘り起こすよう書かれており、警察で掘り起こしてみると白い片腕が土中より出てきた。翌日偶然近くの桜の根元から今度は胴の半分が発見され、それから数日のうちに市民の協力もあり、小川町近辺の桜の木の根元から、片腕と片脚を除く大部分が発見された。片腕と片脚はその後遂《つい》に発見されずに終ったようだが、最後に、やはり警察に送られてきた手紙で首が、衣懸橋《きぬがけ》の畔《ほとり》の桜の下から見つかった。土中の首は面をつけており、底の闇を剝《は》いだ白いその面に、折から色づいた桜の葉が朱い血のように滴り落ちたと、新聞の記述にある。

面の下から現われた顔は、半分が土の闇に溶けるように痣《あざ》で覆《おお》われていたが、残りの半分は面と区別がつかぬほど白いままで、藤生貢に間違いないと判《わか》った。この首を改める際、篠は顔色一つ変えず寧《むしろ》、唇《くちびる》に不逞不逞《ふてぶて》しい笑みを浮べていたとあるが、それは篠が犯人と判明した後の記述で信ずるには足りない。ともかく、それから三日後、十月が晦日《みそか》を迎えるまでに、貢の胸部や片腕が見つかった地点で深沢篠と思われる女が土を掘っている姿を見たという証人が数人現われ、深沢篠の犯行と決定された。

係官が藤生家に踏みこんだのは、葬儀の当日だった。そこには、出棺の刻限も迫り、切断されたまま柩《ひつぎ》に納められた死骸が薄気味悪かったのだろう、釘《くぎ》を打ちつけるのを急ごうとする葬儀屋に、柩ごととり縋《すが》るようにして泣きわめく多加の姿があった。多加は、奥様が戻ってくるまで待って下さいとしきりに訴えている。係官が事情を尋ねると、前夜から篠の姿が見えない、と言う。そればかりでなく多加が言うには、篠は、貢が最後に立っていたという庭の桜の残骸を埋めたところから消えたというのである。前夜、葬儀の段取りを終えた篠は縁に座りこんでしばらく月明りに浮ぶ庭を見おろしていたが、多加が近づくとふと「貢殿が呼んでいる」そう独り言のように呟《つぶや》いて、足袋のまま庭におり、何かに憑《つ》かれたように桜を埋めた所まで歩いていった。篠の背は、貢の時と同じように蒼《あお》い月明りに濡《ぬ》れて、しばし静かだったが、やがてすうっと月明りに溶けていき消えてしまった。後には土のみが残った。

多加は慌《あわ》てて、客人の数人を呼び、庭はもちろん、邸内を隈《くま》なく探しまわったが、篠の姿はどこにもない。表門や玄関口には弔問客が何人もいたし、裏木戸などは内側から閂《かんぬき》がおりたままで、外へ出た形跡もなかった。

当時の新聞の誇張的表現では、まるで怪奇譚《かいきたん》である。多加がこの通りに語ったというより、新聞の創作だろう。新聞は篠を稀代《きたい》の鬼女として扱っている。たとえこれに近いことが起こったとしても、仕舞をたしなむ女なら、身軽に土塀を越えて逃走することはできたに違いない。

奥の間から、「貢殿を殺害したのは私である。私はこの世から消えるので行方を追っても無駄《むだ》である。貢殿の灰は、私の消える桜の木の根元にまいて欲しい」と記された書き置きが出てきたという。これなども新聞の過飾な言い回しで眉唾物《まゆつばもの》と思えるが、殺害を認《したた》めた書き置きが残っていたのは、警察関係の記録にもあり、事実と考えてよい。

ともかく、葬儀の前夜、失踪した深沢篠はその後、どこかの地で自害でもしたのか、逃げおおせて天命を全《まっと》うしたのか、捕縛されることなく、行方はわからぬまま終った。

身元についても正確なことは判明していない。さまざまな憶測が流れたようだが、その中で信ずるに足るものといえば、藤生の屋敷があった小川町から一里ほど下町へ下った千賀町の長屋の一軒に暮し、十年近く信雅の妾《めかけ》をしていたというものだろう。信雅の妻、紀世は貢を産んでから、躰《からだ》が弱かったというし、その頃は信雅が、伯爵の加護で金銭的に、最も裕福な時期だったから、充分考えられることである。

後に多加の証言で、篠が正妻の子供であり、自分とは血の繋がりのない貢を、能の稽古《けいこ》を口実に、血をみるほどの虐待を続けていたことがわかり、世間は残忍な継子《ままこ》いじめの鬼女として、事件自体もその果てに起こった猟奇事件として葬ってしまった。

新聞の絵に刷られた篠の顔は、しかし鬼女というイメージからは程遠い。篠の顔をそのまま写したとは思えないが、目つきなどは刃《やいば》のように残忍な光を潜めて描かれているものの、細い鼻筋や小さな口もとには、童女にも似た影が残っている。

二

深沢篠が、小川町にある藤生信雅の家の門を潜《くぐ》ったのは、明治二十一年末、年の瀬も迫って東京の町並に霜の下り始めた頃《ころ》である。昼すぎに使いの者が来て、身支度だけを整えて至急来るようにとの信雅の言葉を伝えた。

篠には、何故《なぜ》自分が招《よ》ばれたか、すぐにわかった。使いの者に尋ねると信雅はその朝三度目の発作で倒れたと言う。一月《ひとつき》前、最初に発作を起こした直後、篠は信雅から、「私の余命も幾許《いくばく》もあるまい。いざという時には再び使いの者を遣《や》るから、それまでに身辺を整理し、身一つで来るように」と認《したた》められた文《ふみ》を受けとっていた。臥《ふ》した床《とこ》で書いたものか、筆は、これが五年前、『船弁慶《ふなべんけい》』を豪快に舞った人と同じ手かと疑われるほど、脆弱《ぜいじゃく》に震えていた。それでも自筆であることに、篠は死を目前に控えた人の確かな決意を、読み取った。縁に出て読んでいると文にあたった陽《ひ》ざしの中に、落葉が一枚降りかかった。この時篠は信雅がこの年を越せまいとはっきり感じとったのだが、不思議に悲しさはなかった。その日から言われた通り、調度などを売り払い、いつでも身一つで藤生家の門を潜れるよう支度を始めた。家具といっても、千賀町の片隅に痩せた屋根を連ねた長屋の一軒には目ぼしいものなどなく、どれも十年の垢《あか》に汚れている。大半は長屋の連中に見つからないよう、夜こっそり裏庭で焼き払った。着物や小物など身の周りの品には金目の物があったが、それらは大半が、一昨年死んだ信雅の奥方から形見分けに譲り受けたものである。年を越せるだけの金に替えると、残りは長屋のかみさん連中に只《ただ》でやった。どのみち身につけたものは一つもない。十年間、妾暮《めかけぐら》しをしている得体の知れぬ女に声一つかけてくれなかった長屋の連中がそれから急に愛想《あいそ》よくなった。長屋の住人には近々静岡の郷里へ戻《もど》るのだと嘘《うそ》をついた。

信雅から二度目の使いが来たのは、そんなふうにして、家の中がすっかりがらんとして、僅《わず》かに手許《てもと》にあった金も底をついた頃である。

篠はまず、畳のすみずみまで、わずかの埃《ほこり》も残さぬよう丁寧に雑巾《ぞうきん》をかけると、湯屋に行った。禊《みそぎ》でもするように髪のひと筋まで丹念に洗い、結床《ゆいどこ》で丸髷《まるまげ》を結わせた。家に戻ると、何もなくなって畳目だけが浮きたつ真ん中に座りこんだ。心情《きもち》は妙に、しんとしている。部屋と同じように何もかもが取り払われ、心は空虚なまに凍《い》てついていた。刃《やいば》を胸に突きあて死のうとでもしているような、そんな切迫した白さが、ただ広漠《こうばく》と眼前に広がっている。

事実、将来にあるのは、死だけかもしれない――

だが、仮令《たとえ》待っているものが死であるにしろ、自分は藤生家の門を潜らねばならない。信雅に頼まれたというより、二年前信雅の奥方が倒れたとき、篠が自分に言い聞かせた固い決意である。その決意が、今篠の躰《からだ》を縛りあげ、心情までも凍《ひ》りつかせているのだった。そんなふうに何刻《とき》、座りこんでいたのだろう、師走《しわす》の早い入り陽が畳に伸びきる頃、篠はやっと立ちあがると、隅の方に夜具と共にたった一つ残された蒔絵《まきえ》の箱に近寄り、中から舞扇と面《おもて》をとり出した。紅色の波に松の雲を漂わせ桜花を吹雪《ふぶ》かせた扇も、若女《わかおんな》の面も共に、篠が十八の歳《とし》に死んだ父孫平の忘れ形見である。深沢家はもともと金剛流の流れをくむ能の一流派だった。徳川家の扶持《ふち》で支えられていた能世界は、御一新と共に滅びた。他の能役者のように俄商《にわかあきな》いを始めるには年老いすぎた父の孫平は、ただ能の滅び果てることだけを懸念《けねん》して、御一新四年目に死んだ。

父の孫平がもう一つ心配していたのは、深沢の血が絶えることであった。孫平は不思議に子宝に恵まれなかった。正妻以外にも何人かの女に子供を産ませようとしたが、その誰《だれ》にもできなかった。篠は晩年にひょっこり産まれた子供だった。おそらくこれが最初で最後だろうと思われた子供が女児だったことで孫平は諦《あきら》めたようである。孫平は篠に男児と同じように厳しく能を仕込んだ。「大きくなったら必ず男児を産め、その子供に深沢の血を継がせるのだ」そんな父の呪文《じゅもん》に似た呟《つぶや》きで、篠は育てられた。今わの際《きわ》まで父は、「必ず能の花が世に甦《よみが》える日が来る。その日のために稽古《けいこ》を怠るな——そうして産まれる男児に深沢の血を継がせてくれ」そう言い続けて死んだ。

　だがこの父の遺志は実らなかった。孫平の死後、没落した能の家に嫁いだ篠は、姑《しゅうとめ》に石《うま》女《ずめ》ではないかと詰《なじ》られ続け、五年後その家を出された。名目は子供ができないことだったが、本当の理由は夫より自分の方が遥《はる》かに秀《ひい》でた技倆《ぎりょう》をもっていたためであるのを篠は知っていた。

　信雅と識《し》り合ったのは、離縁されて三年後、動乱の世を女一人でどう暮していくか心細かった頃である。ある日使いの者が来て、どこでどう聞き知ったか、若い頃父上の能を見て痛く胸をうたれた、貴女《あなた》は女人ながら父上の芸を取得されていると聞く、一度拝観したい――信雅の文を届けた。藤生流という名は知らなかったが、言われた通り料理屋に赴き、一さし舞った。この時、信雅は物思わしげに重い盃《さかずき》を重ねていただけで何の讃辞《さんじ》もくれなかったが、それからしばらくすると、今度は別の男が来て、信雅に囲われる気はないかと持ちかけた。貴女の技には教わる所大なり――という口実だった。勿論《もちろん》、女一人を囲うことがどういう意味か篠にもわかっていた。それを承知して、しかし篠はためらわずにその話を諾《う》けた。事実この長屋に移り住んでからも、信雅は訪ねてくる度に、篠に一さし舞わせ、その姿を喰《く》いいるように見つめ「お前が男に産まれていたなら」父と同じ吐息《ためいき》をついた。信雅の気むずかしそうな所に篠は、むしろ好ましさを覚えていた。若い頃の父に似ていた。いかつい顔や体軀《たいく》のどこかに丸みがあり、能役者らしい艶《えん》があった。それにこの頃の篠はまだ父の遺志を諦めきってはいなかった。信雅との間に男児をもうけることができれば、申し分なかった——しかし、その夢も叶《かな》うことなく十年が流れた。その十年間、たとえ男に勝る秀《すぐ》れた能の花を躰に持っていようと、篠にあったのは、妾という世間の笑い者の立場だけであった。

篠は扇をとり、面をつけると、畳に静かに足を運んだ。

忘れ形見もよしなしと、捨てても置かれず取れば面影《おもかげ》に立ちまさり……

扇は、十年の月日を断つように、躰に流れる深沢の血を最後の一雫《しずく》までふりきって烈《はげ》しく空《くう》に舞った。扇をつかむ指に丹念に籠《こ》められた力が、やがて気持を離れ、目の前に闇《やみ》だけしか見えなくなるまで、篠は舞い続けた。心を無くすこと——花を忘れることが最も美しい花となる、この父の教えを守り、今日まで何度自分は、こんなふうに闇だけを見つめ、舞っただろう——

面をとると、もう夕闇が畳を深く沈めている。篠は庭に降り、落ち葉を集め火をおこすとその炎で扇と面を焼いた。面の塗り物は瞬《また》く間に炎に剝《は》がれた。それは一つの顔が皺《しわ》に縮み、爛《ただ》れ崩れていくように見える。やがて塗り物の下から現われた木目の所々で火が噴かれると、篠はこの面に残った父の血が流れ落ちていくのだ、そう思いながら、面が炎に呑《の》みこまれるまで見届け、それから着ていた木綿の着物を脱いで火にくべた。

そうして押し入れから、藤色《ふじいろ》の鼓重《つづみかさ》ねの着物を出した。一昨年死んだ信雅の正妻の紀世が死ぬ前に形見分けだと言って届けて寄越《よこ》した着物の一枚である。齢《とし》の離れた紀世の着物はどれも地味なものばかりで、篠の艶《つや》のある肌《はだ》や、幼ささえ残した顔立ちには合わなかった。紀世がそんな地味な着物を贈ってきたのには、自分の死後、藤生の家を自分に代って守り通してほしいという願いがあったのだろうが、篠には、そんな先の先まで自分の生涯《しょうがい》を紀世の着物の色で縛られると考えるのは耐えられないことだった。行李《こうり》に眠らせておいた着物は、その藤色の一枚だけを残してこの半月の間に売り払ってしまっている。

初めて袖《そで》を通すと饐《す》えた匂《にお》いがした。長い間、風を通さなかったせいだろうが、その匂いに篠は、遂《つい》に一度もまみえることなく終った正妻の生々しさを嗅《か》いだ。香を焚《た》く用意もない。ふと庭を見ると夕靄《ゆうもや》をふきあげて立ちのぼる烟《けむり》の中に、ぱらぱらと小粒な影が落ちている。この時季にまだ、木犀《もくせい》の花が残っているようだ。帯をしめて庭に降りると烟にまじってわずかに木犀の匂いが流れている。手を伸ばし一枝をむしりとると、それで躰を叩《たた》いた。花の屑《くず》が匂いごと着物の色に散って、畳目に零《こぼ》れた。この冬最後の花の匂いは弱々しかったが、何とか紀世の匂いを追い払ってくれた。畳に落ちた花屑を拾い、袂《たもと》に入れ、篠は花の匂いに包まれて、家を出た。

小川町まで一里の道を、篠はゆっくりと歩いた。囲われて最初のうち、信雅の足が遠のくと、夢中でこの道を小川町まで駆けたものである。信雅の邸《やしき》は、静寂を白い土塀《どべい》に潜めていた。その土塀の陰に立ち、夜が更《ふ》けるまで邸内から漏《も》れる燈《ひ》を見守り続けた。当時信雅は盛りにあったから、家の燈にも豊かさや和やかさがあった。それを見つめる自分の目が夜叉《やしゃ》の目だと気づいても、篠は目を離すことができず、やがて足が躰を支えきれなくなると、やっと諦めて重い足を引き摺《ず》るようにして家に戻った。足の痛みだけがあの頃、信雅や、日陰者の自分の立場を諦める術《すべ》であった。

しかし、もうこの道を二度と歩くこともないだろう——

篠は十年の月日を消すように、前方に落ちる自分の影をしっかりと踏みつけて歩いた。

小川町に着くと、もう周《あた》りは暗かった。それでも西の空に、闇を押し分けて夕焼け空が覗《のぞ》いている。黒い、石のような一塊りの雲がその中に、張子《はりこ》のような軽さで浮んでいる。一日の終りの光が、細い幾筋かの亀裂《きれつ》で、その石の雲を砕いていた。

篠は門の前で立ちどまり、しばらく土塀に閉じこめられた家の静寂を窺《うかが》っていた。

初めて潜る門である。篠の立場は、病がちだった紀世の認めるところで、今までも紀世から訪ねて来るよう文が届いたことがある。好人物と聞く紀世なら、歓《よろこ》んで迎えてくれただろう。だが紀世が生きているうちは、門から一歩も踏みこんではならぬと、篠は自らを戒めていた。紀世に済まないという気持より、篠の気丈さが、その家の中で自分の受ける辱《はずか》しめを許さなかった。

十年固守した、その境界の一線を、だが篠は、あっ気ないほど幽《かす》かな下駄《げた》の音で潜った。玄関は暗い。衝立《ついたて》の松の絵が色褪《いろあ》せ、枯れ枝を描いたように見えた。暗がりに、この時も篠は正妻の死臭を嗅いだ気がして、袖を振った。木犀の花の匂いが闇を払いながらすっと流れた向こうに人影が浮んだ。玄関に続く縁にでも立っていたらしいその人影はすぐに奥へ消えた。貢のようであった。篠は、八年前に一度だけ、町中で貢を見たことがある。人影は、もうあの頃の貢とは別人のように大きくなっている。

「御免くださいませ」

篠は奥の静寂にむけて、凜《りん》と声を放った。声は、しばらく奥の、果てのないような闇に空《むな》しく響き渡っていたが、やがて白髪の老女が姿を見せた。この女は紀世の使いで何度も千賀町に来たことがあるので、篠はよく知っていた。真木《まき》という名で、東京に移り住む以前より紀世や子供達の世話をしていた女である。老女は本家へ堂々と乗りこんできた若い妾に、馬鹿《ばか》にしたような憐《あわ》れむような、一瞥《いちべつ》を投げたが、事情は聞いているのだろう、何も言わず、奥へと篠を導いた。

障子の桟《さん》の細い影に切り刻まれて、信雅は横たわっていた。足音だけでわかったのか、うっすらと目を開いた信雅は、篠の方に首をねじ曲げようともせず、肯《うなず》いた。

「お申付どおり、躰一つで参りました」

篠は丁寧に指を揃《そろ》え、信雅の枕元《まくらもと》に頭を垂《さ》げた。一月《ひとつき》前より、顔がひと回り小さくなっている。顎《あご》の薄い皮に、骨が内側から突き刺さって見えた。こんなに骨の細い男だとは知らなかった。

目の下の黝《くろ》い隈《くま》を見ながら、篠はこの人の命ももう長くはあるまいと思った。

咽《のど》の皺を絞って、信雅が「何もかも捨てて来たのか」声にもならぬ声で聞いてきた。篠は「はい」と答えると、

「深沢の血も――」

小声でつけ加えた。その声はもう信雅の意識には届かなかったようだが、それでも天井を見上げたまま、信雅は何度も満足げに肯いた。目は瞼《まぶた》の皺に粘って半ばしか開かれていないが、死へと濁り始めたその目には、しかし何もかも納得したという安らぎがあった。信雅は、静かに目を閉じた。

このとき障子に明るみがさし、篠は庭の方に目をやった。ただでさえ枯れ草が生い茂って暗い庭には夕闇が重くおりている。その枯れ草の丈に呑まれるようにして、四年前に半焼した能舞台が、まだ煤臭《すすくさ》い残骸《ざんがい》を曝《さら》けていた。何もかもに町中と思えぬ荒廃がある。その荒廃の真っ只中へ、篠の視界にはない空のどこかから、夕闇を切って一条《ひとすじ》の光が射《さ》しこんでいた。落ちきる間際《まぎわ》だけに鮮烈なその光は、まだわずかに残っている能舞台の板に錐《きり》のように突き刺さっている――この光なのだ、と篠は思った。荒れ寺に似た屋敷でこの後、自分はこれと同じ一条の光を、たとえ命を賭《と》しても守り通さねばならない――幻でもあ

ったかのように光はすぐに消え、後にはただ暗闇と静寂だけが残った。篠はまだその光を見守っているように、微動だにせず、闇に目を据《す》え続けていた。

婚礼は、その晩のうちにとり行われた。

婚礼といっても、床に起きあがることもできなくなった信雅は臥したままで、席に連なったのは、貢と老女中の真木だけであった。その真木が用意した盃を、篠は信雅と二人でほした。

信雅は、篠が手を添えても祝酒を口に含みきることができず、歪《ゆが》んだ口から筋をたらしただけだったが、篠は自分の分を確かに飲んだ。

灯影《ほかげ》で目を伏せた貢が、『高砂』を謡《うた》いだした。その声と鼓の音が、奥行きも底も空しく広がった夜に響き渡っただけの華燭《かしょく》であった。

軈《やが》て信雅が何かを言うように口を動かしたので篠は耳を寄せた。この時、真木の顔色が変ったが、信雅の息にもならない声を聞きとろうと必死だった篠には、そんなふうに信雅の顔へと屈《かが》みこんでいる自分の姿が、真木の目には死人の最期《さいご》の命を吸いとろうとする死神のように映じていたことに気づかなかった。

信雅は「頼む」と言いたかったようである。

その夜のうちにも死ぬと思われた信雅は、絶えかけた息をなんとか、か細い糸に繋《つな》いで、十日後、その糸を音もなく断つように静かに死んだ。元来《もともと》、信雅は異郷の出であり、唯一《ゆいいつ》の支援者である鷹場伯爵は洋行の途上なので、葬儀には目立つ客人もなかった。しかし、その少ない客人に、篠は正妻として対した。出棺の際、釘《くぎ》で棺の蓋《ふた》を初めに打ちつけたのも篠の手であった。葬儀の日は夕刻から雨になった。雨足に暮れなずむ中を進む葬列でも篠は、先頭に立つ貢のすぐ後ろを歩いて真実《ほんとう》の母親のように貢を自分の傘《かさ》で庇《かば》い、道行く人にも貢にかわって頭を垂げた。

初七日の供養《くよう》が終って、篠がまずしたことは、老女中の真木に暇をとらせることであった。婚礼の晩から、覚悟はできていたようである。真木はその晩のうちに荷を纏《まと》めて出ていった。

篠が自分の部屋に入ると、蒲団《ふとん》が敷かれていた。真木が出ていく前に敷いておいたものらしい。不思議に思って掛蒲団をのけると、中から黒髪が現われた。敷蒲団の真ん中に五寸ほどに切り揃え紙で束ねた髪が置いてある。信雅の口から、紀世が髪の美しい女で、死の床でも髪だけが、まだ艶のある命で枕元から畳へ波うつように広がっていた、という話を聞いたことがある。今もその髪は一人の女の生前の命の生温さまで伝えてくるようであった。何も言わず去った真木の、これが唯一、最後の復讐《ふくしゅう》らしかったが、篠は何事もないように、表の溝《どぶ》へそれを捨てた。死んだ紀世に何ができるだろう——今、荒れ果てたこの家に跡絶《とだ》えかけている幽かな灯《ひ》を守りぬくことは、自分にしかできないのだ。

門にしっかりと閂《かんぬき》をおろすと手燭に火をついで、篠は、貢の部屋へと暗い廊下を渡った。貢の部屋は、庭の隅の土蔵の陰になっている。土蔵が迫っているので、貢の部屋の前の縁だけが狭くなって見える。篠が声を掛けて中へ入ると、薄くなった燈が土蔵の壁のひび割れを昼中より深く彫っている。篠が声を掛けて中へ入ると、文机《ふづくえ》に対《むか》って書物でも読んでいたらしい貢は、むき直り、丁寧に膝《ひざ》を揃えた。貢と間近に対峙《たいじ》するのはこれが初めてであった。真木の目があるうちはやはり遠慮があったし、貢の方でも、無口で温順《おとな》しいと信雅からは聞いていたが真実、寡言らしく、廊下ですれ違う時にも、人の気配すら感じさせず、影のように通りすぎてしまう。背はもう篠を凌《しの》ぎ、恰幅《かっぷく》も父親譲りで、外見は充分大人なのだが、前髪の下は、固い蕾《つぼみ》のような瞼に隠れた目にも、唇《くちびる》の赤さにも幼さがある。まだ十五歳であった。

篠は、ただ、これからは自分のことを本当の母親と思うように、明日からの稽古は厳しいものとなるが、自分の言葉は全部亡《な》き父信雅殿の言葉と思い従うように、とだけ言って立ち上がろうとしたが、この時、目が貢の額にとまった。

篠は、両手で貢の顎を挟《はさ》むと、恰度《ちょうど》、生首でも持ち上げるような恰好《かっこう》でその顔を行燈《あんどん》の灯に捻《ねじ》った。貢は目を伏せ、されるままになっていた。篠の指が前髪を払うと、額の、まだ青い生え際《ぎわ》に椎《しい》の実ほどの痣《あざ》がある。行燈の灯で、絹でも被《かぶ》ったように透けて見える肌の一カ所だけが黒ずんでいる。篠は胸の底へ血が一滴したたり落ちたような怯《おび》えを感じた

が、顔には出さずに立ちあがり、

「随分大きくなられましたね」

そのまま部屋を出ようとして、ふと尋ねてみる気になった。

「お前とは昔一度遭ったことがありますが、憶《おぼ》えておりますか」

「はい」

貢は今度も素直にうなずくと、篠が出ていくのを確かめるように顔を上げた。白い顔である。子供らしく曇りがないというより、暗い影を下に敷いて、薄い膜で浮びあがっている白さだった。目鼻だちがその白さに呑みこまれている。篠を見上げている切れ長の目にはなんの色もなかった。

「そうですか」

事もなげに答えたが、障子を閉める指が慄《ふる》えていた。部屋に戻ってからも最前の貢の顔が気持から離れなかった。

あの時の顔と同じである。

もう八年前になるだろうか。その頃の篠はまだ若かった。妾暮しに馴《な》れておらず、信雅の足が少しでも遠のくと悋気《りんき》の炎が胸に燃えあがった。長屋の者の目もある。昼日中はじっとしておられず、町中をあてもなく彷徨《さまよ》い歩いた。その真夏の夕刻も篠は、衣懸橋の擬《ぎ》宝珠《ぼし》に届くように低く枝を這《は》わせた桜の根元にしどけない姿でしゃがみこみ、所在なく小石を川に投げていた。恰度そこへ真木が幼な子の手をひいて橋を渡ってきたのである。子供は七八歳だろうか、信雅の次男だとすぐにわかった。真木は買物先に忘れ物でもしたのを思い出したのか、橋の真ん中に子供を一人残して、道を引き返していった。篠は桜の青葉に深く身を隠した。子供に見られることより、その子供の顔を見たくなかった。次男の貢は紀世に生き写しだと聞いていた。その子供の輪郭に正妻の顔を見てしまうのが怕《こわ》かった。吐息《といき》をついて篠は土手の上から石を放り続けた。青葉は生臭く篠の躰を包み、川は夕日の重さに敷かれ、朱《あか》い脂《あぶら》を浮べるようにねっとり流れている。波紋は次の波紋に粘りつきゆっくりと広がる。その様に気を取られていた篠は、子供がいつの間にか土手を下り、恰度自分の真下に背を向けて立っていることにすぐには気づかなかった。川縁《かわふち》に小さな足を置いている。その幼い撫《な》で肩の背も、どこからか降ってくる小石が川面《かわも》に広げる波紋をぼんやり眺《なが》めている。

篠は手を止めると子供がふり返りそうな気がして、小石を投げ続けた。ところが手が滑り、そのうちの一つが子供の肩に的《あた》った。

子供はふり返った。子供らしくない鈍重な動作だった。貢には三歳の頃から稽古をつけていると聞いたが、確かに仕舞のような、腰が下の方に重くおりた動きである。子供は土手の上の葉陰に座りこんでいる女をすぐに認めたようである。視線をとめて、不思議そうに篠を見上げている。いや不思議そうに思ってもいない、何の気持も現われない、盲目《めしい》を想《おも》わせる虚《うつ》ろな目である。篠は、子供から目を外けたい意思とは逆に、その子供の顔を思わず凝視していた。子供の細い鼻筋や小造りの唇のどこかおっとりした顔に、自分を妾と承知で反物や簪《かんざし》などを病床から送り届けてくる一人の女の顔を見ていた。篠の手はひとりでに動き、小石を拾うと、今度は子供の躰にはっきり的《まと》を置いて、投げつけた。石は子供の胸にあたった。二度三度――篠は同じことを続けた。

不思議なことに子供はじっとしている。普通の子供なら泣き出すか逃げ出すかするのを、色濃くなった夕陽に染まることもない白い顔でただ篠を見上げている。偶然視線がとまっているだけのような黙《もく》した目である。苛立《いらだ》った篠の手に力が籠《こも》った。思いきり投げた石は、夕闇を火矢のように蹴《け》ってまともに子供の躰を襲った。それでも子供は動かない。いやその顔は益々《ますます》白くなっていく。石はみな子供の躰にぶつかる刹那《せつな》に消え、小さな躰は痛みもなく石飛礫《いしつぶて》を呑みこんでしまうようである。袖ごと夢中で振られる腕は、空白の的を射るだけである。篠はもう紀世のことも忘れ、ただ何とかその子供から何かの手応《てごた》えをひき出そうとするように、袖を翻《ひるがえ》して石飛礫を浴びせ続けた。

最後の石は、子供の額に命中した。ビシッと骨を打った音は、土手の上からもはっきりと聞こえた。この時子供は流石《さすが》にゆらりと顔を揺らした。提燈《ちょうちん》が一揺れでもしたように、しかし、すぐに顔も目も元に戻った。髪の間から血が流れて目を切ったが、その目は何の痛みも訴えようとしない。子供の表わそうとしない痛みを、篠は自分の躰で感じとり顔を歪めた。気がつくと余程強く石を握りしめたのか手には血が滲《にじ》んでいる。ふり乱した髪の一筋が脂汗で唇の端に粘りついている。青葉の生臭さが自分の躰から噴き出している気がして、篠は逃げるようにその場を去った。自分は鬼のような恐ろしい形相をしていたに違いない、その顔を紀世の子供に見られた恥かしさというより、自分の石飛礫に何も応えなかった小さな顔に得体の知れぬ怯気《おじけ》を覚えた。

最前の貢の顔は、あの時と同じである。目鼻だちは大人らしい確かな線をもつようになったが、何も受け容《い》れようとしない、何も語ろうとしない摑《つか》みどころのない白さは変らなかった。その顔で貢は「はい」と応えた。だが本当に貢はあの時のことを憶えているのだろうか。ああもはっきり痣が残ったのだから、誰かに石を投げられたことは憶えているかもしれない。しかし七八歳の子供が、たった一度青葉の陰に潜んでいた一人の女の顔をいつまでも憶えているとは思えなかった。貢が「はい」と応えたのは母になったばかりの女に逆らいたくなかったせいだろう。それにあの川縁でも子供はただ余りの恐ろしさに声が咽をつかず茫然《ぼうぜん》としてしまっただけのことに違いない――そう考えても、益々胸に白い炎となって燃え上がってくる得体の知れぬ恐ろしさを闇に溶かそうとして、篠は、行燈の灯を落とした。

三

一月《ひとつき》は瞬《また》く間に過ぎた。喪中であったから正月の祝いもせず、篠は貢に稽古《けいこ》をつけた。朝は夜が明け切る前に起き、夜は近くの寺の鐘が、子《ね》の刻を告げるまで、真冬だというのに火の気のない板の間で稽古は続いた。正月が過ぎる頃《ころ》、篠は駿河《するが》の遠い縁戚《えんせき》から多加という娘を呼び寄せた。貢とは一つ違いのその小娘に家事の一切《いっさい》を託《まか》せ、自分は稽古に専念した。

稽古をつけ始めて篠は十五の貢がもう何一つ不足のない技を修得していることに驚いた。能楽師の血というか、信雅の教伝が巧みだったのか、指や足の運びは信雅にも篠にも優《まさ》るとも劣らぬものである。謡の声も立派であった。扇を静止させたまま空《くう》の見えない糸を繋《つな》いで滑らせる様には在りし日の信雅の姿を見る思いがした。

しかし幾ら形が完璧《かんぺき》でも、その形に人の心が伴わねば能ではない。貢の秀《ひい》でた技倆《ぎりょう》に心が全く宿っていない事にも篠はまた、驚かなければならなかった。『井筒』は難曲である。秋の夕暮れの廃寺で、女の霊が業平《なりひら》への妄執《もうしゅう》に狂い、果ては恋する男の姿に化けて井戸にその姿を映して面影《おもかげ》を偲《しの》ぶ——男への恋慕に現世と断ち切れぬ情を繋ぐ女の霊の心を、十五の年端《としは》もゆかぬ若者に演じさせるのは無理な話であった。だがその無理をこの秋までに成し遂げねばならぬのである。一月《ひとつき》の指南で貢の技倆にはさらに磨《みが》きがかかった。形が極められていく程にしかし、心情の欠落は空《むな》しい穴を広げていく。

睦月《いちがつ》も末になると篠は焦《あせ》り始めた。初日の稽古から手心を加えず、叱責《しっせき》の声を飛ばし、型を僅《わず》かでも崩すと白扇で肩を打ったが、声にも白扇を握る手にも以前に増して凄《すさ》まじさが籠《こも》ってきていた。貢は連日の稽古にも何一つ文句を発することなく、叱責の度に「はい」と素直に返事をする。だが演《や》り直しても一向に良くならない。屋敷中に響き渡る譴責《けんせき》の声も空《くう》を切って振りおろされる白扇も、あの土手の石飛礫と同じに貢の躰《からだ》には何の手応《てごた》えもなく呑《の》みこまれていってしまう。底のない沼に脚を沈めていくような言い知れぬ焦燥から、気持より先に篠の手は動いた。

篠はまた、父深沢孫平が自分につけた稽古の厳しさを貢に語って聞かせた。父の孫平が能楽師の血を守るために、まだ幼い自分を一晩中木に縛りつけたり、稽古を厭《いや》がると二日も三日も食事を取らせず、土蔵に閉じこめたことを話した。

「父は女子供とて容赦しなかったのです。しかし私はその厳しさから能の本当の心を学びました。あの頃の私に比べれば、お前は既に大人、男児でもありましょう。決して音《ね》をあげてはなりません」

そんな篠の言葉に、貢はやはり「はい」と肯《うなず》く。だが篠は自分の声が貢の躰に空ろに響いていると思わずにはいられなかった。それに貢は連日の稽古にも一度も音をあげたことはないのである。篠の言葉は意味がなかった。

貢が弱音を吐かないのは強靱《きょうじん》な意志からではなかった。寧《むし》ろ意志というものがまるでないために、空洞《くうどう》にも似た躰がどんな呵責《かしゃく》をも受け容《い》れてしまうのである。篠は信雅が、紀世を一度も口応えしたことがない女だと言っていたのを思い出した。そんなおっとりした紀世を、篠は時々貢の顔に見出《みいだ》し、一層叱咤《しった》の声を荒《あら》げた。

如月《にがつ》に入ったある日、雪が降った。鼠色《ねずみいろ》の空は、白い色をどんどん地上に吸いとられていくように益々暗くなり、雪は終日降り続けた。

その日、篠は貢に面《おもて》をつけさせ、唐織《からおり》りの装束をつけて舞わせた。秋草模様の唐織りは恰幅《かっぷく》だけは立派な貢によく映り、篠は信雅その人が目の前に現《うつ》し身となって姿を浮べた気がして涙さえ覚えたのだが、しかし肝心の面が完全に死んでいる。信雅が名人に造らせたその女面《おんなめん》は、手にとって見るだけでもさまざまな表情を見せるのだが、貢の顔につけると顔そのものすら喪《うしな》って、開いた唇《くちびる》が痴呆《ちほう》のようにたるんで見えた。そのせいか指の動きまでいつもより稚拙に見える。

序の舞を始めたばかりで、篠の叱責の声がとんだ。貢を叩《たた》き伏せ、怒りに慄《ふる》える手で面を剝《は》ぎとると、中からは面と同じ、いや面よりもさらに陰影のない白い顔が現われた。人の顔ではない、人の血が通った顔ではない——篠の中で鬱積《うっせき》したものが一挙に堰《せき》を切って流れ出した。篠は思わず罵《ののし》りの声を挙げると後襟《うしろえり》を貢の髪ごと鷲掴《わしづか》みにして、躰を引き摺《ず》った。何ひとつ抗《あらが》おうとしない貢の躰は、もう篠を凌《しの》ぐ体軀《たいく》なのに、子供のように軽く思えた。そのまま縁から雪の降りしきる庭に引き摺りおろすと、すっかり雪の衣を纏《まと》った地面の真ん中に叩き伏せた。貢は揺《ゆら》いだ躰を両手で支え、土下座の形で篠の足許《あしもと》に蹲《うずくま》った。篠は肩で荒い息を吐いた。全身の力はすべて怒りになって咽《のど》もとを衝《つ》きあげてくる。余りの烈《はげ》しい怒りで声も出なかった。素足の裏を痛みが刺している。踏み石で切ったのか、紅《あか》い血が白い雪に滲《にじ》んだ。篠は声にならない怒りを足の裏にこめて、貢の手を踏みつけた。躰ごとその足を強く捻《ねじ》った。

雪の表面は、土中に灯《ひ》を埋《うず》めたように光だって、天からの雪を落ちきる間際《まぎわ》にすっと舞いあげる。牡丹《ぼたん》の花びらのように透けた雪は重なり合った篠の足と貢の手を光の屑《くず》で浮びあがらせている。貢の唐衣の裾《すそ》は乱れ、もう半ば雪に埋まってそのところどころに模様の桔梗《ききょう》や萩《はぎ》や小菊がうち捨てられ散っている。

貢がその痛みをどんな顔で耐えているのかわからなかった。篠は足の裏に最後の力をこめると、ふらふらと自分一人板の間に戻《もど》った。

この頃になって、篠はやっと信雅が自分に貢の指導を任せた理由が判《わか》ってきた。信雅も貢の芸に心が欠けていることを知っていたのだろう、篠の能の腕より、何より篠が女であることに信雅は意義を見ていたのだ。『井筒』の女の霊の心情を貢の躰に宿らせるには、女である篠こそふさわしいと考えていたに違いない――だが自分にはできない。人の血が僅かも通っていないあの子供に女の心を教えるなぞできはしない。

篠は冷え冷えとした部屋で、ただ凍りつくような寒い溜息《ためいき》をつき続けた。

何刻《なんどき》が過ぎたのだろう、篠は庭の静寂が気になって縁に出た。

雪は小止《こや》みになっていたが、庭は白一色に覆《おお》われている。植えこみの一つに紛れこんで、雪を纏った貢の姿がある。渡り廊下の陰で心配そうに庭の容子《ようす》を窺《うかが》っていた多加が篠を認めると慌《あわ》てて顔を隠して逃げだした。篠は再び素足のまま庭に降りると、扇をひらいて貢の躰から雪を払い、仏間に導きいれた。

「装束をとりなさい。下の物も全部——」

篠に言われた通り、貢は装束を脱ぎ始めたが、凍りついた躰が思うようにならないのか、流石《さすが》に恥じいるものがあるのか、仕草はぎごちなかった。最後の薄物が篠の手を借りて畳に落ちた。

夕暮れ時だが、障子に雪明りが射《さ》して、古びた畳目にも襖《ふすま》にもいつになく光が溢《あふ》れている。雪明りは、貢の躰を砥石《といし》にして刃先を研《と》ぐように切りかかり、蒼《あお》い影で濡《ぬ》らした。岩の塊ほどに頑丈《がんじょう》だった信雅の躰は土色だったから、このぬけるように透けた肌《はだ》は紀世譲りに違いない。篠は、貢の、首を垂れ、板戸に打ちつけられた恰好《かっこう》に両肩を張って動かずにいる躰をしばらくじっと見上げていたが、軈《やが》て、仏壇から骨壺《こつつぼ》をとって、中から信雅の骨をとり出した。片手でその骨を砕くと、流れ落ちる灰をもう一方の手で掬《すく》った。

「父上の命をいただくのです」

篠はそう言うと、まず貢の首筋にその灰を塗りつけた。肌は信雅の灰を薄く纏ったが、いくら力を籠めて塗りつけてもその下から浮びあがってくる蒼白い光を覆い尽すことはできなかった。

貢の手は握りしめた形のまま、寒さで凍りついている。篠は、自分の息をその手に吐きかけた。生温い息を何度も浴びせ、やっと指を解《ほど》くと、貢の指間に自分の指を絡《から》めながら灰を塗ったが、その時である。剝《む》かれた貢の腿《もも》の内側で、肌が縮み、さっと漣《さざなみ》だつ気配がした。

篠は、おや、と思ってその腿の翳《かげ》りを手で触れた。今度は篠の掌《て》の下で、かすかだがはっきりと肌は漣だった。

貢は少し首を捻って、前髪に深く顔を隠している。恥じいっているふうに見える。その顔を覗《のぞ》きこみ、

——この若者は、まだ女を知らないのだ。

篠は貢の顔色を窺い続けた。

前髪から、雪の雫《しずく》が垂れて篠の手に刺すように滲むと、篠はやっと貢の腿から手を離した。

四

翌日の晩から、半月余り、篠は毎晩のように貢を御影《みかげ》町の郭《くるわ》に通わせた。最初の晩は自分で付き添い、何も知らない貢にかわって格子窓《こうしまど》や暖簾《のれん》から顔を覗《のぞ》かせた。熱を帯びた目で物色する一人の女の顔を店の者も女郎達も胡散臭《うさんくさ》げに見返したが、篠は構《かま》わずに次々と店を回った。何軒目かで篠は一人の娘に目をとめた。十六七の黒目が勝った娘である。器量も良いが、小さな唇《くちびる》をだらしなく開けた様がいかにもこういう世界で育つために生まれついた気がした。篠は貢に銭を渡し、その女を買うように命じると、自分は、まだ昨日の雪を数珠《じゅず》に繋《つな》いでいる柳の枝影に隠れて、貢がどの部屋に這入《はい》ったか、二階の障子の燈《あかり》を探りながら待ち続けた。一刻《いっとき》も経《た》って貢は無言で紫の暖簾を潜《くぐ》って出てきた。篠は待ち兼ねたように貢に駆け寄ると黙ってその肩を自分の袖《そで》で庇い、家へ連れ帰った。多加に風呂《ふろ》を焚《た》かせると、自分の手で帯を解《ほど》いてやり、貢の躰《からだ》を改めた。白い肌《はだ》が、女の紅や白粉《おしろい》の香で影を帯びて見える。

翌日の晩からも、貢が戻ってくる度に、その躰を篠は検分した。三日もすると貢の躰に変化が顕《あら》われてきたように思えた。元来《もともと》柔らかい肌が一層柔軟さを増し、白い肌に大人びた翳《かげ》りがさしてきたようである。女の肌に触れて貢の躰に隠されていた男としての体臭が

匂《にお》うようになった。七日目の晩、貢の腕のつけ根に女の歯形が残っていた。その歯形を指で刺し、

「その時、女はどんな顔をしていたのかえ」

篠はわざと言葉を崩して尋ねた。貢はしばらくうなだれていたが、責めるような篠の言葉にわずかに顔をあげ、眉根《まゆね》を寄せ喘《あえ》ぐような顔を造った。すぐに元の顔に戻ったが、篠は満足げに肯《うなず》いた。

しかしその満足感のどこかで自分を偽っていることに、この時篠はまだ気づいていなかった。

だが半月も経つと、篠は御影町に貢を通わせるのが無駄《むだ》だと判《わか》ってきた。確かに貢の躰は大人びたし、細い眉も濃さを増してきたが、芸に相変らず、微塵《みじん》の心も籠《こも》ってこない。女を抱かせるのは、篠にしてみれば最後の縁《よすが》であった。その試みが破れては、もうどうしたらいいのか判らなかった。信雅の六十年の生涯《しょうがい》を貢に半年で生きさせるのは無理な話である。だがその無法な賭《か》けに自分はどうしても勝たねばならない。それは誰《だれ》より自分のためである。父孫平の遺言を果せなかった篠にとってせめてこの自分と血の繋がりのない一人の若い能楽師に自分が父から受け継いだ花を残していくのは余生の枷《かせ》である――以前にも増して篠は焦《あせ》りだした。

その荒稽古《あらげいこ》が祟《たた》ったか、貢は足を挫《くじ》いた。仕方なく篠は稽古を休んだが、その夜貢の部

屋を覗くと貢の姿がない。多加の部屋に燈がともり、中から笑い声が響いていた。貢の声も混じっている。篠が一度も聞いたことのない子供らしい屈託のない声であった。篠が障子を開くと二人の躰は障子の影よりずっと近くにあった。多加は顔色を変えて項垂《うなだ》れたが、ふり返った貢は、笑っていたのが嘘《うそ》のようないつもの白い顔に戻っている。

「歩けるのなら、今からでも稽古を始めます」

すっかり夜の更《ふ》けた板の間に燭台《しょくだい》を灯《とも》してすぐに稽古を始めたが、やはり貢は足首が元に戻っていないのか、型が何度も崩れた。いや足首を挫いているせいだけではない。この数日の荒稽古が逆目に出て、この所の貢には以前になかった型の乱れのようなものが荒《すさ》んだ形で出てきていた。だがこの乱れた時期を通りこすと芸が一段向上することを篠は経験から知っていた。篠は容赦しなかった。

振り上げた白扇が、貢の着物の袖口にひっかかり、袖を腕のつけ根までたくしあげた。女郎の歯形は黒い痣《あざ》になって残っている。油が尽きてきて弱まった燈に、それは一層生々しく浮ぶ。篠は一度見たきりの女郎の紅《あか》い唇を思い出した。次の刹那《せつな》、憤《いきどお》りのようなものが篠の指に走った。篠は白扇の軸を刃にしてその歯形を抉《えぐ》るように、貢の腕を切った。糸のような扇の軸の跡にすっと血が滲《にじ》み、一筋が腕を伝って手の指まで流れ落ちた。篠はその血で我にかえったが、貢の方は蹲《うずくま》った両肩で頭を隠したまましんとしている。

「なぜ痛いと言わぬのです——なぜ、こうまでされて抗《あらが》いません。それだけの気骨もないと言うのですか」

声を吐き出して、貢の顔を自分の方に向けようと摑《つか》みかかった篠は、思わずその手をひっこめた。

面《おもて》が笑っている——

いやそれは面ではなく、貢の顔である。今屈《かが》みこんだ拍子《ひょうし》に垣間見《かいまみ》た貢の顔は、確かに笑みを薄く浮べていたのである。燭台の灯影《ほかげ》になって、恰度《ちょうど》面が、それに籠められた人の魂を奥深い闇《やみ》から滲み出させて笑うように——

篠は貢が何に対して笑ったのかわからぬまま、その笑みに背筋の寒くなるのを覚えた。

貢は蹲ったまま、顔を隠し続けている。恰好《かっこう》からして貢は自分の手へと流れ続ける血をじっと見守っているように見える。その顔はまだ笑みを浮べているのだろうか。

「もうよい、今夜はこれでお寝《やす》みなさい」

篠は魘《うな》されたような声で、それだけの言葉をやっと掛けると、逃げるように部屋を出た。

五

貢の足の腫《は》れが非道《ひど》くなったので、篠は癒《なお》るまで稽古《けいこ》を休むことにした。その間に自分も今後の稽古についてじっくりと考えてみたかった。だがいい知恵は浮ばなかった。今まで以上に厳しい稽古をつけ、貢が自分の躰《からだ》で何かを取得するのを待つ他はなかった。篠は仏間に長い間座りこみ、信雅や紀世の霊に自分の気持を訴え、近くの神社で御百度詣《まい》りをし、朝は依然夜の明け切る前に起きて、井戸の氷を砕いて冷水を浴びる行《ぎょう》を続けた。

弥生《さんがつ》に入り、足の腫れがひいたので、次の日からまた稽古を始めようという夕方であった。多加が夕餉《ゆうげ》の膳《ぜん》を貢の部屋に届けにいったあと、篠はふと貢の部屋の前を通った。また雪でも降るのか空は鼠色《ねずみいろ》に冷え、いつもより重い夕靄《ゆうもや》が庭の踏み石や植込みに影をかためている。暗い障子の内側から声が聞こえた。

「貢様は、なぜあのような恐ろしい奥様の仕打ちに耐えておられます」

多加は、言葉の中途で廊下の篠の気配に気づいたらしい、語尾を濁したが、貢の方は気づかぬ容子《ようす》で、

「先人も稽古は強かれ、情識は無かれと言っておられます。母上が厳しくなさるのも私の将来を思えばこそ。母上は幼い頃《ころ》に稽古を怠けて御父上に一晩樹《き》に縛りつけられたこともあると言います。それに比べれば私への扱いはまだ生易《なまやさ》しい。母上にも他人《ひと》の子という遠慮があるのでしょう」

篠は黙って部屋を通りすぎた。その晩、厨房《くりや》に入ると、薪《まき》を竈《かまど》にくべている多加の後ろ姿が肩を無理に狭くして何かを読んでいる気配である。篠が声をかけるとふり返った多加は慌《あわ》てて後ろ手に何かを隠した。厭《いや》がる多加を毆りつけるようにして無理矢理摑《つか》みとると、

それは古びた絵草紙である。若い男が荒縄《あらなわ》で胸を十字に縛られ、磔台《はりつけだい》に上げられた様が陰湿な墨で描かれている。見ている者の胸まで縄で縛りつけてくるほど残忍な絵であった。篠が問いつめると、多加は泣く泣く貢に借りたことを白状した。

「このようなものを――」

竈《かまど》の火が赤く照って、罪人の姿は益々《ますます》苦痛に身悶《みもだ》えする。篠は吐き気を覚えながらも、何事もなく装って、それを竈の火にくべた。

その翌日である。隙間風《すきまかぜ》の冷たさで篠が目を覚ますと、前日の晩積った雪でうっすらと明るい障子がわずかに開いている。その隙間から畳に二尺ほどの細長い影が忍びこんでいる。

それはするすると先端を振った。

蛇《へび》――

篠は真冬だということも忘れて思わず起きあがったがそれきり、それは動かなくなった。行燈《あんどん》に火をつけて近寄せると、それはただの荒縄であった。障子を開けるとそのわずかな震動で、縄はぬらぬらと尾を揺して廊下を切り庭の暗がりへ落ちた。縁の下を覗《のぞ》きこむと本物の蛇のように、黒い影は、塒《とぐろ》を巻いている。先刻、端が揺れたのは風のためだろう。雪は止《や》んでいたが、庭にうっすらと積もったその表面を這《は》って流れる風が、雪煙をあげている。ひゅうひゅう鳴る風が、闇《やみ》に潜んだ蛇の息遣いに聞こえる。貢の部屋を覗くと、まだ闇に溶けて、背は静かに眠っているようである。多加を起こしたが、多加は何も知らないという。薄気味悪さを残して、篠の胸から黒い縄はなかなか離れなかった。

その朝から再び稽古が始まったが、やはり四五日休んだうちに貢の技倆《ぎりょう》はすっかり落ちていた。足がまだ痛むのか、型を踏み外してはさかんに足をさすった。しかし腫れはすっかりひいているのである。休んでいる間に怠け癖がついたのだと思い、篠は前にも増して強《きつ》い声を放った。だが貢は何度も足をふみ外してはしきりにさするのである。最後には篠の声が届かないかのように、だらしなく足を伸ばしてしゃがみこんでしまった。そうしてしきりに足をさする。

篠は飛びかかって白扇をふりあげたが、白扇が空《くう》の頂きを突いた所で篠の躰は雷に打たれたようにとまった。

貢の手には嘘《うそ》がある――

真実痛そうに足首をさする手のどこかに嘘がある。怠けているのではない。怠けた振りをしているのだ、わざと――

「このような稽古が辛《つら》いと申すのか」

自分の胸にさした影に呑《の》まれまいと、篠は声を荒《あら》げた。すると貢が、

「いえ――」

珍しく返答をしてきた。いや稽古を始めて三ヵ月がたち、それが初めてのことであった。

「母上はまだ手心を加えておられます」

初めての声に篠は一瞬怯《ひる》んで、茫然《ぼうぜん》と貢の顔を見守った。静かに見返している貢の顔は平素と変わりない。いつも通りの子供らしさを残した顔である。

しかし子供ではない、自分の思っていたほど、この若者は幼なくない――

今の貢の返答は、聞き様では素直なものといえた。もっと厳しい稽古を従順に望んでいるとも受けとれた。だが決してそれだけではない。貢は確かにわざと怠けた。わざと篠の怒りを煽《あお》り、それなのにもっと厳しい稽古を望んでいると口では言っている。そこに、ただの従順さではない、何か自分へと挑《いど》みかかってくるものを篠は感じとった。

「もっと非道い罰を望むというのですか」

篠は気おくれを怒りで払いのけると、慄《ふる》えだした手に全身の力を吐き出して、この前と同じように襟《えり》を鷲掴《わしづか》みにして貢の躰を庭に引き摺《ず》りおろした。篠の頭に、今朝の縄が浮んだ。その縄を縁の下からとり出し、それで貢の躰を桜の樹に縛りつけた。貢は珍しく抗《あらが》ったが、そのために一層縄は深く躰に喰《く》いこんだ。枝が揺れて流れ落ちた雪は、貢の躰をまっ白に濡《ぬ》らした。篠は自分の腕が千切れるほどに、縄を結んだ。多加が泣いてとめに入ったが、その多加をも恐ろしい声で叱《しか》り、篠は自分の部屋に入った。

まだ慄えている掌には縄目の跡が赤く腫れて残っている。貢は自分を憎んでいるのだと、篠は思った。温順《おとな》しく従うふりをしながら、その裏の気持では、実の母にかわってこの家に入り、主《あるじ》の座におさまり、情け容赦もなく叱り白扇を切りつけてくる継母のことを憎んでいるのだ。そんな継母に対し、従順そうに装うことで貢は反抗していたのだ。篠は先夜の貢の笑みを思いだした。幼なそうな面をかぶって、その裏のあんな笑みで、鬼女のように怒り狂う継母を嘲笑《あざわら》っていたのであろう。今日だけではない、気づかなかったが、今までだってわざと手を抜いていたのではないだろうか。

貢は継母である自分に逆《さか》らっているのだ。そう納得した。いや無理にもそう納得することで、篠は先夜の貢の笑みに感じた得体の知れぬ恐ろしさを忘れようとした。

夜がすっかり更《ふ》けて、篠が庭に降りてみると、貢は気を喪《うしな》って項垂《うなだ》れていた。薄物一枚では凍《こご》え死んでも不思議ではない、冷えこみの烈《はげ》しい夜であった。

六

それからも貢に稽古を怠ける素振りがわずかでも見られると篠は、その躰《からだ》を樹の幹に縛りつけた。夜明けまで縛りつけたままでも貢は音《ね》をあげなかった。音をあげる前に寒さと疲労から気を喪《うしな》った。篠は貢の強情さに感心するというより、それだけの苦痛にも何も応《こた》えようとしない貢の躰に人並でない薄気味悪さを覚えた。ただ不思議なことに、この頃《ころ》から貢の舞には、艶《つや》のようなものがでてきた。面《おもて》にも陰影がさすようになった。それはまだ

『井筒』を極めるにはほど遠いものだったが、以前には全くなかった心がかすかにその姿に滲《にじ》み始めた。

しかしそれは時分の花に過ぎなかったのか、貢の芸は元の無味に戻《もど》った。面が再び死んだ。篠にはそれが何に原因しているのか、はっきりとはわからなかった。わからないまま束《つか》の間《ま》の花をもう一度とり戻そうと、叱責《しっせき》の声を荒《あら》げるのみだった。

そうして何度目かに貢を樹に縛りつけた時である。「深く自分を見つめ直しなさい」いつも通りの言葉を浴びせ、背を向けようとした刹那《せつな》、その刹那を狙《ねら》って貢の口が篠の着物の後襟《うしろえり》を咬《か》んで引きとめた。驚いてふり返ると、貢は黙って目を篠の頭の上方へと上げた。篠も貢の目を追ってふり仰ぐと、桜の枯れ枝の一本に引っ掛って太い縄《なわ》が垂れさがっている。それまで気づかなかったが、縄の端は篠の髷《まげ》に触れそうな所まで下がっている。今貢の躰に巻きついている縄を何本か縒《よ》り合わせたほどに太い縄は、風に揺れて時々端を鎌首《かまくび》のようにもちあげた。

貢はその縄をただじっと見つめている。いつの間にか篠の息遣いは激しくなった。「誰《だれ》がこのようなところへ——」息遣いをそんな言葉で誤魔化し、篠は何も感じなかったふうに部屋へ戻ったが、すぐに多加を呼び、桜の枝に縄をつるしたのは誰かと問いつめた。多加は返答をためらっている。「貢ですね。貢なのですね——」篠の思わず張りあげた声に、しばらくして多加は肯《うなず》いた。多加を呼んで尋ねるなど、しかし無用であった。篠には、その縄をじっと見あげていた貢の目の意味はわかっていると思う。貢は「あのもっと太い縄で自分を縛ってほしい」そう篠に伝えようとしたのだろう。

この十日ほどの間に、篠は貢が何を望んでいるかに徐々に気づき始めていた。気づきかけてはいたが、信じまいとし、凡《すべ》てを継母である自分に逆らっているせいだと思おうとした。だが先刻の太い縄はそれだけでは説明ができなかった。もう何度も貢を縛りあげ、篠の掌《て》には、縄の目が鱗《うろこ》に似た痣《あざ》で残っている。初めて貢を樹に縛りつけた朝、篠の部屋に縄をさし入れておいた者がいる――あれも貢の仕業だったのであろう。あの日、貢を縛ったのは自分の意思だと篠は思っていた。しかし、庭に貢をひきずりおろし、咄嗟《とっさ》に樹に縛ってやろうと思い縄を握ったのは、前日の夕方、貢が多加に語っていた言葉が気持に残っていたからではないだろうか。「母上は幼い頃に稽古を怠けて御父上に一晩樹に縛りつけられたこともあると言います。それに比べれば私への扱いはまだ生易《なまやさ》しい」あの言葉が、多加にではなく、廊下に立っていた篠の耳を意識して語られたのだとすれば……そしてあの朝、篠の目をひくよう、わざと縄を障子の隙間《すきま》からさしこんでおいたのだとすれば……自分の意思ではなく、貢が篠の気持を巧みに操り、縄を握らせたのではないだろうか――あの日だけでなく、今日まで、そして今日も。

篠は首をふった。だがいくら打ち消そうとしても、掌に縄目がくっきりと残ったように、篠の胸に深く彫られた先夜の貢の、正体の摑《つか》めぬ微笑は消えなかった。

その日も庭の気配はただ静かであった。夜が落ちると、篠は手燭《てしょく》に灯《ひ》を点《とも》し、庭におりた。雨でも降りそうな、月のない夜であった。近づくと、貢は気を喪い、頭を垂れている。

「貢……」と呼びかけた時である。風が手燭の灯を揺らし、炎の影が項垂《うなだ》れた貢の首をもちあげるように、首筋から頬《ほお》へと這《は》いあがった。篠は咄嗟に息で灯を消した。闇《やみ》が残った。

しかし闇は、篠の胸に刻まれた貢の顔を消すことはできなかった。髪を乱し、炎の影に焼かれた一瞬の顔は、首の曲げ具合までが先夜、篠が多加の手から奪いとり竈《かまど》にくべた絵草紙の顔とそっくりであった。炎の波紋は顔に、苦痛に歪《ゆが》むとも笑っているともつかぬ不思議な表情を与えていた。

あの絵草紙も貢はわざと自分に見せたのではないか。多加に命じ、篠が厨房《くりや》に入ったときそれを見ているように仕向けたのではないか――絵草紙の男と同じものを味わおうとして、篠の手に縄を握らせたのではないか……

貢の顔が吸った火は、青白い光となってかすかに闇に沁《し》みだした。生と死の狭間《はざま》にうっすらとした光で、貢の首が浮んでいる。篠は一歩退いた。その時何かが髷に触れ、ずるずると音をたて肩へと崩れ落ちてきた。枝に吊《つる》されていた縄であった。叫びを咽《のど》もとに押えつけ、篠は多加を呼ぶと、後は多加にまかせ、部屋に戻り、しっかりと障子をたてた。胸が激しく波うっている。

篠はそれを恐ろしさのせいだと思い、何を馬鹿《ばか》げたことを考えているのだ、たかが子供ではないか、ただその言葉を自分に言い聞かせ続けた。

翌《あく》る日の稽古も思う通りにならなかった。指貫《さしぬき》と面をつけて舞わせても功はなかった。女の霊が愛《いと》しい業平の姿に身を替えて、井戸の水を鏡に、映った業平の、つまりは自分の姿に見入って業平を偲《しの》ぶという『井筒』の最も難しい箇所である。数日前演《や》らせた時には、まだ水鏡を見守る面の目に確かに『井筒』の女がいた。しかし今は元通りの木偶《でく》の顔である。篠は鞭《むち》うつように扇をおろした。余程強かったのか、貢の躰はうっと小さく叫んで床に崩れた。

「立つのです、立ってもう一度演るのです」

だが貢の蹲《うずくま》った背は動こうとしない。その背から軈《やが》て声が洩《も》れた。

「貴女《あなた》は……母上はそれほど私が憎いのですか……いいえ私ではありません、もとの母上が憎いのでしょう」

「何を言うのです。そのような言葉で誤魔化すつもりか……」

貢の声に怒りを煽られて、篠は前より強く扇をふりおろした。扇はびんと空《くう》に唸《うな》った。薄闇《うすやみ》の底に面が落ちた。貢は静かに顔をあげた。薄闇と烏帽子《えぼし》に包まれて小さな顔がある。額から血が一筋流れて、その目を切った。

「しかし、今の母上はあの時と同じ顔をしておられます」

篠は、全身の力を出しきった反動か、今の言葉に虚をつかれたのか、足の力が脱けたようにその場に座りこんだ。あの時とは八年前土手の上から貢に石を投げつけた時のことに違いない。貢の言う通りかもしれない気がした。自分は能の稽古と偽って自分に十年妾《めかけ》暮《ぐら》しを強《し》いた一人の女への怨みを吐き出しているのかもしれない、あの頃の地獄の苦しみを、この貢の躰に流れる紀世の血に嘗《な》めさせようとして扇を振い、罵倒《ばとう》の声を浴びせているのかもしれない——篠の目の前に貢の顔はあった。あの時と同じように自分の額には脂《あぶら》汗《あせ》が流れ、髪をふり乱している。貢も、あの時と同じ遠い目で自分を見ている、その目には夜叉《やしゃ》と化した一人の女の顔が映っているのだろう——篠は恥かしさと恐ろしさから、思わず床に落ちた面を拾い、自分の顔を覆《おお》った。闇に篠の荒れた息遣いが響いた。

篠は面を片手でおさえたままよろよろと立ちあがったが、それを制するように、貢の腕が鬘帯《かずらおび》に回った。思いもかけぬ貢の腕であった。

「離しなさい……離すのです」

自分の声とも思えぬ空《うつ》ろな響きであった。気持が脱けて、貢の力にまかせている躰も自分のものとは思えなかった。

鎮《しず》まった気配の後で、つと貢が片腕だけを篠の腰から離し、その手で篠の顔から面を外そうとした。貢の指はしばらく篠の首筋をまさぐると、面を摑んだ。見ると貢は篠の帯の脇《わき》に頭を埋《うず》めている。片腕で雛鳥《ひなどり》のようにしっかり篠の腰にしがみついたまま、もう一方の手で面をつけるとそっと顔をあげた。篠の肩ぬぎになった袖《そで》が陰をつくり闇を集める中に、白い面が浮かんだ。面は泣いていた。たとえようもない悲しみを帯びて目はじっと篠の顔を見あげている。篠の目をうかがい、しきりに声にはならないものを訴えている。篠が何も答えられずにいると、その無言の冷たさを詰《なじ》るように貢は首を振った。面は右に左に揺れ、その度に悲しみを深めていく。面は貢の顔であった。今初めて面には貢の心が顕《あら》われていた。面と一つになり、素顔では顕わせない自分の心をその面に託して、悲痛に訴えている——もう一方の手でいつの間にか貢はしきりに篠の袖をひいていたが、しばらくするとその手で篠の手首を摑み、篠の手に握られた白扇を手ごと自分の肩に振りおろした。何度も貢はその白扇を篠の手と共に自分の肩へと打ちつけた。篠の意志を喪った手は貢の手にひかれるまま白扇で貢の躰を打ち続けた。

貢は自分の躰を打って欲しいと訴えているのだ。先刻のわざと逆らった言葉もこの叱責を望んでのことに違いない。いや貢は叱責よりもっと恐ろしいものを望んでいる——篠にはもう、貢が望んでいるものが何であるか、誤魔化すことはできなかった。ただ継母に抗っていたわけではない。むしろ篠に望みをかけ、それを餌《えさ》のように強請《ねだ》っていたのだ。篠の手が餌を投げるよう、あれこれと術を施し、それでも篠が応じようとしないので、今度は篠にとり縋《すが》り悲痛に訴えているのだ。犬か小狐《こぎつね》のように……

信じまいとしたのは貢の気持だけだろうか。篠はもう自身の気持も欺《あざむ》けない気がした。確かに自分は今日まで稽古と偽って、貢の躰に正妻だった女への憎しみを吐きだしていたのだと思う。だが本当にそれだけが理由だったのだろうか——貢に白扇を切りつけながら手から迸《ほとばし》りだした血のたぎりのようなものは、本当にそれだけが理由だったのか。昨日桜の枝から垂れさがった縄に覚えた荒い息遣いは、炎の影に焼かれた貢の顔に覚えた胸の波だちは、何だったのか……篠はいつの間にか貢の手を離れ、自分の手だけで貢の肩を打っている。ただ茫然《ぼうぜん》と面を見おろし、宥《なだ》めるようにいつもより優しく柔らかく白扇を打ちおろし続けた。

濃くなった闇に溶けながら、面は胸の奥底から悲しみを訴え続けている。その目には涙すら浮んで見えた。篠の目にも涙が滲んだ。樹に縛るようになって艶のでてきた貢の芸が、再び色を喪った理由はわかっていた。細い縄に馴《な》れが出て、それはもう貢の躰に痛みを与えていないのだ。貢はもっと強く自分の肌《はだ》に喰《く》いこんでくるものを望んでいる。しかし貢がこうまでして望むものを、これ以上のものを自分は与えてよいものだろうか——面はまるで母親にとり縋るように訴え続けている。篠の胸に、ためらいが開いた細い隙間を狙って一匹の犬は鳴き声をすり寄せてくるのであった。篠には何故と問うことはできなかった。何故、お前はそれほど恐ろしいものを望んでいるのか——篠はただこの時ふっとそんな子供が不憫《ふびん》に思えた。本当に自分の血を頒《わ》けた子のように愛《いとお》しく思った。

篠は親鳥の翼のように袖で貢の肩を抱くと面に自分の顔をすり寄せた。篠が流した一条《ひとすじ》の涙は面の目に落ち、次にはその目から流れ出したように面の頬をすべり、光の露となって闇の底へ落ちていった。

「わかりました」

しばらくして、篠は貢の躰をそっと離すと、

「さあ、稽古を始めましょう」

と声をかけた。篠が貢に優しい母親らしい声をかけたのは、これが初めてのことであった。

その夜の貢の芸は恐ろしいまでに見事であった。一度貢の心を吸った面は、それ自体に命を与えられ、『井筒』の心情を、その襞《ひだ》を表わした。夢中になった篠は先刻の涙も貢の肩を打つ手の躊躇《ためらい》も忘れ、以前通りの真剣さで白扇を切りつけていた。

いや、貢を打つ自分の手が、以前とはわずかに違っていることに篠は気づいていた。怒りに託《まか》せて振りおろす手のどこかに、恰度《ちょうど》、雪の朝、痛くもない足をさすっていた貢の手と似た嘘《うそ》があった。

翌日の稽古で貢が些細《ささい》な間違いを犯すと、篠はその躰を庭へ引き摺りおろし、枝に吊されたままになっていた縄で、桜の樹へと縛りつけた。

七

「私にはまだ『井筒』の女の気持がわかりません。あれほどまでに女とは男を慕うものでしょうか……母上、私にもう一度御影町へ行かせては貰《もら》えませんか」

貢がそんなことを言い出したのは、暦が春に近づき、最後の冷えこみが始まった頃《ころ》である。半月前の一件から貢は見違えるほどの上達を見せていた。まだ固い蕾《つぼみ》だがそれでも花の基が貢の躰《からだ》に宿り始めたのだと篠は思った。あの一件以来、篠は時々ふりあげた白扇を空《くう》でとめることがあった。思わず面《おもて》をひき寄せ、顔を隠そうとした。貢を叩《たた》きつけながら、いつかの晩の貢の笑みが自分の顔に浮んでいる気がするのである。すると貢は、半月前の夕刻のように白扇を篠の手ごと握って、もっと打ってくれとせがみ自分の肩にふりおろすのだった。またある晩、稽古を終えようとすると最近叱責《しっせき》が少なくなったのを詰《なじ》るように、篠の着物の袖《そで》をひいて篠を制《と》め、再び面で悲しみを訴えたりもした。

篠は貢に合わせ、自分の気持にも面をつけることにした。わざと夜叉《やしゃ》のように装い、怒り狂い、自分の手が痺《しび》れて動かなくなるまでその躰を殴《なぐ》りつけ、桜の樹へと引き摺《ず》った。そして、その度ごとに、貢の面には『井筒』の女の悲しみが深く彫られていく。

篠は満足だった。しかも貢の上達はただ自分が餌《えさ》を与えているせいだけとは思えなかった。上達を意識するのか、貢は以前にはなかった熱意を見せるようになった。無口は相変らずだが、時には驚くほど能弁に自分から工夫を語ることもあった。どんな形にしろ、やっとこの子は能への目を開いてくれたのであろう、篠はそう思った。

だから貢が、御影町に行きたいと言った時、その言葉を額面通りに受けとって、寧《むし》ろ喜んで金を渡したのだった。その夜貢の帰りは遅かった。蒲団《ふとん》の上で眠らずに待っていると、廊下を踏む足音が忍ぶように聞こえ、月明りに蒼《あお》く濡《ぬ》れた障子に影がさした。「貢か、今夜は遅うございましたね、明日はまた早いのです。早くお寝《やす》みなさい」声をかけると、影は「はい」と静かに答えて障子の桟《さん》を切っていった。

翌日の晩も貢は御影町に出かけた。貢が郭町《くるわまち》に出かけるようになると、多加に変化が見られるようになった。多加は貢に頑固《かたくな》な態度を見せるようになり、その晩も貢が出ていった後、部屋からすすり泣く声が聞こえた。自分では確かに意識していたわけではないが、多加が悲しむ様を小気味よく思って、篠は喜んで貢を御影町に送り出すような所があった。

この所、貢が口数少ないその端々に多加の名を出すことや多加が貢に注ぐ目が普通でないことに篠は気づいていた。貢が多加と笑い声をあげていると篠は、癇《かん》にさわって、二人の笑い声をひき裂くために貢を稽古場へ戻《もど》した。このような小娘と興じている時間はないのだと自分の気持に言い訳した。だが、貢の外出が度重なると、篠は多加が辛《つら》がる様をどこかで楽しんでいる自分の気持を認めないわけにはいかなくなった。五日目の晩、篠は多加の耳が傍《そば》にあることを承知で、「こうも繁々《しげしげ》通うとは余程気に入った娘でもできたのですか」と出かけようとする貢に尋ねた。「いえ初めての晩、母上が選んで下すった娘しか相手にしたことはありません」と答えた貢の言葉を、多加は背中で必死に堪えていた。その背に向けて自分が笑みを投げつけているのに篠は気づいたのだった。だが貢を御影町に送り出すことで、多加を痛めつけるより何より、自分を痛めつけていることに篠はまだ気づいていなかった。

さらに御影町通いが重なると、篠もさすがに貢の気持が測りかねた。本当に貢は郭の娘に惚《ほ》れたのではないかと思えた。帰りの遅い貢を眠らずに待ちながら、闇《やみ》に、一度きり見た娘のしどけない唇《くちびる》が浮んだ。娘の顔は何より貢のつける面に現われた。御影町に通うようになってから面には女のふくよかさのようなものが顕《あら》われるようになった。面の表情に娘の貢の肌《はだ》を嚙《か》む顔が覗《のぞ》いた。篠はその娘の影に胸を締めつけられるほどの息苦しさを覚えた。それは以前、信雅との関係で、紀世に覚えたものと同じ灼《や》けつくほどのものであった。

ある日稽古の最中に、『井筒』の面が郭の娘の顔となって篠に迫った。篠は思わずその面を叩きつけた。「お前はあの娘に腑《ふ》ぬけにされたのですか、今の仕草は何です」白扇と共にこの数日胸にわだかまっていたものを叩きつけた。すると貢は「母上はあの娘を何故選ばれたのです……母上は自分に似た娘を選ばれたのではありませんか」面に顔を隠したまま、貢はそんな声を返した。「馬鹿《ばか》なことを――」篠はもう一度白扇を振りおろしたが、背に冷水を浴びせられた思いだった。何もかも見透かされている、この子には自分でも気づかない自分の気持まで見透かされている、いやただの子供ではない――篠は半月も前、貢が篠の近づく気配を感じとったように不意に多加に躰を寄せわざとらしい笑い声をたてたのを思い出した。郭通いを始めたのも謀《はか》り事ではなかったのか、篠の胸に嫉妬《しっと》の炎を燃やそうとしたのではなかったのか。貢は昔嫉妬に狂った一人の女が自分に投げた石を、もう一度自分に向けて投げさせようとしたのだ、嫉妬の火が篠の胸を焦《こ》がし、自分に叩きつけてくるのを待っているのだ――

その晩、篠は寝つかれなかった。火照《ほて》った躰を鎮《しず》めようと水垢離《みずごり》をしに庭におりた篠は、ふと井戸を覗いた。月明りを沈めて浮びあがる水面に、女の顔が落ちている。その顔に篠は確かに貢の言った通りの女郎屋の娘の顔を見た。

貢は夜の白む刻《ころ》に戻ってきた。篠は一晩眠らず、池の縁《ふち》にしゃがんで貢の帰りを待っていたのだが、足音も聞こえぬままに誰《だれ》かの目を感じてふり返ると、縁《えん》に立って、貢の姿があった。「只今《ただいま》、戻りました」と頭を垂《さ》げ、貢は静かに篠の顔を見おろした。

この子は面をつけているのだ、と篠は思った。その面の下で凡《すべ》てを企《たく》らんだ。篠の気持を読みとり、巧みに操り、多加や女郎への嫉妬を植えつけた。その嫉妬が怒りの火となって、自分にはね返ることを、篠がもっと大きな餌を投げ与えてくれることを望んで……だがこれ以上のものを貢に与えることはできなかった。芸は一層の艶《つや》を放つかもしれない。しかしそのかわりに、自分の手は貢の躰を壊してしまうことになる。

篠は掌《て》の中の小石に気づいた。いつの間に握っていたのだろう、憶《おぼ》えのない石は篠の中の底知れぬ悲しみが躰の外へと溢《あふ》れだし、そこに小さく露を結んでいるようであった。八年前と同じで、手はひとりでに動いた。篠の手を放れ、ゆるやかに弧を描いた小石は、貢の躰をそれて背後の障子を破った。篠はもうひとつ拾って投げたが、それも桟《さん》にあたり、空の白みをうつした障子を揺らしただけだった。

幾つか障子に穴があき、石はやっと貢の胸にあたった。そうして一度的を得ると、篠の手の石はもう貢の躰をはずすことはなかった。

篠は庭から貢を見上げる恰好《かっこう》で石を投げていた。飛礫《つぶて》を浴びながら貢はあの時と少しも変わりなく面のような無表情を保っている。以前にはその顔に宿った紀世の面影《おもかげ》にむけて投げた石を、しかし今、貢そのものにむけて投げている。

わかったのはそれだけだった。あの時と同じように、貢にむけて投げる石のひと石ごとに自分の指が何故熱く激しくなっていくのか、篠はその理由を知らなかった。

弥生《さんがつ》も末になり、桜の蕾が柔らかく赤味を帯びる頃、冬が戻ったように底冷えのする数日があった。その日も貢は朝帰りして、そのまま稽古を始めたのだが、一向に身が入らない容子《ようす》だった。篠の叱責の声を浴びても白い顔のまままだるそうに腰をさすり、障子に倚《よ》りかかって庭を見ていた貢は、ふと尋ねるともなく「母上は土蔵に閉じこめられたことがあると言いましたね。二晩何も食べずに……土蔵の中では縛られていたのですか」と呟《つぶや》いた。

篠は荒い息遣いを返しながら、貢の眼差《まなざし》を追った。寒風が桜の枝を揺らすむこうに土蔵が見える。寒風と共に叩きつけられる朝の光を、朽ちかけた土蔵は目を射るほどの白さで撥《は》ね返していた。

翌日の朝、起きて着物を羽織ると袖から何かが雫《こぼ》れ落ちた。拾って行燈《あんどん》の灯《ひ》に寄せると、南京錠《ナンキンじょう》である。土蔵の錠に違いなかった。錠にはまるで篠に本心を開けと命ずるように鍵《かぎ》がさしこまれている。

篠は錠を手から払いのけたかったが、その恐ろしさに逆らい、指は凍りついた錠を硬く握りしめた。

八

銀座六丁目の駐車場跡から発見された右大腿部《だいたいぶ》の骨が本当に八十年前継母の手で惨殺《ざんさつ》された藤生貢のものなら、何故《なぜ》その右脚だけが、小川町から離れた地点に埋められたか、その点に、私は疑問と興味を抱いていた。

国文学者である私にはNという作家の友人がいるが、秘本の収集で名高いNが、偶然訪れた私に、

「ああ、あの藤生何とかの事件なら、面白《おもしろ》いものがある」

と言って古びて黄ばんだ冊子を書庫から出してきてくれた。明治末期に書かれた物らしく、作者の名は全く聞かないものだが、その作者が藤生家で起こった惨殺事件の唯一《ゆいいつ》の証人である女中から後に聞き出したと思われる或《あ》る一夜の話が書かれているという。

私はすぐにその薄い冊子に目を通した。実名は出てこないが、確かに設定は藤生貢と深沢篠の関係を忠実に踏襲している。継母が若い能楽師を、稽古《けいこ》を怠けたという口実で土蔵に閉じこめる。若者に同情した光《みつ》（これが作中の女中の名である）が天窓からでもこっそり入れてやろうと飯を握っているところへ継母がやってきて、白飯を土の上に投げつける。泥《どろ》にまみれた白飯を見て継母は笑みを浮べると、それを袖《そで》に入れ、今夜、丑《うし》の刻に土蔵を覗《のぞ》くよう命じる。

その晩、光が土蔵の中に見た光景を興味本位の猟奇趣味で書いたものである。

天窓からさしこむ月の光に、裸に剝《む》かれ荒縄《あらなわ》で縛られて転がった若者が浮びあがっている。冷えきった土蔵の中に二晩何も食べず閉じこめられた若者の肌《はだ》はもう薄氷のように冷たく透けて、蒼《あお》い月光に濡《ぬ》れている。その躰《からだ》を見下ろすような影で立った継母は袖から泥まみれの白飯をとり出しては投げ棄てている。若者は飢えた犬のように這《は》いずり回っては

嬉《うれ》しそうにそれを食べている。継母の方も祝いの宴で舞いでもするように楽しげに影を揺らしながらしきりに笑い声をたてている。軈《やが》て袖の餌《えさ》が尽きたとわかると若者は女の裾《すそ》を嚙《か》んで首を揺らしてしきりに訴える。すると女は帯から扇をぬき、その軸で若者の肌を抉《えぐ》るように傷《いた》めていく。さながら地獄絵だが、二人にはまるで天国に戯《たわむ》れるような喜悦がある——これだけの事が蜿蜒《えんえん》と描かれ、最後に——〝光は二人が面《おもて》をつけているのだと思った。かような残忍極まる所業に身を任せながら、静謐《せいひつ》な笑みを浮べた二人の顔は月光に蒼く凍《い》てついているのであった〟といった文で締めくくられている。

誇張はあるだろうが、しかしこれに似た出来事は深沢篠と藤生貢の関係にあったのではないか——冊子の黴《かび》臭い異臭と内容の陰湿さが絡《から》むのにやりきれないものを覚えながら、私はもしかしたらこの異常な関係から藤生貢は右脚に人目につくような傷を負ったのではないかと思った。深沢篠はその傷で二人の異常な行為が知れるのを恐れ、右脚だけを遠い発見し難《にく》い場所に埋めたのではないかと考えたのである。

正月過ぎにIという能役者と談笑した機《おり》、私はこの考えを一歩進めることができた。『井筒』を舞い終えたIに私が『井筒』のどこが一番難しいかと初歩的な質問を向けると、「やはり男である私が、舞台で女を演じ、その舞台の中でまた女の変装として男を演じなければならないことでございましょうか」と答えた。

能楽史の研究家でもある私は勿論《もちろん》その事をよく知っていたのだが、老役者の返答で私にはそれが初めて実感となったのだった。私はこう考えた、『井筒』の、男（能楽師）から女（井筒の女の霊）へ、さらに男（業平）への三段階の変身をもう一段階ふやしてみたらどうだろう――つまり一人の女が、能楽師のふりをして舞台に上がったとすれば、その舞台で女を演じ、さらに男へと――という四段階の変身をすることになる。

――鷹場伯爵の帰国を祝う宴席で本当に『井筒』を舞ったのは深沢篠その人だったのではないか。

藤生信雅の意を継いで貢の指導にあたったと言うのなら、女でも十五の若者を凌《しの》ぐほどの能の心得はあったに違いない。それに貢は春に火傷《やけど》を負いずっと面をつけて暮していたし、極度に無口で喋《しゃべ》らなくても人に不自然さを与えなかったろう。十五の若者と篠とでは体軀《たいく》もさほど差異がなかった筈《はず》だし、面からはみ出す顎《あご》は貢の顔だちが女のように花車《きゃしゃ》だったならわからなかったろう。謡の低い声も男女の区別がつけにくい。鷹場伯爵は〝技に硬さは残るが〟と評しているが、そのぎごちなさは、女が能を演じている違和感ではなかったか――

伯爵の帰国を待つまでに貢の足は致命的な傷を負い舞台に立つことが不可能となった。信雅の遺志を果さなければならぬ篠は、そこで自分が身替りになって祝宴の舞台を勤めたのである。そうしてその後、貢を殺害し、最早《もはや》舞台に立つことができず無用の長物となったその躰を切り刻んだ。右脚だけを発見し難くしたのは、その傷で何より最後の舞台を勤めたのが藤生貢ではなかったことを知られるのが怖《こわ》かったからだろう。

深沢篠は鷹場邸の宴席での能をあくまで藤生流という一流派の最後の花として葬るために、貢の脚を土中に葬ったのである。

九

庭の桜が爛漫《らんまん》と咲き乱れる頃《ころ》、篠は多加に土蔵の中で見たことを決して他言しないよう固く誓わせて、十日の暇を与えた。土蔵での自分と貢の所業を多加にわざと見せたのは、土蔵――というより恐ろしい牢獄《ろうごく》で自分が犯した罪の唯一《ゆいいつ》の言い訳であった。鬼の所業にも等しいその罪が、決して許されるものでないことを、他人に知っておいてもらいたかったからである。

多加の留守中に篠にはしておかなければならないことがあった。篠はもうこの秋の鷹場邸に貢を出すことは諦《あきら》めていた。土蔵での事があって半月、貢との間はもうどうにもならなくなっていた。このままいけば秋になるまでに自分の手が貢の躰《からだ》を破壊してしまうのは明らかであった。それに自分が貢の身替りに最後の舞台を勤めるのは、畢竟《ひっきょう》一番良い策であろう。自分なら藤生の最後の花にふさわしい『井筒』を演じられるだろう、そうしてまたそれは深沢の父の形見の花を、たとえ一夜でも、この世に開かせる機《おり》でもある。またそれは、女でありながら能楽師として育てられた自分が、その女を決して受け容《い》れることのない能世界へのただ一度の報復の場にもなるであろう。

だが、今から自分が為《な》そうとしている事は、本当にそれだけが理由だろうか――秋の舞台でのすり変わりを自然に見せるには日頃から貢に面《おもて》を被《かぶ》る暮しをさせておく方がいい。舞台上では問題がないが、邸《やしき》の出入りにも面をつけ自分を貢だと人に信じこませねばならない。そのために篠は貢の顔に火傷《やけど》を負わせることに決めたのだった。しかし、本当にそのためだけだろうか。貢の躰があの絵草紙の炎を望んでいるなら、自分の躰や手も、その炎を貢に与えることを望んでいるのではないか――

土蔵での事があってから、篠はもう自分を見失なっていた。年若い貢に翻弄《ほんろう》され、躰も心も別の女に変わってしまった気がした。

貢はあたかもそんな篠の心を読み取ったようであった。多加が出ていってから、稽古を怠け始め、それでもいつになく篠が茫然《ぼうぜん》として、手応《てごた》えを示さずにいると知ると、

「母上、私はもう能を続けるのが厭《いや》になりましたよ……私は多加を好いております。多加と添い遂げて商いでも始めたいと思っております」

その晩、とうとうそんな事を言うと、能の面を剝《は》いで板の間の柱に投げつけた。言葉や仕草とは裏腹に、白い無心な顔が覗《のぞ》いた。

――この子は、また面をつけている。

篠は本当に恐ろしい子だと思った。卯月《しがつ》に入ってからの自分の企《たくら》みを見ぬいて、自ら機会を投げて寄越《よこ》したのではあるまいか。犬のように篠の気持を嗅《か》ぎつけ、まだ逡巡《しゅんじゅん》している篠の気持に決着をつけさせようと、自ら機会を与えてきたのではないか。篠は貢の芝居に合わせて自分も面をつけることにした。

静かな笑みを浮べ、

「それほどまでに言うなら、お前が能楽師以外の道が辿《たど》れぬように……面を生涯《しょうがい》顔から外《はず》せぬようにしてあげましょう……お前の見たい地獄とやらを見せてあげましょう」

と言うと、貢を土蔵に入れ、その躰をいつもより硬く縛りあげた。それから油樽《あぶらだる》をとって庭に出た。

春の宵《よい》は、花霞《はながすみ》をひいてゆったりと流れている。土塀《どべい》の上に低く浮んだ月は、夜空を青くのどやかに薄めている。

桜はこの夜を盛りに咲き乱れ、その量《かさ》に自分でも堪えられないように、風もない中で、花の雫《しずく》を庭いっぱいに降らせている。

こんな美しい春を見るのも今年が最後になるだろう、篠はすでに逝《ゆ》く春を惜しむ目でしばし何もかも忘れて山のように花を重ねあげた桜を無心に眺《なが》めていたが、軈《やが》て思い出して油樽をとりあげると油を柄杓《ひしゃく》に受け、最後の水でもやるように念入りに幹から下の方の枝まで掛けていった。幹のかぶった油に照って、花までがねっとりと艶《つや》を帯びて見える。しかしそれも、篠が火を放つと同時に根元から這《は》い上がった火の勢いと夜空を噴きあげて広がった白煙に、またたく間に呑《の》みこまれた。

煙はそこだけ、霞が濃くなったように見え、その中から、音が爆《は》ぜるのに合わせて、火花と花片《はなびら》がどちらともつかず夜にとび散った。花だけがしばらく霞の中を舞って、篠の躰に降りしいた。

幹の炎がうねって、幹に繋《つな》がったまま花の辺りを燃やしている。枝の一本を、篠は満身の力でむしり取ると、土蔵に入った。花の松明《たいまつ》は、土蔵の中を闇《やみ》と炎にくっきりと分けた。花と炎の間から幾条《いくすじ》も筋をひく煙が、炎に映えた壁に影の奔流となって流れた。貢の影も床に漣《さざなみ》のように広がった。貢の顔にはなんの変化も顕《あら》われなかった。だが無言の顔の下で、その影のように波うっているものを篠は、はっきりと見てとった。貢の躰は人間ではなく、死が白い肌《はだ》を纏《まと》っているだけのように見えた。

「お前は、こんな際《きわ》にも面をつけているのですね」

頭だけを、恰度雛鳥《ちょうどひなどり》に餌《えさ》をやるように片方の袖《そで》で抱きおこして呟《つぶや》いた篠の声に、応《こた》えるように、この時貢の、白い——本当に白い顔の目から細い涙が一筋すべり落ちた。涙はしかしすぐに炎の影に呑まれ、貢の顔はその影でもう半分が爛《ただ》れて見える。貢は篠の腕を枕《まくら》にして寝入るかのごとく静かな顔をしている。声を挙げないように袖の端を嚙《か》ませると、篠は躊躇《ためらい》なく、炎の剣を貢の顔に振りおろした。石がぶつかるような重い音に続いてうっと声が挙がった。いや、声ではなくそれは貢の咽《のど》が顫《ふる》え、躰がうねった音であった。

篠は、ひどく静かな顔で、この時ふと長屋を発《た》った夕刻、焼いた若女《わかおんな》の面を思い出して、自分はあの面をもう一度焼いているのかもしれないと思った。

異臭と黒い煙があがる中に、とび散った最後の花は、一人の若者の命の片隅《かたすみ》を焼いた灰のように、篠の袖陰へと降りかかった。

十

私が、八十年前の事件に自分なりの解釈を見出《みいだ》したのは、その年の春である。四月半ばに弟夫婦が引っ越すことになったので私は手伝いに出かけた。何もかも片付いたあと、弟夫婦は庭に一本残った、若い、まだ丈の低い桜の樹《き》の始末に困っていた。子供が悪戯《いたずら》で幹の皮のほとんどを剝《は》ぎナイフで字を彫りつけたので売り物にもならないし、人にあげるわけにもいかないという。掘り起こして棄てるというので、私は少し憐《あわ》れになり自分が貰《もら》い受けることにした。だがマンション暮しの私は庭をもたないし、第一、樹ごと全部は重くて持ち帰れそうにない。そこで鮮やかな花を咲かせている数本の枝だけを切って持ち帰り、せめて数日の命を永らえさせてやることにした。

花の落ちないよう柔らかい紙に包んで細長い箱に入れてもらった私は、この時ふと枝を切り落とした幹だけの淋しそうな姿に、手脚のない人の胴を連想した。人ならば恰度《ちょうど》十四五のまだ幼さの残った樹であった。すると、当然のように私の連想は、箱に納まった桜の枝と、柩《ひつぎ》に納められた藤生貢の手や脚とを結びつけた。そしてその小さな相似から私はこう考えたのだった。

――あの時、藤生家から出た柩の中も、やはり枝だけ、つまり手脚だけで胴がなかったのではないか。

勿論《もちろん》、胴も上下二部に切断されて発見されたのだが、しかし篠の手でその胴部だけは柩からぬきとられ、出棺されたのではないか。

私がそう考えたのは、篠が、貢の躰《からだ》を切断した一つの理由に思い当ったからである。篠が貢の躰を刻んだのには、勿論警察や世間が考えたような猟奇的な動機もあっただろう。だがこの本能的な動機に隠れて、もう一つ篠が貢の躰を切断しなければならなかったのだろう。一年近く貢との異常な関係を続けた篠の手が死後の貢の躰にも振り降ろされたのだろう。だがこの本能的な動機に隠れて、もう一つ篠が貢の躰を切断しなければならなかった意図的な動機があったのである。深沢篠は、出棺の際、胴だけをぬきとりたかったのだ。

問題は、重さである。篠は、私が幹ごと運ぶのは重すぎるので枝だけを箱につめたように、胴も一緒では重すぎるので、首と手脚だけを柩に入れたのだ。

なぜそうしなければならなかったのか。

柩を運び出す者はその胴をぬいた軽さに気づかなかったに違いない。なぜならその柩は恰度ほぼ一人分の死骸《しがい》の重さだったからである。篠は胴をぬいた分を他《ほか》の物で埋め合わせておいたのだ。いやなによりその物を重量の点で誰《だれ》にも不審をおこさせず、こっそりと火葬場に運び灰と化すために篠は胴をぬいた、つまりは貢の死骸をバラバラにしなければならなかったのだ。

私には篠が何の重量で、胴の重量を埋め合わせたか容易に想像できた。それは、葬儀の前夜、藤生家から消失したもの——深沢篠その人の重量である。

その年の春、既に篠には秋の祝宴の後で貢を殺害し、この異常な自害方法をとる決意はあったのだろう。継子《ままこ》の顔を焼く業火《ごうか》でいつか自分も躰を焼くのだと考えることだけが、鬼畜にも等しいその行為への、一人の、苛酷《かこく》な宿命を背負わされた女の弁解だったのだろう。能の花を祝宴の一夜に咲かせるという、女の肩には重すぎる宿命を背負わされた一人の女の、この異常な自害方法——またの意味では貢の死骸と同じ火に焼かれて死ぬという異常な情死方法、をとることで篠が何より心配したのは、柩の重量と火葬後の灰の量で、柩の中の躰が二人分だったこと——つまり自分の自害を他人に気取《けど》られてしまうことだった。そのためにも貢の死骸を切断しなければならなかった。

女である自分の細い躰と、男である貢の胴とが恰度同じぐらいの重さであることに篠は目をつけたのだろう。こう考えると、当時の瓦版《かわらばん》、新聞の記述もみな事実に基づいていたと考えていい。葬儀の前夜、篠は庭から消えたように見せかけて実際にはこの時土蔵の中か庭の植えこみにでも一時的に姿を隠し、深夜、通夜《つや》の席から多加や客人の目がなくなる隙《すき》を狙《ねら》って柩の中から貢の胴をとり出し、かわりに自分が柩に入ったのである。

バラバラ死体をいくら柩の中でもそのままず人目に曝《さら》すような納め方はしなかったに違いない。一応人体の形どおり納められ舞衣《まいぎぬ》か法被《はっぴ》などの広袖《ひろそで》の能装束で覆《おお》ってあっただろう。篠はその中におそらくは貢の首でも抱いて忍びこめばよかったのだ。

いや、私はこれには、多加の協力があったと考える。多加に事情の全部を話し自分に力を貸させたのだ。多加は篠に言われたとおり、庭からあたかも影のように消え去ったと警察に陳述したのではないか——出棺の際多加が柩にとり縋《すが》って泣いたのは、そこに篠がまだ生きて代っていたからではないか。胴はおそらく貢の灰——実際には篠自身と貢の首の灰を埋めてくれと書き遺《のこ》した、桜の木の残骸を埋めたその場所に埋められたのだろう。

篠は炎に焼かれる最後の時、貢の首だけを抱いていられるならそれでいいと諦《あきら》めたに違いない。首は貢の命そのものであり、またその首には藤生の花を守るためにしろ、恐ろしい欲望からにしろ、自分の犯した罪が火傷《やけど》の跡で残っていた。その火傷を負う際、貢が堪えたものを今自分も堪えるのだ——そう思うことだけが柩の中で最後の際を迎えた時の篠の慰めだったかもしれない。

一年近い異常な関係を通して、継母《ままはは》と継子の間には愛情のようなものが育っていたのではないだろうか——それが世に言う男女の愛だったのか、それとも母子《おやこ》の愛に近いものだったのかわからないが、ともかくそれが一つの愛の形だったことは間違いないように思える。

その愛の炎に、深沢篠は、文字通り身を焦《こ》がした女だったようである。

私は前にも藤生家の滅亡には、火が重要な役割を果たしていると書いたが、深沢篠の命と貢の命を同じ柩に焼いたその火で、藤生家の悲劇は最後の幕をおろしたのだった。

それからしばらくして、私は小川町の藤生家の跡があったと思われる辺りを訪れたが、現在はもうビル街に変り、誰も藤生の名すら知る者はなかった。

しかし私の想像があたっているなら、このビルの谷間の土中深くには桜の木の残骸に混じって、今も二人の男女の命が、灰と骨の形で埋まっているのである。だが、アスファルトとコンクリートだけが今道を歩く人の影すら呑《の》みこんでしまう大都会は、そんな幻を追うことすら許してはくれなかった。

文明の無表情は八十年の歴史の闇《やみ》を完全に包みこんでもう何も語りかけてはこない。

野辺の露

〈第二話・杉乃《すぎの》〉

杉乃さん……いや、義姉《ねえ》さんと――昔どおりにそう呼ばせてください……あれから二十年が過ぎてしまった。月日の早すぎる流れはいつも夢のようにしか思えないが、あれは大正三年のことだったから、たしかに二十年という長い歳月が今日までに流れ去ったのだ……義姉さん、あなたは気づかなかったろうが、この二十年の間に僕《ぼく》はあなたを三度見かけている。一度目はあれから六年が過ぎた春の一日で、花盛りの坂道を、陽《ひ》ざしとともに落ちてくる花片《はなびら》に頰《ほお》をかすかに上気させたあなたは、尋常小学校にあがったばかりの幼い暁介《ぎょうすけ》君の手をひいて、楽しそうに唱歌を口ずさみながらのぼっていき……さらに数年がたち、大正末年の冬、僕が商用の帰りに品川の停車場《ステーション》の中を通った際、思いもかけずあなたは家族といっしょに汽車からホームへと降りたったのだった。あなたの夫であり、僕の兄でもある村田暁一郎《ぎょういちろう》の恰幅《かっぷく》のいい肩陰に一歩退いて、色白の顔を濃紺の肩かけに埋《うず》めるようにして随《つ》きしたがっていく姿が、いかにも夫に貞淑な、もの静かな人妻といった風情《ふぜい》で倖《しあわ》せそうにすら見えた。あなたと並んだ暁介君は、母親を凌《しの》いでしまった体軀《たいく》を恥じるように、学生帽を目深《まぶか》にかぶり顔をとざしていた。兄と暁介君との父子《おやこ》関係についてはいろいろと噂《うわさ》にも聞いていたから、あなたを倣《まね》て一歩背後に隠れるように歩く暁介君が、父親の陰のさびしい位置に置きざりにされているようで、僕はたとえようもなく辛《つら》く……三度目はまだつい十日前、そうあの事件の朝……仙覚寺《せんかくじ》の墓地で村田家の先祖の墓に花を手向《む》け、手を合わせているあなたを見かけた。四十路《よそじ》の老いに、髪には白いものが混りだしていたが、口もとや項《うなじ》には二十年前のあなたが、細い俤《おもかげ》の筆で掃《は》かれていて……あなたは依然僕には遠すぎる女《ひと》だった。この下町で細々と薬商いをしながら、あなたたち家族の日陰の場で、あなたを忘れようとし……あなたにも暁介君にも絶対に近づいてはならないと自分を戒め……ただそれだけが僕の二十年だった。その僕が、突如今になって手紙の文字ででもあなたに語りかけようと決心したのは、無論、十日前、つまり十月六日のあの事件のためだった。暁介君が『夜九時に酔い潰《つぶ》れて帰宅すると、そのままふらふらとお勝手にむかい出刃を摑《つか》み、茶の間で酒を飲んで眠っていた父親村田暁一郎を刺殺した』と新聞が報じているあの事件のためだ。母親であるあなたが制《と》める暇《いとま》もなかった一瞬のうちの出来事で、暁介君はそのまま酔いが回って倒れ、巡査が駆けつけた時には、まだ酒臭い息を吐きながら血で染った出刃を手にして眠っていたという。新聞も号外も、秀才の仮面を被《かぶ》った悪鬼に等しい帝大生と、酷《むご》すぎる言葉を暁介君に投げつけていた。『カフェの女給との自由恋愛を父親に非難され……』としか書かれていない所を見ると、おそらく暁介君は父親が生まれてからこの方自分を虐《しいた》げ続けてきた本当の理由については……兄が、不義の子として、罪の子としていかに暁介君に冷たい仕打ちをしてきたかについては……固く唇《くちびる》を鎖《とざ》す覚悟でいるに違いない。自身のためにも、あなたのためにも……そうして叔父である僕のためにも……だが義姉さん、本当にそうなのだろうか。今、獄舎で暁介君は自分こそが犯人だ、酒で酔い潰れ何の記憶もないまま父親を殺害してしまったのだと信じて苦しんでいるかもしれないが、本当にそうだったのか。いや……十日前のあの事件には当の暁介君すらも気づいていないひとつの真相が隠されている。そのことでどうしても報《し》らせたいことがあって……義姉さん、あなたという女《ひと》に、今、そう二十年ぶりにやっと、僕は語りかけようとしている……

二十年前の当時も、義姉さん、あなたは僕には遠い女《ひと》だった。僕が医術を志して大学で学ぶために上京した時には既にあなたは兄の妻として、兄とは幸福な、いや一見幸福そうに見える絆《きずな》で結ばれていたのだから……兄と僕とは六つ違いで、幼少の頃《ころ》に両親を亡《な》くし、ともに小田原の叔父夫婦に引きとられて育った。堅物《かたぶつ》の木石で融通のきかぬ僕にくらべ、子供の頃より何事につけ機転のきいた才覚を発揮していた兄は、明治末に上京し、大学を出ると官吏になり、東京でも有数の織物問屋の一人娘だったあなたを妻に迎えた。僕が上京し、小石川に下宿しながら大学に通うようになったのは、その翌《あく》る年だった。僕は時々兄の家を訪れ、あなたと顔を合わせ、言葉も交えた。官吏になった兄は田舎にいた頃より幾まわりも大きくなってみえたが、それは新妻のあなたという大きな存在を得たからだった。あなたはその頃でさえ初々《ういうい》しい新妻というより、もう長い間夫を支えてきた賢妻のように肩陰から兄という人を物静かすぎるほどの眼差《まなざし》で見守っていたが、そんなあなたがそれでもうち笑むと唇にふっと幼ない赤味を滲《にじ》ませるのが、東京に出て間もない僕の目には美しく沁《し》みた――後になって思えば、僕とあなたとの橋渡しの役をつとめたのが当の兄自身だったのは、皮肉としか言い様のない話だ。一年が何事もなく過ぎ、大正三年の夏の終り、兄は馬術を楽しんでいる最中に落馬し、全治に半年はかかるという骨折のために病院暮しを余儀なくされた。入院して数日後、見舞にいった僕に兄は、「順吉、悪いがしばらく大学の帰りに家へ寄って杉乃の容子《ようす》を見てくれないか。下女の清がついているが、小娘では頼りないし……実は先月末に杉乃は一度死のうとしたんだ」意外な言葉を切りだした。驚いて事情を尋ねると、自分は谷中《やなか》裏の長屋に一昨年から女を一人囲っている。この春、女に男児が誕生して杉乃に露見してしまったが、ただ黙って自分の不行状を耐えてくれているように見えたのが、八月末に突如、剃刀《かみそり》で手首を切ろうとした。偶然気づいて制《と》めたから大事には到らなかったが、また同じことをするのではないかと心配でならないと、兄には珍らしく暗い眼差で言うのだった。驚きながらも僕には思い当ることがあった。八月末、夕立ちが通りすぎたあと下宿に戻《もど》ると、義姉《あね》と名乗る人が夕立ちの最中《さなか》に訪ねてきて今しがたまで待っていた、という。ゆき違いになったのだろう。部屋に上ると、畳に濡れた跡があって、卓袱台《ちゃぶだい》には杉乃と雨露で名が書かれていた。その際《とき》は雨宿りに立ち寄ったぐらいにしか考えなかったが、同じ頃死を図ったのだと聞くと辛い気持の一端でも打ち明けたくて訪ねてきたのだと思い当り、雨露の名のとぎれとぎれに消えかかっていたのにもあなたの命の脆《もろ》さが語られていた気がして、翌日の大学からの帰り道、僕は早速にあなたを訪ねたのだった。兄はもちろん僕を信用しきって頼んだのだ。僕もまたその段階では、胸の底に眠っていたあなたへの気持に気づかず、自分がまさか兄を裏ぎって罪の炎に身をまかすほど多情な男だとは思ってもいなかったのだった――兄とあなたの家は本郷の奥まった所にあって、夕暮れどきなのに燈《あかり》も点《とも》さずだったせいか、主《あるじ》のいない寂寥《せきりょう》が感じられ、どこか野辺にむすばれた草の庵《いおり》を思わせた。それは、あなたが鈴虫の音色《ねいろ》が好きで、秋に虫を寄せるために庭の薄《すすき》や茅《かや》をわざと苅《か》らずに、荒れたまま生い繁《しげ》らせておいたせいだろうか。四《よ》つ目垣《がき》越しに覗《のぞ》くと、庭の一隅《いちぐう》に、あなたの影が白絣《しろがすり》をまとって蹲《うずくま》っていた。声をかけても、しかし返答はなく、僕は庭へと足を踏みいれたのだが、それでも蹲ったあなたの背はただ眠っているように静かだった。僕もまた手をのばせばたち籠《こ》めた夕靄《ゆうもや》に幻となって消えてしまいそうなあなたのほの白い姿がふっと怖くなり、黙って佇《たたず》んでいたのだった。やがて、ずいぶん時間が流れてから、あなたはすっと立ちあがり、ごく自然に僕をふり返って「気づいてましたのよ。声も足音も……でも夢の中の足音のように聞こえて、こわくなってふり返る勇気がありませんでしたの」言ってから、今日は頭痛がするから明日もう一度来てほしい、いや明日だけでなくしばらく通ってくれないか、一人で淋《さび》しいから順吉さんが来てくれたら気が紛《まぎ》れるかもしれない、兄と申し合わせたような言葉を続けた。僕が大きく肯《うなず》くと「荒れてるでしょう」あなたは思いだしたように庭を見回した。「でも、お蔭《かげ》でもう鈴虫が一匹鳴いてるの。聞こえる？」問われて耳を澄ますと、草が野中のように生い繁ったどこからか、かすかに虫の音が響いてくる。夏はまだ終っておらず、汗のにじむ夕刻だったが、その音色が雑草に青々と残った夏の匂《にお》いをやわらげて、庭がふと秋色にかげった。「どこで鳴いているかわかって……」「さあ……ずいぶん遠い音色です」あなたは眉《まゆ》の端を落とした笑顔のまま「ここ……」団扇《うちわ》を胸にあてた。そうして次の刹那《せつな》、あなたの手がつと僕のほうにのびたと思うと、僕の手は導かれるままに、白絣の襟《えり》を割って、懐中へと落ちていた。驚くいとまもない瞬時のことで、僕の指が、虫のうす羽に触れ、りり……とか細い声が答えた。あなたのやわらかい胸の裏に潜んだ闇《やみ》の鈴を、僕の指がさぐりあて、小さく揺らしたようだった。僕は慌《あわ》てて手をぬくと、火照《ほて》った指を背にまわして隠した。それまで無垢《むく》な笑顔だったあなたも、僕のうろたえぶりを見ると、恥じるように「暑いのね」意味のないことを呟《つぶや》き、夕闇を胸もとへ煽《あお》ぎよせて団扇をとめ、胸を隠した。団扇の表に描かれた流水が、あなたの胸を背後に秘めてかすかにさざなみだっていた。流れの筋には銀粉が浮び、それが、夕曇りのどこにまだ夏の光がのこっていたのか、煌《きら》きらと光って、あなたの胸から幻の川が流れだしているように見えた。白絣の懐《ふところ》にとざされて、虫が相変らず遠い声を響かせていた……「戻る道はおわかりになって」その夕《ゆうべ》、別れぎわに僕をよびとめると、あなたはそう尋ねた。「来た道を戻ればいいのでしょう」「ええ、でも来た道を忘れることはないかしら?」謎《なぞ》めいた問いかけをして、あなたは顔を団扇に沈めた。目だけを覗かせ、見送る恰好《かっこう》に眼差を遠くへと退《ひ》いた。通いなれた道なのにおかしな事を訊《き》くと思ったが、のちより思えば、正しかったのはあなたのほうだった。義姉さん、その夕より歩きだした道を、僕はもう二度とふたたびひき返すことができなくなったのだった——その夜、夢を見た。闇を黒い潮《うしお》のようにかぶった薄《すすき》の根もとのもっとも暗い淵《ふち》を選んで、鈴虫が一匹鳴いていた。それは羽の透けるほどに白い鈴虫で、鳴き声までがぼおっと白く浮びあがる中へ僕は手をのばし……羽にふれると同時に鈴虫は真っ白な小さな炎となって燃えあがり……あまりの熱さに目をさました。夕暮れにあなたの胸からうつしとった熱さが火照りとなって、夢の炎の名残りとともにいっそう熱く指先に残っており、その夜からふいに濃くなった秋の気配に燃えていた……あなたの胸にふれた時、僕の指に絡《から》んだ鈴虫の鳴き声が、それまで長いこと胸の奥で眠っていたあなたへの思慕を揺りおこしてしまったのだった……

「なんだかとても寂しくって……八月末に剃刀をとった時もこんな気持でしたの。何もかもが静かで……こんな際《とき》はなんのためらいもなく剃刀の刃をすっと命にひけそうな気がするんですの」ひとり言のようにあなたがそう呟いたのは、あなたの気を紛らすために通い始めて十日目のことだった。気を紛らすといっても、あなたは夜ごとに秋を彩《いろど》っていく庭の虫の音に耳を澄まして無言のまま横顔に視線をとざしているだけで、僕の方も、庭の虫の音の透き間から聞こえてくるあなたの懐に潜んだ一匹の鈴虫の遠い鳴き声に黙って耳を傾け……下女の清がお針の稽古《けいこ》から戻ってくるまでの一時間ほどの間、燈のない縁に座っているだけだった。あの夕より指に残った火照りは、初秋のひんやりとした風に包まれ、消えるどころか埋み火のように芯《しん》に集まって、僕はあなたの静かすぎる横顔を見つめながら、何度も指を袂《たもと》に落として隠さなければならなかった。「聞いているでしょう、私が死のうとしたことは……わかってましたの、あなたが私の命を心配して寄って下さってることは」「兄のことがやはり許せないのですか」「そうではないの……順吉さん、私、あなたの兄さんを愛して嫁いだのではないのです。街中にいながら世間も知らずに育ったでしょう、ただ親に奨《すす》められて……そうして一度も愛せないうちにあの人は死んでしまって」「兄は生きてます。年が明ければまた以前通りの躰に戻ると……」「でも私の中では死んだのです。一度も愛せないうちに……それがふっと寂しくって……」「それが本当なら寂しいのは兄の方です」「いいえ寂しいのは私です……私と……あなたと」自然に唇から流れだした声にあなたは自分でも驚いたふうで、思わずふり返ると、自分が本当にそう呟いたのか僕の目の色で確かめようとした。その目を笑みにごまかすと、つと、僕の持っていた独逸《ドイツ》語の字引を手にとって、頁《ページ》を繰《く》っていたが、「接吻《くちづけ》って言葉はどれですの」思いがけなく尋ねてきたのだった。問われるままにその語を探しだしてさし示した僕の指先は慄《ふる》えていた。「どう読むんですの」「……くっす」「なぜ、そんなふうに息苦しげにおっしゃるの」「いえ……」「なぜ?」「ただ……恥かしいから」戸惑いから本心が口を突いた。「恥かしい言葉ではないのに……愛し合う男女の間ではむしろ美しい言葉なのに」言ってあなたは小指の端で唇の紅《べに》をすくうと、その指を僕の下唇にゆっくりとひいた。薄雲がたえまなく流れ、夜影の裾《すそ》が月明りにするすると剝《は》がれては、それもつかのまに薄闇をまとい……庭は光の濃淡にたえずうつろって……光の波とともに庭の虫の音が二人の座った縁にうち寄せてはひいた。「どお、美しいことでしょう?」戻した指を咬《か》み、あなたは僕の唇の紅の具合をたしかめるように目を細めた。薄明りの中へ、透き影となって融《と》けこんでいくあなたを見つめながら……嘘《うそ》のような静寂に僕はひたされて、小指がひとりでに動いた。下唇につけられた紅をすくって、僕はその紅をあなたの下唇に戻した。僕とあなたは、そんなふうにひと条《すじ》の紅を借りて接吻《くちづけ》を交わしたのだった。僕の胸を器にしてぎりぎりに張りつめていたものが小指を破って流れだした。「どうしてそんな辛い顔をなさっているの」「指が熱い……ずっと熱かった」「痛みです、それは……熱いほどに痛いんです、あの夕方、あなたの指は断ちきられて私の懐へ落ちたんです……切ったのは私です」言って自分もまた笑みを辛そうな色に崩し「私って狡《ずる》いんですの。あの人をちっとも愛していないのに三年間そのふりを続けてきました……私の中であの人が死んで今は別の人が生きています……ひと月前の夕立ちの日に、私、あなたに出逢《であ》いたくて下宿を訪ねましたの」「……」「そうして十日前の夕方やっと出逢うことができました。本当に狡いんですの。あなたが何故《なぜ》袂にいつも指を隠しているかもとうにわかっていました」「気づいていて黙ってたのですか」「いいえ」あなたはそっと首をふり「私のかわりに懐の鈴虫が鳴いてはっきりと答えていたはずですわ。袂に潜めた指と懐に潜めた鈴虫の声とで、私たち一言も言葉を交わさずにこの十日、逢《あい》びきを続けてたんです……」思いがけずあなたの気持を知って、しかし僕は嬉《うれ》しさよりも、ふっと悲しさに襲われたようにいっそう辛い目であなたを見つめていた。僕の目を逃れ、あなたは視線を庭の闇に棄て、「順吉さん、私の命を守るために通ってきてくださったのでしょう？　だったら今の私の命を守ってください……今、この一瞬《いっとき》の命を守って……あの夕も私、死のうとしてたんです。あなたの足音で救われたんです……もう一度救《たす》けてくれません？　そのために、あなたは全部を喪《うしな》うことになるかもしれないけれど……今の私の命を救けることができるわ」……ずいぶん長い時間がたって僕は肯いた。あなたの言葉より、あなたの胸から零《こぼ》れだした鈴虫の声に答えたのかもしれない。指の破れ目からは、魂の最後のひと雫《しずく》が流れだしていった。……やがて月が雲に隠れ、闇にあなたの顔がかき消され……そうしてあなたは「今夜から清にはもっと遅い時間に戻るよう命じました。おあがりになって」そう言ったのだった。虚《から》っぽになった僕の躰《からだ》はあなたの声にひきずられるように、縁にあがり、あなたの背に続いて燈のない部屋に踏みこもうとした。その僕のつい鼻先で、突如あなたは後ろ手に障子を閉めきった。「本当に私の命のためにすべてを棄てることができて」小さいが張りつめた声が障子ごしに聞こえた。「それができるなら、障子を開けて下さい。でも……でも今ならまだひき返すことができます」……僕はためらうことなく障子を開き、ゆっくりと後ろ手に部屋を閉ざした。庭の虫の音《ね》が遠のき……あなたの懐の鈴虫だけが、りんりんと闇に声を響かせ……「誘ったのは私の方です。それは憶えていて下さい」流れ落ちたあなたの涙に、僕は黙って首をふると、手をあなたの胸にさしいれた。断ちきられたという指がひとりでに僕の手を求め、あなたの胸へと引き寄せたのだった。……こうして……僕は……実の兄を裏ぎり、姦通罪《かんつうざい》という恐ろしい罪に手を染めたのだった。「あの人は死んだんですもの。私の胸の中で死んでしまったんですもの」その晩も……次の晩も……翌《あく》る晩も……罪の弁解だというようにあなたはそう呟きながら、僕に躰をあずけた。月明りの蒼白《あおじろ》いさざなみが立った畳にあなたは黒髪を幾条もひき摺《ず》らせ、鈴虫の音は、あなたの躰の奥深くに埋まった鈴が揺れているように聞こえた。「あの人が病院を出る日まで……」とあなたは僕に固く誓わせ、僕もまたその日が来るまで、兄を、世間を騙《だま》し通すつもりだった。事実、清がお針の稽古から戻る頃には僕はまた縁に戻り、そ知らぬふりで本を読み、それからも病院に兄を見舞っては、義姉さんは元気です、と鉄面皮の笑顔を通した。あの夜、障子を開くとともに僕は今までの自分を棄てたのだった。それまで嘘一つつけなかった僕が、あなたへの愛のためならどんな嘘も平然とついた。そうして実際、もしあの事さえなければ、僕たちは誰《だれ》にも知られぬままその年の終るころには関係を断ち、僕は残りの生涯《しょうがい》をその美しい秋を忘れるためだけに捧げて生きただろう。だが兄を、世間を、すべてを欺《あざむ》くことができても、唯《ただ》ひとつ運命だけは欺けなかった。——秋が深まるにつれ、あなたの躰の奥底よりますます澄みきって流れだす鈴の音色に耳を傾けながら、僕はその音があなたの躰に宿った小さな命の音であることに気づかずにいた。

義姉さん……こうして暁介君は僕とあなたとの不義の証拠としてこの世に命を与えられたのだった。父親として暁介君の傍《そば》に近寄ることのできぬ辛さを耐えるのが、また僕の二十年でもあったが……しかし一度として今まであの大正三年の秋の夜を悔《く》やんだことはなかった。悔むにはあまりに美しいふた月の夜だった——そのふた月も終り、師走《しわす》に入ってすぐ、あなたが蒼ざめた顔で、赤児《あかご》ができた、ひと月前から心配していたが、もうまちがいないと告げた時も、僕に後悔はなかった。驚きはしたが、たとえ姦通罪で訴えられ、世間に恥を露《さら》すことになっても耐える覚悟だった。ちょうど三月《みつき》という赤児は本当なら兄の子と偽れるはずはなかった。命が結ばれるその半月も前、九月半ばから兄は病院に入院していた。「でもあの人を騙して、あの人の子供として産みます」あなたがそう言った時も僕は黙って肯いた。夫に女がいることを知った春から夜の床を夫と共にしていないが、脚を骨折する直前、酒に酔い潰れて正体不明で帰宅したことがある、勿論《もちろん》その晩も別々に寝たが、その晩のことにすれば何とかごまかせる、以前にも酒に酔って正体もないままの夫に抱かれたことが何度もあるから夫も疑わないだろう、入院したのは九月半ばではあってても半月ぐらいの違いなら、どこか転地して産めば気づかれないだろう、あなたはそう言った。二人とも蒼ざめていたが、唇を震わせながらもあなたの切羽つまった口調には、お腹《なか》の子の命だけは守りたいという母親としての決意があったし、僕も「そうして下さい」と心を鬼にして頭をさげたのだった。そして事実兄は一度はあなたの嘘を信じたのである。しかし師走の半ば病院であなたが赤児ができたと告げると、笑顔で喜んだという兄がそれから数日後には真実を知ってしまった。午前中病院に顔を出す清のようすがどうもおかしいので、兄は清を問いつめて、秋もたけなわだった一夜、いつもより早くお針の稽古から戻った清が暗い障子の内側に何を見たかを聞きだしたのだ。それだけでなく兄はまた清の口から酒に酔い潰れた晩、自分が妻とは別々に寝たことも聞きだした。その日病院から戻った清のようすがおかしいので、今度はあなたが清を問いつめ、兄がすべてを知ってしまったことを聞きだしたのだった。恰度《ちょうど》その時、僕が偶然あなたを訪ね玄関に立った。畳に泣き伏した清を退《さが》らせると、あなたは突然「順吉さん、私のために死ねると言ったわね。それだけの気持があるなら大学を諦《あきら》められて？　医術の道を棄てられて？」射ぬくように僕を見つめて尋ねた。そして僕が肯くのを待って、たった今清から聞きだしたばかりの話を僕に聞かせた。「でも大丈夫です、あの人はこんな恥かしい秘密が世間に知れることを恐れて、お腹の子を自分の子として産ませ育てるでしょう。そういう人です。私を生涯憎み続けるでしょうが、あなたとの子供を大きく育てるためなら、私はそんな一生を耐えてみせます、でも私だけでなく……あの人はあなたのことも生涯許さないはずです」僕の学費もとめ、大学をやめさせ、僕の前途を滅茶滅茶《めちゃめちゃ》に壊すに違いない、その前に自分から身をひく恰好で大学をやめ、下町で薬を商っている知り合いの老夫婦がいるから、そこでしばらく仕事を手伝いながら将来を考えてくれないかと言った。「わかりました」僕は黙って頭をさげた。真実を知られてしまった以上僕の方でも二度と兄に合わせる顔はなかった。あなたは絶望のどん底に突き落とされ、却《かえ》って気持が据《すわ》ったのか静かすぎる目だった。

「今、私たちは大事な一瞬にいます。生涯もう二度と私たちは顔を合わせることもないかもしれません」確かにそうだったが、僕たちは突然の別離《わかれ》が信じられないように、ただ黙って座り、畳目へと視線を伏せていた。庭の草はもう冬枯れて色を喪い、僕はふと、まだほんのひと月前の夜、あなたが僕の躰を離れた際に、ひとり言のように口にした歌の一首を思い出していた。「恋ひわびて野辺の露とは消えぬとも誰《たれ》か草葉を哀れとは見む」何故あなたがあの夜そんな歌を口にしたかも、何故別れ際《ぎわ》にその事を思い出したのかもわからなかった。秋の終りに最後の鈴虫の声が絶えた時から、僕たちの関係がこんな不倖《ふこう》な結末を迎えることはわかっていた気がする……「私は産まれた子をあなたと思って生きていきます……私は今もあなたを愛しております」僕が立ちあがるとそれでもあなたは縋《すが》るような目になって、抽《ひ》き出しから土でできた鈴をとりだし、僕の手に握らせた。僕はもう一度黙って頭をさげ、家を出……こうして僕とあなたとは終った。——言われた通り、医術の道を断念し、薬屋の老夫婦のもとに身を寄せた僕に、退院も間近になった兄から手紙が届いたのは、その年の大晦日《おおみそか》も迫るころだった。兄弟《きょうだい》の縁を切ること、小田原の叔父にも杉乃の実家にもお前が大学で不始末を起こしたので、ある場所へ逼塞《ひっそく》させたと伝えてあること、今後自分達ばかりでなく親類縁者一同に近づかぬこと、と簡潔に記されていた。体軀に似ぬ兄の神経質そうな細い筆は、怒りに慄えているように見えた。その絶縁状を読んで、僕は生涯をあの歌のように、世間という野辺のひと雫の露として、誰にもかえりみられぬまま日陰の身として生きる決意をしたのだった。そして事実、数年後、僕を実の子同然に可愛《かわい》がってくれた老夫婦が亡くなった後も、この下町の一隅で細々と商いを続けながら、妻をめとることもなく、親類縁者の誰一人とも近づかぬまま、たった一人今日まで生きてきた。人伝《ひとづ》てに、翌年の初夏、あなたが伊豆《いず》の転地先で子供を無事に産んだことも、その後は兄が妾《めかけ》の家にいり浸ってあなたや暁介君をないがしろにしていること、妾の方の子供ばかりを可愛がり、暁介君には辛い冷たいほどの仕打ちを与えていることも聞いた。桜の坂道をあなたの手に引かれて小さな足で上《のぼ》っていった暁介君を見てからしばらくは、ただ血の繋《つな》がりにひかれて、下校時間に小学校の物陰に隠れ、正門から出てくるあの子の姿を盗み見たこともあった。だがそれも遠くから垣間見《かいまみ》ていただけのことで、やがてはそれさえ諦め、ただ兄の言葉を守り通し、余りに寂しい時はあなたがくれた土鈴を振りながら、その鈴の音だけを慰めに二十年を生きてきたのだった。いや……義姉さん、真実を語ろう。そのために筆を執ったのだから……二十年と書いたが、それは今年の夏までのことだ。あなたは知らないだろうが、今年の七月の初め、僕は一度暁介君に逢っている。その時だけではなく、今度の事件が起こる六日ほど前からはあなたにも兄にも内緒で、毎晩のようにあの子と逢っていた――しかしそれも僕の方で兄の言葉に背いたわけではなかった。今年の七月、もう夏の盛りのような蒸し暑いある昼下り、暁介君の方から突然、僕を訪ねてきたのだから。

「叔父さんのことは母から聞いていました」暁介君はそう言って、かき氷を一掬《ひとすく》い口に入れ、そのまま白い歯並を見せて笑顔になった。先刻、思いがけなく硝子戸《ガラスど》を軋《きし》ませて入ってくると「叔父さんですね。村田暁介です」海軍士官のように学生帽をとって規律正しく頭をさげてから、すぐには誰かわからず茫然《ぼうぜん》と上《あが》り框《がまち》に突っ立った僕に、もう一度挨拶《あいさつ》を重ねるように見せた笑顔と同じだった。品川の停車場《ステーション》で見かけた時より、また一回り大きくなって、日焼けした顔色も、すでに僕より頭一つ高くなった背もすっかり逞《たく》しい若者になっていた。僕は驚きや悦《よろこ》びよりも、この敷居の内に立たせてはいけないという気ばかりがはやって、慌てて下駄《げた》をつっかけ、近くのかき氷屋へ連れていったのだった。「お母さんが?」「はい。もう何年も前に叔父さんがここに住んでいると……父とは喧嘩《けんか》別《わか》れして縁をきっているがとても優しい人で、悪いのは父の方だとも聞きました。前々から一度逢いたかったのですが、今日はちょうどこの先の友人を訪ねてきたので」「いや、悪かったのは私の方だ……」「でも父はああいう人ですから……」暁介君の目が翳《かげ》を帯びた。一昨年、僕は街で偶然清を見かけ、逃げようとする清を摑《つか》まえて、無理強《むりじ》いしていろいろな話を聞き出していた。大正の末に所帯を持ち、その後も午前中は本郷の家へ手伝いにいっているという清の話では、兄の暁介君に対する仕打ちは噂以上に非道《ひど》かった。子供の頃より、わずかな仕損じのたびに、叱責《しっせき》の言葉と平手打ちがとび、押し入れに閉じこめたり、御飯をぬかしたり、夜遅くまで庭に立たせたりした。自分は妾の家にも遣いにやらされるので知っているのだが、妾の方の子供には毎日のように玩具《がんぐ》やら着物やらを買い与え、我儘《わがまま》いっぱいにさせているのに、この十数年旦那様《だんなさま》が坊ちゃまに優しい言葉をかけるのを一度も聞いたことがない。坊ちゃまのすること悉《ことごと》くに反対し、ついこの前、坊ちゃまが医術の道に進みたいと希望を述べると、恐ろしい見幕で怒りだし、独逸語などやるなと言って字引や本を庭に叩《たた》きつけた——事情を知っている清はそう言った。兄は暁介君の躰で僕に仕返しをしているに違いなかった。医術を学びたいという言葉にも独逸語に打ちこむ姿にも、兄は僕の血を見て、その血を憎悪《ぞうお》するのだろう。「奥様はそんな際、どうしようもなく奥の間に閉じこもって一人耐えておられる」それでも奥様が陰では涙ながらに庇《かば》い続けてきたので、坊ちゃまは拈《ひね》くれることなく真《ま》っ直《す》ぐに成長なさったと清は言った。事実、目の前の暁介君は、目に時々淋しそうな翳を見せるものの笑って白い歯並がこぼれると、いかにも明朗な青年といった印象で、人並み以上に立派に逞しく育ってくれていた。「幾つになったね」「二十歳になります」「じゃあもう徴兵検査だ」……あの時の僕と同じ年齢だった。当時の僕に比べると一回り逞しく、切れ長の目は僕の目を生き写しにしながらも、僕とは違って精悍《せいかん》な色を湛《たた》えていた。自分や兄やあなたの話になるのを恐れて、大学生活のあれこれを聞いているうちに「鈴の音が聞こえますね」ふと暁介君が言った。僕がすりきれたセルの着物の袂から土の鈴をとりだして振ってみせると、「いい音ですね」鈴の音を吸ったように澄んだ目になった。りんりんと……りんりんと……ほんとうに、鈴虫の鳴き声に似たその澄みきった音色は、僕の指から、ひと振りごとに小鈴を糸に通して、もはや二十年の遠い昔に埋もれてしまったあの秋と夜とを繋いでくれそうな気がして、「そう、これが君の命の音だったのだよ」僕はそう言いたい気持を必死にこらえていた。やがて最後のひと振りが別れの合図ででもあったように、「また来ます」暁介君は立ちあがった。その拍子《ひょうし》にかき氷の皿《さら》が土の上に落ちて砕け、破片を拾おうとして暁介君は小指を切った。小指の先に紅《あか》い血が膨んで、僕は慌てて塗り薬をとりにいこうと思ったが、この時暁介君が小指の端を咬んだのだった。その小さな仕草が、僕の思い出を二十年前の一夜にしっかりと繋いで、よく見ると今まで日焼けした色と精悍な目に隠れて気づかずにいたが、暁介君の唇には婦女《おんな》のような柔らかい線があって、あなたの俤《おもかげ》をそのままに写しとっている、二十年経《た》って消え去ったはずのものが、僕の小指にふっと蘇《よみがえ》って、この時も手がひとりでに動いていた。「叔父さんに一つ呪《まじな》いをさせてくれないか」そう言って僕は暁介君の指から自分の指へ血をうつしとり、腕をのばして暁介君の下唇を、紅をひくように血でなぞった。「このまま二十まで数えるんだよ」学生帽を目深にかぶらせ、廂《ひさし》の下端《したば》から唇だけがのぞくのを「ひとつ……ふたつ……」数えながら見守っていると、その唇があの夜のあなたの唇を、幻が影をひき寄せるように、二十年前から今この瞬間へとひき寄せて重なりあい、まだ日が西の空に残っているのに、蒼い月影がさしこんでくるようにまで思えてきて……「十《とお》……十一……」と一つの数を数えるごとに、これでいいのだ、これで二十年耐えてきたものが全部酬《むく》われたのだと心に言い聞かせて、「もう来てはいけないよ。君のお父さんとは縁を切ったのだから、君との縁も切れてしまっているのだから」店から塗り薬をもってきてつけてやると、そう言って暁介君を夕暮れの路地へ送りだした。下駄音と共に遠ざかる後ろ影を見送りながら、こんなにも大きくなってくれた、どんな形にしろここまで大きくなってくれた、あの時の兄の言葉一つで闇に葬られたかもしれない命がこの世に生を得てこうも大きく育ってくれた……指にまだ残っているあの子の血に、命の尊さまでが思われて、兄に済まない、あの子ならどんな辛いことにも耐えて立派に生きていってくれるだろう、もう二度と暁介君にも逢うまいと固く心に誓ったのだった……だから義姉さん、夏が終わり、秋風が立ち、その秋も深まって……事件の六日前、ふたたび突然僕に逢いに来たのは今度も暁介君の方からだった。——暁介君は夏の頃より銀座のカフェの女給と恋仲になり、当然ながら兄から苛烈《かれつ》な反対にあい、一旦《いったん》は父親の命令どおりに諦めようとしたものの、考えと情は別で、忘れようとして忘れきれぬ想《おも》いに苦しんでいたのだった。生まれて初めて兄に烈《はげ》しい口答えをし、兄から茶碗《ちゃわん》をぶつけられたといい、眉の端にはまだ傷が蒼く残っていた。こんな雄健な若者にも恋の道を断ちきれぬ軟弱さがあったことに驚きながらも、いやそれこそが、一人の女に溺《おぼ》れた自分の血なのだ、兄が反対するのも、相手の女給の身分が賤《いや》しいことより何より、暁介君の激情に僕の血を見たからに違いない、とまたも兄の気持を推《はか》ってみるのだが……女給といえ道ならぬ恋路ではなし、二十年前の自分の恋情《こいごころ》の辛さを思えば、何とか添わせてやりたい、それで許されるなら兄に土下座してでも頼んでやりたい、そうは思っても、しかし勿論そんな真似《まね》さえ許される自分の立場ではなし、「いっそ家を出たいとも思うけれど、母のことを考えるとそれもできずにいます」という暁介君の愚痴を黙って聞いてやるのが精いっぱいだった。それでも僕に語れば幾分気が晴れるのか、翌日も、また翌日も暁介君はやって来た。そうなると僕もいつの間にかあの子が来る時刻だけを楽しみにするようになった。またも兄を欺く後ろめたさに苦しみながらも、あの子が土間に立つと嬉しさは顔に出て、狭い男所帯ではお茶一杯さえ満足にふるまえないのを、近所の駄菓子《だがし》屋から子供が食べるような捩《ねじ》り飴《あめ》やら金平糖《コンペイトー》を買ってきて埋め合わせたりしていたのだが……あれは事件の前々日だった。夕暮れが迫る刻《ころ》になってもたち去り難《がた》くしていた暁介君がふっと「叔父さんが本当の父親だったらいいのになあ」ひとり言のように呟いたのだった。僕は煙管《きせる》に紙縒《こより》を通していた指をとめた。そしてふり返ると目を細め、暁介君を非道く遠い視線において「叔父さんが本当の父親だったらどうする」そう尋ねてみた。暁介君は何も答えず僕を真似るように遠い眼差《まなざし》を返していた。「叔父さんが面白《おもしろ》い嘘をついてみようか……暁介、君は叔父さんの子だよ」一言だけ……本当に一言だけ言ってみて、次の瞬間には笑い声で打ち消した。「叔父さんはずっと独り暮しだったから、嘘でも一度、そう言ってみたかっただけのことだ」しかし、その時だった。僕の声がとぎれぬうちに、暁介君は、「嘘で本当の事を言うこともあるのですね」寂しそうな声で言ったのだった。路地を羅宇《ラオ》屋の汽笛が通りすぎ、裏庭の塀《へい》に涸《か》れたまま残っていた朝顔の、朽ちて破れた葉に赤蜻蛉《あかとんぼ》が一匹羽をふるわせてとまっていた……二人は畳目に霞《かす》んだたがいの影を長い間、黙って見守り、下町の夕暮れは、汽笛が秋の夕風に追われるように遠ざかっていくだけで……ただ静かで……それがあの子と僕の親子の名乗りだった。――いや結局名乗ったのはあの子の方だけだ。「僕は叔父さんが本当の父親だと知っていました。大学に入る前に母から聞きました。二十年前叔父さんと母の間に何があったのかも……そのために父が僕に冷たくあたることも……しかし母はどんなことがあっても本当の父さんに逢いにいってはいけない。罪の子を自分の子として育ててくれた父親には大きな恩があると……」「いやそれは嘘だ。お母さんは、君があまり厳しく育てられたのが可哀相《かわいそう》でそんな嘘をちょっと言ってみただけのことだろう……絶対に嘘だ」結局最後まで白《しら》を切り通して、その日は暁介君を帰した。暁介君は帰り際に明日もまた来ると言い、僕も肯いた。あと一日を最後に今度こそ本当に生涯暁介君とは逢わずにおく覚悟だった。あの子が僕が父親だと知っていたことに驚くよりも、知っていながらも僕を恨むこともなく、また自分を育ててくれた父親に済まないという気持もあったのだろう、今日まで何も知らぬふりで僕を叔父さんと呼び、そう呼ぶ裏の気持では僕を本当の父親として慕ってくれていたのだと思うと、ただあの子が不憫《ふびん》に思えてきて、だからこそ誰よりあの子のためにもう二度と逢ってはいけないのだ、そのためならどこか遠い地へ行ってしまおうかとさえ思ったのだった――しかしその晩一つ思いついたことがあって、僕は翌朝早くに「急に今日一日旅に出ることになったので、明日もう一度出直してくれまいか」と暁介君への置手紙を硝子戸にはさんで家を出た。湯島に住んでいると聞いた清を訪ね、さらにその足で、新橋へ向かい汽車に乗り、翌日早く再び東京へと戻ったのだった——それが事件の日の朝だった。

その日が、偶然死んだ両親の命日だったから、僕は駅から仙覚寺へ向かい、そこで義姉さんを見かけた。あなたが寺を出たあと僕も墓に参り、その後、夕方に来る暁介君のために酒を買おうと近くの酒屋へ向ったが、恰度その酒屋から出てくるあなたを再び見かけた。酒瓶《さかびん》を抱えたあなたを見送ったあと、僕も酒を買って家に戻り、今日が最後だからと、近所の洋食屋から料理を買ってきて、人並みな御馳走《ごちそう》を塗りのはげた卓袱台に並べ、あの子の来るのを待ったのだった。秋の暮色が下りる頃にやってきたあの子に酒を振舞い、「もう二度とここへは来ない方がいい」と言ってゆっくりとその話を切りだした。暁介君は非道く驚きながらも、僕の言葉にうっすらと涙すら浮べて肯いた。僕にはもう二度と逢いに来ないと約束すると、自分から盃《さかずき》を重ね、わざと陽気に寮歌などを歌って聞かせたりしたのだが、やがて裸電球の燈《あかり》が秋の夜に白々と映える刻《ころ》、酔い潰れて畳に伏せてしまった。泊めるわけにもいかず、近くの俥屋《くるまや》さんに頼んで二人乗りの人力車を出してもらうと、僕は本郷の家まで暁介君を送っていったのだった。二十年ぶりのあなたの家は、昔通りの影を夜影に重ね、庭の鈴虫はりんりんと二十年前と変らぬ秋を謳《うた》っていた。だが懐《なつか》しさに浸る余裕はなく、身動きもできずにいる暁介君の大きな躰を背負うようにして、僕は玄関まで運んだ。そうしてその夜を境にあなたとも、兄とも、あの子とも……すべての縁を永遠に断ちきる決意で、あなたに返すつもりの土の鈴を、玄関の硝子戸の裾《すそ》に座りこんで酔い潰れているあの子の手に握らせようとしたのだが、酔いで緩んでしまった指は何度も鈴を敷石に落としてしまうだけで、諦めてそれを袂に戻したところへ、物音を聞きつけたのだろう、硝子戸の内側に燈が点《とも》り、あなたらしい人影が浮んだ。僕は慌ててその場を離れ、鈴は帰り道の川に棄てた。二十年間鳴り続けた鈴が、僕の指を離れ、最後の音が川面《かわも》を切って、やがて闇の流れに沈んでしまうと、もう僕の生涯には何も残っていなかった——義姉さん……それが夜の九時だった。新聞で暁介君が、「酔い潰れて帰宅するとそのままふらふらとお勝手にむかい出刃を摑み、茶の間で眠っていた父親を刺殺した」と書かれていた夜の九時だった——だから義姉さん、暁介君には絶対に兄を刺し殺すことはできなかったのだ。あれほど泥酔《でいすい》していた暁介君がどうやってお勝手まで歩き、鈴を握ることもできなかった指でどうやって出刃を握ることができただろう。誰かが……他《ほか》の誰かが、兄を殺害し、泥酔した暁介君をその傍に運び、手を血で濡らすと恰好だけ出刃を握っているように見せかけて巡査を呼んだのだ——そして義姉さん、その誰かとは、勿論あなただった。……あの日の朝墓に詣《もう》でた時、既にあなたには兄を殺害し、その罪を酔い潰れた暁介君にかぶせる計画があったに違いない。そのために酒を買ったのだが、その夜偶然、暁介君は泥酔して戻ってきた。暁介君に酒を飲ませ、あなたの計画の手間を省いたのがこの僕だったとは、まさかあなたは気づかなかっただろう。僕は偶然にもあなたの恐ろしい犯罪を手伝ってしまったことになる。だがあの夜、僕が暁介君に酒を飲ませたのにはもっと別の理由があった——もう一つ……僕が暁介君の無実を信じている理由は、事件の数時間前に僕がその話を聞かせているからだ。その話を聞いて暁介君は、この二十年間本当に悪かったのは兄ではなく、義姉さん、あなただったことを知ってしまった。だからあなたを殺したとしても兄を殺すことはなかった筈《はず》だ。……朝靄《あさもや》の中で墓に手を合わせていたあなたの静かな、老いを迎えた横顔は本当に美しかった。だが同時にそんなあなたはどんな女より瀆《けが》れ……醜かった。前々日、暁介君が偶然、「嘘で本当の事を言うこともある」と呟いた時僕に思い当たることがあった。それを確かめに清に逢い、さらにあなたが二十年前に暁介君を産んだ伊豆の旅宿を訪れ、当時の番頭からある恐ろしい事実を聞きだした。しかし二十年経ってやっと探りあてた事実をどうしても信じることができず、僕は暁介君の躰で試すことにしたのだった。それで酒を飲ませた。そんなことが証拠にならぬことは承知で、試さずにはいられなかった。そして……暁介君が思った通り酔い潰れ、畳に伏せたとき、僕はその姿にはっきりと、兄の……酒癖が悪く酔うと正体なしになる兄の血を、兄の俤を見てとったのだった——そう、義姉さん、暁介君は不義の子……僕の子供ではなかった。

世間が信じている通りに、あの子は、義姉さん……あなたと兄との間に出来た子供だったのだ。

それが義姉さん、あなたの、僕の兄村田暁一郎への二十年に亙《わた》る復讐《ふくしゅう》だった。結婚してわずか一年目に、新妻であるあなたを裏ぎって女を囲い、その女に子供まで産ませた夫への報復だったのだ。剃刀で手首を切り、死に追いつめるほどにあなたを苦しめた男への仕返しだったのだ。あなたは夫の肩陰に控え目に位置し貞淑な妻としてふるまいながら、透きとおるほどの顔の裏に、二十年間、夫への憎悪を燃やし続けたのだった。僕も暁介君もそんな、蛇《へび》の舌のように燃え続けた憎悪に利用され、犠牲にされただけだった。――「嘘で真実を語ることもある」暁介君がそう呟いたとき、僕はふっと二十年前のあなたの言葉を思いだしたのだった。「夫とはずっと床を共にしていないが、一度だけ酔い潰れて正体なしで戻った晩がある。その晩抱かれたことにすればいい」あの時のあなたも、嘘と見せかけて真実を語っていたのだった。夫を許せず拒み続けたあなたを、兄はその夜酔いにまかせて本当に襲ったのだ。あなたは抗《あらが》っただろうが、夫の強大な体軀を拒みきることができなかった。その夜の記憶が兄には曖昧《あいまい》だったことも真実だった。たった一つ嘘があったとすれば、それはその夜が、兄が入院する直前の夜ではなくそれよりもひと月も前、八月半ばの夜だったことだ。その夜のことで一層夫を憎むようになり思いつめて自害まで図ろうとした。しかし死にきることができず、姦《おか》されるように交わった夜からひと月が過ぎ、あなたは自分の躰に命が宿ったことを知った。いや、あなたにとってそれは命ではなく穢《けが》らわしい一夜の烙印《らくいん》、穢らわしい男の血に過ぎなかった。もし……もし兄の囲っていた女より早くにあなたが兄の子胤《こだね》を宿していたなら、あなたはまだそれを一つの命として許せたかもしれない。しかし先に妾の方に子供が生まれ、その後で、まるで自分の方が囲われ者のように夫の愛情の残滓《ざんし》に甘んじて子胤を宿すことは、箱入り娘として育ち気位の高いあなたには許し難《がた》かったのではないか。自分の子供というより何より腹の中に息づきだしたものは、あの女の腹に宿ったのと同じ穢らわしい夫の胤だったのだ。あなたはなんとしてもその子供を闇に葬りたかった。生まれる前にではなく、生まれた後に——不義の子を夫が自分の子として育てることは世間にもよくあることだ。それを逆さまにして、夫の実の子を、不義の子として、罪の子として育てようとした。あなたは兄の気質を見抜いていたから、世間を憚《はばか》ってその子を自分の子として育てるだろうことも、その子を一生憎み続けるだろうこともわかっていた。そうしむけることが夫への最大の報復だった。尤《もつと》も恰度その頃あなたの周りに、罪の子の父親にふさわしい若者がいなければ、あなたも思いとどまったに違いない。しかしあなたのごく身近に恰好の男がいた。木石で純情で、だからこそちょっと火を点《つ》けてやれば、身を焦《こ》がして炎を鎮《しず》める術《すべ》も見失うような若者だった。あなたはその若者を鈴虫の音色を小道具にして巧みに誘いこみ、九月末には、不義の子供ができてもおかしくない状況をつくりだしたのだった……つまりそれが僕だった。僕が九月半ば、初めてあなたを訪ねた夕《ゆうべ》、あなたが庭先に蹲《うずくま》っていたのは、既に兄の子供を身籠《みごも》った兆候《きざし》が出て、気分でも悪かったからではないのか。——そして師走《しわす》に入り「三月《みつき》になる」と偽ってあなたは僕に子供ができたと告げた。それと同時にあなたはまた、清にわざと僕たちの不義を目撃させ、清の口から夫がすべてを知るようにしむけた。僕が最後に訪ねていったとき、清は旦那様に話してしまったと泣いていたが、あなたはむしろ不義の事実が上手《うま》く夫の耳に入ったことを喜んでいただろう。僕と兄とは共に簡単に騙せたが、しかしあなたの嘘には唯一人重要な証人がいた。他ならぬ腹の中の子供である。僕との夜と兄との夜とではひと月半近い狂いがあった。臨月が訪れればその狂いは誰にでもわかってしまう。僕を愛したふりでこの下町へと遠ざけたのはいいが、あなたが誰より欺かなければならなかったのは兄だった。……しかしそれも簡単なことだったのだ。兄の立場では、それが入院以後の子供だと世間に知れては困るので、他の地で産みたいというあなたの言葉に賛成しただろうから。あなたは、それが兄の入院以前の子供だと、兄の実の子供だと気づかれることを恐れ、実際より遅れて生まれたと思わせるために伊豆へ旅立ったのだった。——二十年経って初めて疑念をおこした僕は、伊豆へ行き番頭からその子供が五月末の走り梅雨《づゆ》のころに生まれたことを聞きだした。丈夫な赤児だったというから、僕の子供では早すぎるのだ。僕とあなたが初めて罪を犯した晩から数えて九ヵ月の赤児なのだから――そのひと月半の狂いを転地先で修正し、東京へ子供を連れ帰ると、こうして事件の日まで二十年近い年月の、あなたの報復が始まったのだった。兄の折檻《せっかん》が始まる度にあなたは奥の間に閉じこもってしまうと、清から聞いた。夫が実の子を虐《いじ》める声を聞きながら誰一人見る者のない襖《ふすま》の陰であなたがどんな顔をしていたのか、子供を可愛がるふりの美しい静かな顔の下にもう一人のどんな女の顔が隠されていたのか、僕には想像もつかない。――あなたがいつかは夫に真実を告白し、夫がとり返しのつかないことをしたと気づいて驚愕《きょうがく》し、苦痛に歪《ゆが》む夫の顔を見るつもりでいたのか、それとも死ぬまで騙し通し、夫が実の子に冷淡にふるまう姿を声を、一人秘《ひそ》かに見つめ、冷やかな耳で聞き続けるつもりだったのか、僕にはわからない。しかしともかく兄を僕を、暁介君をも騙し続けて二十年を過し、あなたけある事を機に、大正三年より余りに長く引きずってしまった憎悪に一つの決着をつけようとした。その契機《きっかけ》とは他ならぬこの夏暁介君が一人の女を愛してしまった事だった。何も知らぬ兄は暁介君の激情に僕の罪の血を見たろうが、あなたの目には、暁介君の、一人の賤しい女に溺れる姿は全く別の意味で映ったのだった。それは誰より、遠い昔結婚して間もなくに新妻であるあなたを裏ぎって女色を漁《あさ》った穢らわしい男の血だった。暁介君の姿に二十年前の夫の姿を見てしまった時、それでもまだ自分の腹を痛めた子供として暁介君に残しもっていた愛情はあなたから消え去り、まさしく父親の血を受けついだ暁介君の酒癖を利用して、夫を葬ると同時に暁介君をも葬る決心をしたのだった。――それが今度の事件だった。二十年の憎悪をそんな形で断ちきり、残り短くなった余生を一人静かに生きるつもりだったのか、あなたはあの朝、夫と子供を繋ぐ一つの血筋に永久に別れを告げるために村田家の先祖の墓に手を合わせたのだった。朝靄の中の静かすぎる顔と、その裏に隠された誰一人知る者のないひとりの女の顔と――それが、義姉さん、あなたという女《ひと》だった。……あなたは兄を殺した。しかし真の意味で葬られたのは兄より、この僕だったろう。あなたの嘘を信じて、僕は二十年間、自分のものではない嘘の人生を歩いてしまったのだから。あなたがくれた偽りの鈴の音だけを頼りに生きてきた僕の人生は一体なんだったのだろう……鈴の音を闇の川に沈めた今、僕の人生には何が遺《のこ》っているだろう……恋ひわびて野辺の露とは消えぬとも……今になってあなたがその歌を呟いた意味がわかる。あなたはその歌で僕を愚弄《ぐろう》したのだ。僕はあなたという広野《ひろの》のひと雫の露に過ぎなかった。「誰《たれ》か草葉を哀れとは見む」本当にそうだったのか……本当にあなたはただ僕を偽りでのみ愛し、僕の人生をひと雫の露と蔑《さげす》み、憐《あわ》れみの一片《ひとひら》だに感じていなかったのか……それとも……あなたの謀《はか》りごとの裏には、多少でも僕への本当の気持があったのだろうか。宿った生命を、憎んでいる夫の子供としてより愛している男の子供として考えたい、そんな気持が多少でも……いやもうそれもどうでも良いことだ。あなたに誘われたとはいえ、僕もまた自らの手で、開けてはならぬ障子を開き、罪の部屋へ踏みこんだのだから。

僕も兄もそれぞれの罪の酬いを受けて当然だったのかもしれない。だが……しかし……義姉さん、暁介君には何の罪もない。この世に命を授けられ、その命をただ不倖《ふこう》を忍んで生きてきたあの子に、一体こんな酬いを受けねばならぬどんな罪があるというのか……義姉さん、すべてを騙しきったあなたに唯一つ過失《あやまち》があったとすれば、それは二十年も嘘を信じていれば、どんな嘘でも真実になってしまうのを見落としていたことだろう。事実を知ってしまった今も僕はあの子に、血の通った実の子としての愛着を断ちきれずにいる。今もまだ僕に遺っているものがあるとすればそんな親としてのあの子への気持だけだろう。僕から本当の親が誰か聞かされ、今獄舎で暁介君がその実の親を過ちから殺害してしまったと思いこんで苦しんでいると思うと僕は堪《たま》らない気持になる……あの子だけはひと雫の露で終らせたくない。いやもう既に暗い二十年の生い立ちを背負ってしまって、たとえ無実とわかっても暁介君は今後、この世という野辺のかたすみで僕と同じように一人淋しく生きていかなければならないかもしれないが、たとえそうだとしてもせめてそのひと雫に僕の手で小さな光を与え、煌《きら》めかせてやりたい……そのために今、あれから二十年経ってやっと僕はあなたに語りかけるのだ……どうか、義姉さん、自分の罪を懺悔《ざんげ》して欲しい。そうして暁介君を救って下さい……それが……それだけが……あなたのためにすべてを喪った僕の、たった一つの頼みです……

宵待草夜情

〈第三話・鈴子〉

一

大正九年の七月、私は三年ぶりに東京へ戻《もど》っていた。

大正に改元してまもなく美術学校を卒業した私は、しばらく売れもしない絵を描《か》き続け、三年前、第十一回文展の開かれる直前に、ある事情で絵筆を折る決心をし、東京を離れたのだった。東京を発《た》つ際は、もう二度と戻ることもあるまいと考えていたのに、関西の堺《さかい》で胸を患って喀血《かっけつ》してからというもの、不思議に東京が恋しくなった。異郷の地で野垂《のた》れ死にすればいいと思っていたし、事実、名古屋から大阪、吹田《すいた》、西宮と転々とした三年間は、不要になった人生の捨て場所でも求めるように、敢《あ》えて、暗いじめついた裏街道《うらかいどう》を選《よ》って彷徨《ほうこう》したのだ。が、最後の堺で喀血が始まり、日増しに蒼白《あおじろ》く、蠟《ろう》のように生気を失っていく己れの顔色を眺《なが》めていると、さすがに里心がついた。死の影を実感した時、初めて二十七歳という若さに未練を持ったのかもしれない。

生まれ育った下町や、美術学校へ通うために毎日のように上り下りした桜並木の坂道などの、慣れ親しんだ風景にはさほど懐《なつ》かしさを覚えることはなかったが、一度素通りしたことがあるだけの、柳橋界隈《かいわい》の黒塀《くろべい》に挟《はさ》まれた細道や、あれは隅田川《すみだがわ》だったか、行李《こうり》を背負った富山《とやま》の薬売りが紙風船で子供達と遊んでいた土手や、思い出しても記憶の闇《やみ》に埋まるように頼りない輪郭しかもたない風景が、私の心を惹《ひ》きつけ、苦しめるのだった。

東京に戻って泊った〝美好《みよし》〟という小さな宿も、美術学校に入る前に一度通っただけの、×停車場に近い裏路地にあった。懐かしい東京へ戻りながら、しかし私は出歩くこともなく終日宿に閉じ籠《こも》り、横丁一帯に響き渡る蟬《せみ》の声や、路地の石畳を通り過ぎる下駄音《げたおと》を聞きながら過した。もとより、私には戻るべき家や訪ねるべき血縁はない。子供の頃《ころ》に両親を失《な》くし、その後、下町で桐油《とうゆ》屋をしていた祖父母に引き取られて育ったのだが、祖父母も私が美術学校を出る頃には他界した。里子に出された弟が一人いると聞かされていたが、物心つく前に別れた弟に、懐かしさを覚えることはなかった。

学校時代の友人が何人かいることはいた。しかし、私が宿に閉じ籠っていたのは、一つには、外歩きをしてそんな昔の友人に出喰《でく》わすのが怕《こわ》かったからである。これでは、何のために東京に戻ったのかわからなかったが、それでも宿の一室で下駄音を聞いていると、それだけでも住み慣れた古巣の空気に浸ることができた。下駄の音ひとつにも外《よそ》の地のような刺々《とげとげ》しいものがなく、鈴の音のような優しさがあった。

それでも帰京後数日経《た》って、夕風が、軒忍《のきしのぶ》に絡《から》んだ風鈴を清々《すがすが》しい音色で響かせる刻《ころ》になると、私は宿を出て、根萩町《ねはぎ》の方へ足を向けた。翌《あく》る日には美好をひき払い、今度は奥州《おうしゅう》方面にでも旅立とうと思っていたので、懐かしい夜の街をそぞろ歩いてみようという気になったのだ。

水分橋《みずわけ》と名のある小さな石の橋まで来ると、陽《ひ》はとっくに落ちたのに風が凪《な》いで、背にじっとりと汗を覚える。二間ほどの幅の河堀《かわぼり》は、この橋で双股《ふたまた》にわかれ、湾へと流れこんでいる。一筋は工場街に回り、もう一筋は、その流れに沿って繁華街が細長く続いている。街並のつき当りに根萩神社という名高い水神様があり、界隈は江戸時代から栄えている門前町である。天保《てんぽう》の頃までは浜がすぐ近くに迫っていたという。今でも工場の騒音が跡切《とぎ》れると波音が幽《かす》かに聞こえてくる。上げ潮の時刻なのか、水量《みずかさ》のました川は、夕靄《ゆうもや》の下に敷かれて、ねっとりと動かずにいる。ただ石垣《いしがき》から川面《かわも》を覗《のぞ》きこむように幹を曲げた柳の一枝が、水の中に落ちてふるえているので、流れがあるのがわかった。

柳の葉を透かして、小さな燈《ひ》が見えた。わずかに紅味《あかみ》を帯びて、円い形をしているのが恰度《ちょうど》、線香花火が落ちる間際《まぎわ》に、その暗い火の雫《しずく》となって滴《したた》るのに似ている。

遠目には、柳の葉に蛍《ほたる》でもとまっているように見えたのだが、近寄って見ると、土手の高さに半分ほど沈みこむようにして立っている煉瓦《れんが》づくりの建物の扉《とびら》に吊《つる》された洋燈《ランプ》だった。土手から石段をおりて、私は迫持型《アーチ》の扉の前に立った。〝入船亭《いりふねてい》〟と看板がある。この数年、東京ばかりでなく大阪周辺でも軒なみにふえてきたカフェのようであった。土手町の陰に隠れているとはいえ、提灯《ちょうちん》屋やら絵草紙屋やら、江戸期の名残りが染《し》みついた門前町らしい家並には不釣合《ふつりあい》であった。尤《もっと》も、すぐ近くの埋立て地には工場や商事会社が林立しているから、この一帯も新時代の波をかぶりつつあるのかもしれない。

自在鉤《じざいかぎ》で吊された洋燈の炎は、暮色の中でじっと静止している。間近に見ていても、霧か夜の雨にでもかき消えていってしまうような、遠さを感じさせる燈だった。

私がぼんやり、紅い燈を眺めていると、扉が開いた。三十五六の白い開襟《かいきん》のシャツを着た男が、女給につき添われてでてきた。女給はこの時季には珍しい緑色の着物を着ている。雨あがりの青葉を露ごと染めたような、鮮やかな色であった。

女給はすねる振りで男の手をとって揺《ゆす》りながら、

「ねえ、鈴子さんのことは諦《あきら》めた方がいいわ。あの女《ひと》、あんな温順《おとな》しそうな顔してるけど、あなたと工場長の息子を両天秤《りょうてんびん》にかけてるのよ。本当に非道《ひど》い女《ひと》。あの女《ひと》さえ邪魔してこなければ、私だって秋には工場長の息子と結婚できたのよ」

そんなことを言いながら肩へと撓垂《しなだ》れかかっていくのを、男はふり払い石段を駆けあがっていった。女は男の白い背を、片眉《かたまゆ》つりあげ、意地悪そうな笑みを浮べながら見送っていたが、やがて扉の陰にいる私に気づくと、狼狽《ろうばい》した目を慌《あわ》てて愛想笑《あいそわら》いに包みこんで、

「いらっしゃい――」

声をかけた。私は女の声に釣《つ》られるようにして中へ入った。扇のように奥に向って広が

っているので、外から想像したより内部は広かった。煉瓦は表だけで、内装はただのモルタル壁に安普請《やすぶしん》ともいえる板張りの床で、その中に白布を掛けたテーブルや籐椅子《とういす》が、何席かに頒《わか》れて散らばっている。奥の窓際の席では、浴衣掛《ゆかたが》けにパナマ帽をかぶった二人の客を、数人の女給がとり囲んでいる。長四角に切りとられた窓には、市松模様の色硝子《いろガラス》が嵌《は》めこまれ、まだ沈み切らない陽が紫や赤や青に染まって流れこみ、幻燈《げんとう》のように店内を浮びあがらせていた。色とりどりの光を浴びているせいか、蠟に似た女給たちの白い化粧顔は、笑い興じているのに、一頃《ひところ》人気のあった活人画の舞台に座っているような静寂に包まれて見えた。

青葉色の着物の女は、私を入口に近い、蓄音機のすぐ隣の席に就《つ》けると、注文した麦酒《ビール》を運んだだけで奥の席へ行き、替りに白地の夏セルを浴衣のように纏《まと》った娘を寄越した。江戸紫に銀糸で蜻蛉《とんぼ》を刺繡《ししゅう》した半襟《はんえり》だけをきらびやかに浮びあがらせ、頭髪は、私が子供の頃馴染《なじ》んだ英吉利《イギリス》結びにしていた。

愛敬《あいきょう》のいい娘で、五十銭玉一つ持っていなさそうな風体の良くない私にも盛んに語りかけてくるのだが、私が油気のない長い髪に顔を隠すようにして、陰気に黙りこんでいるのを薄気味悪く思ったのか、立ちあがると、蓄音機に盤をのせた。界でも何度も聞いた〝宵待草《よいまちぐさ》〟の唄《うた》が流れだした。英吉利結びの娘は、席に戻らず、そのまま蓄音機の拡声器《ラッパ》に寄りかかるようにして、一緒に唄を口ずさみ始めた。もうカフェ勤めも長いのか、何気なく鬢《びん》の後れ毛をもてあそんでいる指先に、大人びて崩れたものがあった。

奥の席で、笑い声が湧《わ》きあがったので、ふり返ると、恰度その時、テーブルに乗り出していたパナマ帽の客が、躰《からだ》を後ろにひいた。そして、死角になっていたその客の肩影から、一人の娘の顔が浮びあがった。

金満家らしく太った躰に押されて窮屈そうに座り、硝子窓に頭をもたせかけ、少し伏せた目で、客の煙管《キセル》にこよりを通している。

その娘が私の目を惹いたのは、誰《だれ》もが笑い興じている中で、只《ただ》一人ぽつんと輪を外れたように淋《さび》しげに見えたからだった。余程、色が白いのだろう、顔は恰度硝子の赤い光の中にあって、夕焼けを正面から浴び鮮やかに染めぬかれている。

英吉利結びの女給は、私の視線に気づいたのか、奥の席へ行って、その娘に耳打ちをした。娘は客に煙管を返すと、私の方を確かめるでもなく目を伏せたまま立ちあがった。やがてテーブルにすっと影を辷《すべ》らせて、娘は遠慮でもしているのか私の隣の椅子に浅く腰をおろした。

「暗くはなくて?」

挨拶《あいさつ》のかわりにそう声をかけると、前掛《エプロン》の蝶結《ちょうむす》びの下から燐寸《マッチ》をとり出し、テーブルの上の、三分芯《さんぶしん》の小さな置洋燈《おきランプ》に火を点《とも》した。窓から遠く、既に夕闇の深く澱《よど》んでいた二人の周りを、曇った火屋《ほや》越しの淡い燈《ひ》が照らしだす。娘はそれ以上唇《くちびる》をひらかず、私の無言につき合って黙っている。十七八だろうか、白粉《おしろい》で大人びて見えるものの、地肌《じはだ》にはまだ幼なく光りだってくるものがある。それは、自分の色をまだ知らずにいる白生地《しろきじ》のような白さで、眉墨や紅《べに》の濃さが不釣合に痛々しいほどなのだが、そんな幼なさをうち消すように、半ば伏せた目や顔や、白い前掛《エプロン》の下に浅黄色の着物を着た容姿《すがた》に、暗い翳《かげ》を纏いつかせている。このところよく見かける耳隠しの頭髪《かみ》を静かに波うたせ、セルロイドの髪飾りをつけていた。髪飾りは露草の形で、娘の顔だちに似ていた。

娘は、黙ったまま細い指で髪の上から両耳を覆《おお》っている。蓄音機から流れてくる〝宵待草〟の唄を聞きたくないと言っているようにも、酒で火照った頬《ほお》を気遣っているようにも見える。そんな姿勢のまま、写し絵の風情《ふぜい》でじっとしている娘の襟足あたりに、背後の壁に掛った八角時計の振り子が音もなく影のように揺れている。

「えっ？」

娘は、唐突に手を耳から離すと、私に目を投げた。

「いま何か言って？」

私は、横に首を振った。

「そう。いま何か言ったような気がしたけれど……」

私の唇が少し動いたので、娘は思い違いをしたようである。その誤解がやっと二人を隔てていた気まずい沈黙を和らげてくれた。

「誰かを待っているように見えるね」

今度は娘の方が首を振った。

「誰も待ってなぞいないわ――なぜ?」

「この〝宵待草〟の唄は、訪れてくる筈《はず》のない男をやるせなく待ち続ける女の心を唄ったものだろう。唄声が君の躰の中から流れてくるような気がしたんだ」

娘はまた首を振った。

「しかし、淋しそうに見える」

「そうかしら、淋しいのかしら……そんなことなくってよ。お店にいると楽しいわ」

「だが一度も笑ったことがないって顔だ」

「そうね、お店では笑ったことないかしら」

今度も娘は他人事《ひとごと》のように言って、下を向いた。

「いいえ、一度だけ笑ったことがあるわ。酔っ払ったお客さんに笑えって怒鳴られて――」

「じゃあ笑えよ」

虐《いじ》めるように素っ気なく、私はそう声をかけていた。この、自分をどこかに置き忘れたような淋しそうな娘を、もっと淋しい所に追いつめてみたい気が、ふっと起こったのである。

娘は、不意に私の声に籠った冷たい響きをどう受けとったらいいかわからなかったらしい。首をわずかに傾《かし》げて、ぼんやり私を見ていたが、それでもやがて目を伏せて、唇に形だけの笑みを造ってみせた。そうして、ただじっとしている。紅の濃すぎるのが、笑みのために一層目だった。

「もうよくって?」

紅に消えかかるほどのかすかな笑みを、人形のように頬に留めていた娘は、やがて思い出したように麦酒をついだ。この時、私の額の汗に気づいて、手巾《ハンカチ》を渡してくれた。

「今夜は少し涼しいと思ったけれど」

胸もとにさしてあった白扇を開いて煽《あお》ぎだし、すぐに手をとめた。また煽ぎだし、今度もまたすぐにやめると、娘は扇をテーブルに置いて、不思議そうに私の顔を窺《うかが》った。私がコップを握ろうとすると、ふと娘は手を伸ばし、私の手を制した。

「いけないいんじゃなくって——お酒飲んだりしては……」

私は、おやと思って隣に座っている娘の顔を見た。私の躰のことに気づいているような口振りである。

「そういう躰でお酒飲んだりしてはいけないんでしょう?」

「どうしてわかった」

「同じ匂《にお》いだから……私、この二月に同じ病気で夫を亡《な》くしているの。二年近く看病していたから匂いを憶《おぼ》えてしまって……濡《ぬ》れて、青草のまま饐《す》えていくような匂い……」

私は病気を看破《みやぶ》られたことより、娘がまだ幼ないともいえる年齢で、既に寡婦だったことに驚いた。これは後に知ったことだが、娘は伊豆《いず》の土産物細工師の家で生まれ、十五の年齢《とし》に小さな停車場の駅夫に嫁いだ。子供が生まれて間もなく、夫が喀血して倒れ、それからこの春まで二年近く、親戚筋《しんせきすじ》の薬問屋で女中奉公同然に働きながら夫の看病を続けたのだった。死んだ夫との間に出来た男児は子供のいない兄夫婦に養子としてひきとってもらい、この春、幼な馴染みを頼って上京すると、このカフェに勤め始めたのだという。

「いやなことを思い出させたね」

娘は細い首を振り、

「そうでもないの。血ってとても悲しい色してるのね。あの人が血を吐く度、躰の中の悲しみをそんな色で少しずつ吐き出していって……なんだかとても安らかそうな顔になって、だんだん白く綺麗《きれい》になって……本当に静かに死んだわ……」

そんなことを呟《つぶや》きながら、娘はまた目を伏せている。その目は、何かを見ようとすると、暗い淋しいものばかり見てしまいそうで、それを怕がっている目だ。娘盛りの二年間、夫の血の色ばかり見つめて暮したために、誰を見ても躰に流れているその悲しい色をふと見てしまいそうで、それを恐れている目だった。

「俺《おれ》もそんな安らかな死に方ができればいいが……」

私が娘の淋しさを真似《まね》るように目を伏せて呟くと、娘はつと顔をあげ、何か途方もない言葉でも聞いたように大きく首を振って、

「不可《いけ》ないわ、あなたは生きなければ……」

初めて命のある強い眼差《まなざし》を私にむけて言った。波だった髪に、露草の髪飾りがほのかな光を揺らしていた。

その晩、私は河堀に障子窓を張り出した〝水月〟という待合へ娘を連れていった。店の終る刻《ころ》、冗談半分に誘うと、思いがけず真面目《まじめ》な目で肯《うなず》いた。通された部屋に、杜若《かきつばた》の派手やかな蒲団《ふとん》が敷いてあるのを見ても、娘は少しも気遅れしたふうを見せなかったが、こういう所へ来たのは初めてだと言った。

「じゃあなぜ、黙ってついてきた――」

「さあ……なぜかしら。不思議ね」

ふたたび、自分事ではないように言って、

「ときどき蛍の夢を見るの。暗い川淵《かわふち》を蛍が光の糸で縫っていくのを、どこまでもどこまでも追い続ける夢よ――あなたに誘われたとき、ふっとその光を思い出したわ」

呟いてから、私の額にじっとりと粘っている汗を認めて、

「やはり熱があるんじゃなくって？」

心配そうに手巾《ハンカチ》をさし出す。私はその手を引き寄せ、躰を畳に倒した。娘の躰は、風を掬《すく》ったかのように何の手応《てごた》えも私の手に残さず、水底の方へ沈んでゆく木の葉を思わせる頼りなさで畳の上に落ちた。斜めに伏せた目を畳目に流している娘の顔を、私は少し距離を置いて見おろしていた。それまでの三年、私が女を抱く前に躊躇《ためらい》を覚えたのは、その時が初めてだった。

娘の横顔は、私を拒んでいるのではなく、私の胸元から零《こぼ》れる暗い匂いにふっと安堵《あんど》をおぼえ、これから何をされるのかまったく気にもしていないかのようだった。娘が私に黙ってついてきたのは私の躰に染みている夫と同じ匂いに引きずられたせいかもしれないと思った。店でも私が病気だと知ると、それまで二人の間にあった距《へだ》たりを自分から埋めて、私の肩にもたれかかってきたのだ。

「笑えよ」

男の躰が覆いかぶさっていることにも気づかぬふうに、ただぼんやり宙を見つめている娘を見ると、私はそう声をかけずにはおられなかった。こんなにも淋しそうな顔をしたままの娘を抱けなかったのだ。

「笑えよ」

娘はいやいやをするように、首を振った。

「ここは、お店ではないから……」

「だから笑えよ。俺も客ではなく言っている」

娘はもう一度、今度はもっと淋しそうに首を振ってすっと起きあがると、電燈の傘影《かさかげ》に逃げた。燈《ひ》は裾《すそ》だけを淡い黄色に切り取り、私に背をむけた娘は、白い素足を庇《かば》って片方の袖《そで》を背後にまわした。

こんな所へついてきたことを悔んでいるのかとも見えたが、やがて立ちあがると電燈を消した。街燈か月明りか、障子に河堀の光が照り映えている。畳が川面を移してかすかな光に小波《さざなみ》だつ中へ、帯が墨色の影となって流れた。

二

私がもうしばらく東京に滞《とど》まってみようと気持を変えたのは、そのひとりの女給のためであった。

蟬《せみ》の声が跡切《とぎ》れて、街が夏の白い夕靄《ゆうもや》に包まれる刻《ころ》になると、入船亭の入口に吊《つる》された洋燈《ランプ》の火を、遠い昔に慣れ親しんだもののように懐《なつ》かしく思い浮べた。宿の窓から、石畳を距《へだ》てて立ち並ぶ家並の軒の影を外《はず》れて、夕空に宵月《よいづき》がのぼるのが見える。すると私の胸に、恰度《ちょうど》、夕闇《ゆうやみ》を待ってひらく花に似た、娘の着物の色が浮んだ。

目の前にいても昔日《せきじつ》の面影《おもかげ》を追っているような淡い輪郭しか持たぬ娘だったが、血を吐きだして胸に広がった暗い空洞《くうどう》を、娘は小さな燈火《ともしび》で埋めてくれたのである。別に惚《ほ》れたとか、娘の境遇に同情したというのではなく、ただ娘に寄り添っていると、放浪生活を続けた三年の間、私の背負ってきた影が娘の背負っている影に、すっと溶けあってしまう安堵《あんど》を覚えるのだった。

それから四五日、私は入船亭に通って件《くだん》の女給と水月へ出かけたり、昼間は活動写真を見た帰り道なぞ、恋仲の男女を装って肩を寄せあったりもした。

娘の名は土田鈴子《つちだすずこ》といった。

鈴子は際《きわ》だった器量ではなかったが、白粉《おしろい》をはいたように白い素肌《すはだ》と、紗《しゃ》をうっすらとかぶったような灰色がかった目とに男の気を惹《ひ》きつけるものがあった。勤め始めてまだ日が浅く、愛想笑《あいそわら》いをするでもなく、ただ淋《さび》しそうに黙っているだけの鈴子を目当てに入船亭へ通ってくる客も、もう何人かいるようであった。

しかしその鈴子が店の中で辛《つら》い立場にいることを、私は通い続けた数日のうちに知った。店には鈴子より一年早く勤めだした照代《てるよ》という女給がいた。私が初めて入船亭の前に立った夕刻、路地で客に鈴子のことを悪《あ》し様《ざま》に言っていた娘だ。照代は近くの鋳物《いもの》工場の息子である稲田《いなだ》という客と恋仲だったのだが、鈴子が勤めるようになって、その稲田の気持が鈴子に移ったらしい。稲田の素振りが冷淡になったので、照代は鈴子を恨み、何かにつけ鈴子に辛くあたるようになった。鈴子のもとにはもう一人片山《かたやま》という、埋立て地に最近建ったばかりの商事会社の社員が通ってくる。片山の方は五年ほど前に妻を亡《な》くし、男手一つで二人の子供を育てている男だった。鈴子の顔だちが死んだ妻に似ているとかで熱心に通いつめ、結婚の話ももちあがっていたという。鈴子の方でも、同じ境遇だという事もあり、その生真面目《きまじめ》そうな会社員との話には心が動いていたのだが、照代が稲田を奪われた腹いせから二人の間を邪魔するようになった。片山も照代の存在が煩《わずら》わしくなったのか、最近足が遠のき始め、時たまやってきても、照代の目を気にして鈴子と満足に言葉も交さず、帰っていってしまうという。

この話を私に教えてくれたのは、鈴子自身ではなく、鈴子が他《ほか》の席にいったときに私の酌《しゃく》をした女給だった。

「鈴子さん、こういう店でやっていける女《ひと》ではないもの。片山さんのいい奥さんになったでしょうに……」

鈴子に同情する口振りだった。

私と鈴子との関係は行きずりのまま数日で終るはずであった。私には鈴子と将来どうなるというあてはなく、ただ鈴子という女を借りてせめて最後に人並みな生命の燈《ひ》のようなものを灯《とも》しておきたいと希《のぞ》んだだけである。鈴子の方でも店で辛いことがあり、通りすがりの私にふっと数日気持を預けてみたくなっただけのことだろう。私は鈴子が、できれば片山のような真面目な会社員の後妻に入って、倖《しあわ》せな半生を送ってくれたらいいと願っていた。

稲田という工場長の息子を、私は一度だけ店で見かけたことがある。五日目の晩だったか、私が入船亭へ出かけると、鈴子は隅《すみ》の席に着いて一人で客の相手をしていた。恰度、籐《とう》の衝立《ついたて》の陰になっていて、相手の男はわずかにシャツを着た背の一部が見えるだけである。いつものように鈴子はただ目を伏せ、男も少しうつむき加減でじっと黙りこんでいる気配だった。店は混雑し、蓄音機から流れ出すさすらいの唄《うた》や客の笑い声が入り乱れる中で、男の吸っているらしい巻き煙草《タバコ》の烟《けむり》が妙にひっそりと天井《てんじょう》へ昇っていく。

鈴子は、私に気づくと、近づいて来て囁《ささや》き声になった。

「ごめんなさい、大切なお客さんなの。店が終るまで相手をしなければならないようだわ」

「それならまた出直そう」

と言うと、私が怒ったとでも思ったのか、

「明日また浅草へ連れていってくれなくって」

珍しく甘えた声で、一刻《いっとき》私の肩に躰《からだ》をすり寄せると、私から離れていった。そして、入れ違いに青葉色の着物が近寄ってきた。

「あなた、鈴子さんがお目当て?」

険のある目つきで、照代は聞いた。私が黙っていると、きつい眼差《まなざし》を鈴子の席に向けて、

「あの二人仲良さそうに見えるでしょう。でも心配は要らないわ。あの客は稲田っていうのだけれど、私はあの男のとんでもない秘密を知ってるのよ。鈴子さんの方にも人には言えない秘密があるし……私が二人の秘密を握っている限り、二人ともどうにもなりはしないわ」

酔っているらしく、敵意を露《あら》わにした笑みで唇《くちびる》を歪《ゆが》めて言うのだった。

「どんな秘密だ」

「教えたら、秘密ではなくなるわ」

私と話しながら、男の背にじっと動かずにあてられた照代の目には、小娘とは思えぬ邪悪なものが潜んでいる。私は不愉快になって、すぐに立ちあがると店を出た。

鈴子は、翌《あく》る日、昼前に宿の方へ訪ねてきた。前夜の稲田という男のことについては、私は何も尋ねなかった。照代の言葉が事実とすれば、鈴子は稲田という特定の男がありながら、私とも待合の夜を共にしていることになる。しかし、そんなことはどうでもよかった。私と鈴子の繋《つな》がりは、いわば通り雨に降られた者同士に似ていた。どちらともなくさし出した傘《かさ》の下で肩を寄せあって一刻《いっとき》、雨を庇《かば》い合えればそれでよかった。鈴子も前の夜のことは何も口にしなかった。

浅草六区へ出かけると、日曜のせいか、炎天をものともせず、周辺は大層な人だかりである。以前は見世物小屋や芝居茶屋の並んでいた通りも、時流に押されて、すっかり活動写真館に並びかわり、児雷也《じらいや》や紅毛の女を描いた看板が、炎天に混りこみ極彩色を燃えあがらせている。呼びこみや大道芸人の張り声、曲馬団のジンタ、遊園地の回転木馬の音楽が賑《にぎ》わしく入り乱れる中に、午砲《ドン》が響きわたった。

近頃《ちかごろ》、方々でもて囃《はや》されていると聞く女奇術師の偽者《にせもの》らしいのが、夏らしく水芸を出している小屋に人が集まっている。私はその方を見たかったのだが、鈴子は活動写真がいいと言う。

鈴子は、よほど活動写真を好いているらしく、浅草へ来たがるのはそれを見るためであった。飴細工《あめざいく》を握りしめて、鈴子は活弁の声も耳に入らぬように、写幕の光を煌々《きらきら》輝く目に受けとめて見いっている。退屈きわまる剣劇に夢中になっている鈴子は、本当に子供じみた活々《いきいき》とした顔で、とても倖せそうだった。カフェで見せる大人びた顔と、そんな幼い顔の不釣合《ふつりあい》に、私はふと憐《あわ》れみを覚えた。活動小屋を出て、洋食屋でカツレツを食べた後、私は鈴子に着物でも買ってやろうという気になった。

「お金はあって？」

仲見世の反物屋の出窓に飾られた京友禅を眺めながら、鈴子は心配そうに尋ねた。私の風体ではそう心配するのも無理からぬ話だが、私は堺を発《た》つ際に、それまで働いていた料亭の金を三百円あまり持ち逃げしていたのである。働いていたといっても下駄《げた》を並べたり庭の掃除をしたりの雑役であった。東京へ戻《もど》ってからもあまり外を出歩かないようにしていたのは、一つにはそのためであった。偽名を使っていたし、東京まで警察の手が伸びる心配はないと思っていたが、やはり人目を憚《はばか》る気持があった。

遠慮する鈴子を無理に店内に引きずりこみ、好きな反物を選ばせた。鈴子は玩具《おもちゃ》の山を前にした童児のように、泣き出しそうな顔でどれにするか決めあぐねていたが、そのうちに私は鈴子が、花柄《はながら》の反物だけは避けているらしいことに気づいた。椿《つばき》や桜や梅や、鈴子の年齢頃《としごろ》の娘の好みそうな柄には見向きもしない。

最後にやっと、鈴子は水色の銘仙《めいせん》を選んだ。同じ水色でも私は紅葉の裾模様《すそもよう》の散った方を勧めたが、鈴子は亀甲《きっこう》の大人しい地味な柄の方がいいと言った。

店を出ると、反物を大事そうに抱えて何度も礼を言い、

「ねえ、古宮さんは絵描《えか》きさんじゃなくて？」

と訊《き》いた。私が驚いてふり返ると、

「反物を選ぶときに色目にとても細かく気を配っていたから。ただの男の人ってそういうことに頓着《とんちゃく》しないのではなくて？」

私は以前確かに絵を描いていたが、今では方々を渡り歩くだけの生活だと答えた。

「渡り歩いて何をしてるの？」

風体のわりに羽振りが良さそうなのが気に懸ったのか、出会って初めて鈴子の方から尋ねてきた。

「さあね、ひょっとしたら探してるんだろうな」

鈴子の口癖を真似《まね》て、他人事《ひとごと》のように言った。

「探すって、なにを？」

「棄てるところさ――」

鈴子は、私の声が聞きとれなかったのか、聞こえても意味がわからなかったのか、そのまま黙ってしまった。鈴子の日傘に二人の影を包みこんで、どこまでも歩き続けると、いつの間にか上野の不忍池《しのばずのいけ》に出た。夕陽《ゆうひ》には色がなく、夏らしく空高くに昇りつめていた雲も、もう西の端に崩れ落ち、白い入り陽を烟《けむ》らせている。風が水面を光と影にわけ、波紋に追われて蓮《はす》の葉が池の岸の方へ靡《なび》こうとする。折り重なった葉の一隅《いちぐう》で、花弁を閉じる刻《ころ》になって最後の光を惜しむように、一つだけ花が天に向って開いている。私はその花を指さして教えたが、鈴子は関心もなさそうに池のむこう端を眺めている。

この時も私は、おや、と思った。普通の娘なら「まあ綺麗《きれい》」と言って、なんらかの関心を見せたはずである。

「花は嫌《きら》いなのか」

反物屋で鈴子が花柄を避けていたのを思い出しながら尋ねたが、鈴子は黙っている。私はその時、店の者が出してきたあの青葉色の反物のことが、鈴子の胸に重くのしかかっているのではないかと、ふと思った。それは、照代が店で着ているのと同じ色で、鈴子が目に怯《おび》えを走らせ、さっと顔を背けたのに私は気づいていた。鈴子は青葉色に、照代の顔や仕打ちを思い出し、思案にくれているように見えた。

その晩、水月で、私は東京に戻ってから初めての喀血《かっけつ》をした。二年もの間結核の病人を抱えていた鈴子は、驚くより前に落ち着いた手際で、私を蒲団《ふとん》に寝かせると、医者を呼んだ。やがて医者が帰り、私の顔に生気が戻って、鈴子はやっと私の吐いた血の量に吃驚《びっくり》したようである。剝《は》がした敷布にまだ生々しく滲《にじ》んでいる血に、目を伏せて、

「さっき、棄てるっていったのは命のこと?——命の棄て場所を探してるってこと?」

自分にむけて尋ねるように、そう呟《つぶや》いた。私は肯《うなず》くかわりに、ちょっと笑って見せ、ぼんやり、電燈《でんとう》の燈《ひ》に晒《さら》された自分の血の色を眺《なが》めていた。

その三年前、私が絵筆とこの町を棄てたのは、この色のためだった。私は自分が犯した罪のために、今まで死に場所を求めてさまよい歩き、挙句《あげく》は窃盗の真似までする程の荒廃した人格に自らを陥《おとし》れてしまったのだった。

大正六年の夏である。私は美術学校の同期だった白河という友人と、秋の文展に出品する絵にうちこんでいた。夏の終りに、白河は私より一カ月遅れて自分の絵を完成した。私は彼の下宿でその絵を見た。ひと夏ですっかり肉を殺《そ》ぎ、死人のように蒼白《あおじろ》くなった顔で、白河は心配そうに、「どうだろうか、自分ではやっと思う絵が描けた、そう思うのだが」と尋ねた。私は黙っていた。何も言葉にできなかった。私は心底その絵に感動していたの

だ。

　絵はただ白い土に、青いまま散り敷いた数枚の葉を描いただけのものだった。真夏の強い陽ざしが、葉の影を透けるほどの薄い緑で、白い土に落している。それだけの絵だったが、しかし青々とした葉にも真っ白な土にも命が漲《みなぎ》っていた。このひと夏で、白河の削った命を、わずか数枚の葉が吸いこんでしまったように見えた。

　私はただ、「いい絵だ」とだけ言った。文展には必ず入選するだろうとか、君の才能には敗けたとか、他にも言いたいことはあったのだが、私は感動が消えるのを怖《おそ》れて胸に溢《あふ》れた熱いものに言葉を包みこみ黙っていた。この時、白河が、「前祝いをしよう」と言って酒を買いにいかなければ、私は本当に感動の涙を流し、家へ戻り、自分の絵を破って、絵以外の人生もあるかもしれないと考えただろう。

　だが白河は部屋を出ていってしまったのだ。一人になった部屋で、私はやはり黙ってその絵を見守り続けていた。私は感動のために何もわからなかった。我にかえると、絵には斜めに大きく赤い筋がひかれ、私の震えた手が握った絵筆から、真紅《しんく》の絵具が滴《したた》り落ちていた。それが自分の手だとは、すぐには気がつかなかった。白河の戻る前に部屋を出ると、簡単に荷物をまとめ、その夜のうちに私は東京を逃げだしたのだった。

　大阪で文展の噂《うわさ》を聞いた。白河の名は出なかった。その後も白河が画壇《がだん》に登場したという話は聞かない。理由はわかっていた。命を削るような思いまでして描いた絵を、たった一本の赤い線で葬《ほうむ》られてしまった白河には二つの道しかなかった筈《はず》だ。死ぬか、私のように絵筆を絶つか——事実、あの赤い筋は、私が白河の命に切りつけて出来た傷口であった。あの色は白河の命から流れ出した血だったのだ。私は罪の重みに苦しんだ。何度も死のうと思った。だがドタン場で、私を引き戻すのは、不思議にいつも私が犯した罪の重さだった。その罪がある限り、私は死ぬことすら許されない気がしていた。

「この色も、古宮さんの胸の中にあった悲しさかしら」

私の吐いた血を見ながら、鈴子がまるで私の胸の中の言葉を言いあてるように呟いた。私があまり暗い顔をしていたからだろう、鈴子は初めて自分から私にほほ笑みかけた。いや実際には、鈴子はただいつもと変りない翳《かげ》のある顔で私をふり返っただけなのかもしれないが、私にはそれが私を慰める笑顔のように見えたのだった。

そしてこの時、私はもう一度だけ絵筆を執ってみよう、と思っていた。

堺で初めて血を吐いた時、私はその血に自分の罪を見た。私は犯した罪と同じ色を吐いて、死のうとしていた。命に未練はあったと思う。だが血の色を見ながら、放浪生活で初めて私が安堵を覚えたのも事実だった。死を恐れる気持の片すみに、三年前の罪の酬《むく》いを同じ色で贖《あがな》おうとしている自分に、快いものさえ感じていたのだ。

私は、蒲団から手を出し、鈴子の手をとった。死ぬ前に、もう一度だけ絵筆を執るなら、この女給を描きたいと私は思っていた。

三

それから三日後、私は急に東京を離れなければならなくなった。三日の間、私は絵具と画布を買いこみ、宿に閉じこもって絵を描《か》いていたのだが、その絵も完成しないまま東京を離れようとしていた。×停車場の近くで、偶然、昔の美術学校の友人に出会ってしまったからである。

私と白河との関係を知っているその男は、当然、私の不祥事も聞き及んでいる筈《はず》だった。目が合うと同時に、私は背をむけて逃げだしていた。私を認めた刹那《せつな》、旧友の目には、蔑《さげす》みでも怒りでもなく、日陰を這《は》いまわる弱犬を眺《なが》めるような憐《あわれ》みが浮んだ。東京に長く居すぎた、と私はその時思った。

その晩、最後のつもりで入船亭に行ったが、鈴子は、用があるとかで少し前に店を出たという。鈴子の住んでいる所を女給の一人に聞いて立ち去ろうとした際《とき》、扉《とびら》の所で、

「鈴子さんに逢《あ》いにいくなら――」

照代が酔った声で囁《ささや》いた。

「明日、この店で五時に会う約束を忘れないで、と伝えてくれなくて。明日と明後日《あさって》は店が閉まってるのだけれど、どうしても明日中に話し合っておきたいことがあるのよ。さっ

き念を押したから大丈夫だと思うけれど――」

私は満足に声を返さずに店を出た。念を押したのなら、わざわざ私に伝えさせなくてもいいだろうに――意味ありげな言葉を私に聞かせて得意がっている照代に私は腹立たしさを覚えた。

水分橋を渡ると、不意に大粒の雨が落ちてきたので、私は鈴子の家に行くのを諦《あきら》め、宿への道を引き返した。

路地の石畳を宿の提灯《ちょうちん》に向って駆けていくと、その提灯の影に、思いがけぬ鈴子の姿があった。鈴子は、所在なげに、下駄《げた》で雨滴を蹴《け》ったりしている。私と行き違いになったのである。私が三晩も店に顔を出さなかったので、あのまま寝ついてしまったのではないかと心配して訪ねてきたのだった。

部屋に通すと、濡《ぬ》れた髪を拭《ぬぐ》いながら、小さな竹細工の籠《かご》をさし出した。竹ひごの隙間《すきま》から覗《のぞ》くと、葉が敷きつめられた中に、虫のようなものが蠢《うごめ》いている。

「蛍《ほたる》――」

雨音にかき消えそうな声で呟《つぶや》く。

「見舞いに蛍なんていけないわね」

「どうしてだ」

「短い命ですもの……でも短くてもいいわ、綺麗《きれい》に光りながら生きられれば……」

遠くを見ていた眼差《まなざし》を、ふと一点に停《と》めて、

「あれは、なあに」

と尋ねた。私には、鈴子が何を見つけたのか、すぐにはわからなかった。

「どれ？」

「ほら、あの四角い、細長い箱――」

敷きっ放しの薄団《ふとん》の枕《まくら》もとに投げだされた、真紅《しんく》の鉄葉《ブリキ》の箱のことだった。手渡してやると、中から出てきた絵具をしばらく不思議そうに眺めていたが、

「やはり絵描きさんだったのね」

呟いて、部屋を見回し、部屋の隅《すみ》に立っていた画架を見つけると、

「誰方《どなた》――この女《ひと》」

絵に描かれた一人の女のことを尋ねた。

「わからないのか」

「ええ――誰《だれ》なの？」

「君じゃないか――君の絵だよ」

私の返答に、鈴子は心底驚いたふうであった。

改めて絵を見守り、

「本当かしら、本当に私かしら――私、こんなに淋《さび》しそうな顔をしていて？」

いつもの口癖で言って、絵の女を真似《まね》るように目を伏せた。その絵は、入船亭で初めて見かけた際の鈴子の印象を描いたものである。紅《あか》い陽《ひ》を浴びて、窓辺にそっともたれかかっていた鈴子の顔である。絵は背景の壁も窓も着物も彩色して、ほぼ完成に近いのだが、肝心の顔だけがまだ白く、素描のまま残っていた。鈴子の唇《くちびる》の色がどうしても摑《つか》めず、顔に色を塗るのを躊躇《ためら》っているうちに、私は東京を離れなければならなくなったのだった。鈴子は出会った最初の際《とき》から、その線の消え入りそうに弱い顔立ちにおよそそぐわない、濃い紅《べに》を唇にさしていた。そのまま絵の中の鈴子に塗ると、私の記憶に残る顔とは別の女になってしまいそうであった。いい機会である。私は今夜中に絵の顔に色を塗って、私の形見として鈴子に渡してやろうと思った。

「紅を拭ってくれないか。君の顔にはその紅は強すぎるんだ。本当の唇の色を見たい」

絵にむかって何気なく言うと、鈴子は顔をいつもより白くさせ、はっと私を見上げた。思いがけぬことを言われ、虚を衝《つ》かれたといった顔である。何気ないだけに私の言葉は、宵《よい》の巷《ちまた》に勤め始めて間もない鈴子には応《こた》えたのかもしれない。名古屋の遊郭で「夜の燈《ひ》ばかり浴びて暮していると自分の顔がわからなくなってくるの。昔の顔を必死に思い出そうとして、眉墨《まゆずみ》や紅を濃くしてみるのよ――決して綺麗に見せたいだけじゃないわ」と言った遊妓《ゆうぎ》の言葉を私は思い出していた。

鈴子は半ば背をむけ、手鏡をとりだして口紅を拭った。拭い終えても恥かしそうに項垂《うなだ》れている。私が屈《かが》みこんで覗くと、唇は衣を剝《は》がれでもしたように震えている。紅を拭った唇は、少し暗い色合である。この色だと思った。今、この目で見ていることが信じられない、遠い面影《おもかげ》でしか追えないはずの淋しい色である。私が絵筆を握って、「箱の中から絵具をとってくれないか、今すぐ塗ってみたい」

言った言葉が耳に届かなかったのか、鈴子はじっとしている。握ったままの手鏡が、電《でん》燈《とう》の燈をはね返して、首筋に白くあたっていた。

「唇を塗ってみる。赤と……黒をとってくれないか。少し暗い赤にしてみる」

二度目の声で、鈴子は我に返ったようである。手を絵具箱にさし伸べたが、その時袖《そで》が波うって蛍の籠を倒した。拍子《ひょうし》に蓋《ふた》が開き、影が二筋、燈を切ったと思うと、部屋のどこかへ消えた。

運よく雨戸も障子も閉めきってあったので、部屋の外には逃げなかったようだが、小さな虫はどこに潜んだか見当もつかない。

「待って——静かにしていて」

鈴子は音もなく立ちあがって、電燈を消した。部屋は暗い闇《やみ》に呑《の》まれて、雨音が湧《わ》きあがった。私が何か言おうとするのを、鈴子が指で制した。息を潜めて、長い間二人は闇を窺《うかが》っていた。

やがて雨音が弱まると、それを待っていたように闇が暗く澱《よど》んだ部屋の隅に、光の雫《しずく》が滴《したた》り落ちた。つづいて天井《てんじょう》の隅でももう一つの光が闇を追い払った。綿の花でも紡《つむ》ぐように、光は淡いまま膨れていく。

私は、鈴子から扇子を受けとって畳の隅に忍び寄った。舞いあがる刹那《せつな》を狙《ねら》って扇をふりおろしたが、蛍は一瞬強い光を放つと、扇の襞《ひだ》を滑って逃げた。長い筋をひいて翔《と》ぶ、その一筋のところどころで光は切れる。しかし光が跡切《とぎ》れても余韻が筋をひいて一筋に繋《つな》がって見える。それは闇にどこまでも金糸を縫いつけていくように思えた。

私が狭い部屋の中を、踊るような姿で駆けまわるのがおかしいのか、鈴子は、澄んだ笑い声をたてると、手鏡を手にとって振った。私の幻覚だったのだろうか、二筋の光が、鏡に撥《は》ねかえり、幾筋にもわかれて闇を織りなす。何匹もの蛍が闇から生まれだして舞っているように見えたのだ。

鈴子は本当に楽しそうな笑い声で、手鏡を振っている。私もいつの間にか笑い声をあげていた。追うというより、落ちてくる光の露を扇で掬《すく》いあげるのが面白《おもしろ》くて、夢中で部屋中を駆けまわった。狭い部屋での、思いもよらない蛍狩りであった。

一筋の光を受け損ねて、私は鈴子の肩に躰《からだ》をぶつけた。二人共に、笑い声ごと闇の底へと倒れた。つい先刻《さっき》まで笑うことなど、とうの昔に忘れてしまったような顔をしていた二人が、無邪気な笑い声を部屋中に響かせているのだ。三年ぶりに心底から笑い声を挙げている自分に、不思議な気がした。

やがて、一匹の蛍はどこかへ消え、もう一匹は画布にとまった。光は、ほの白い最後の煌《きら》めきで、細い線だけの女の顔を短い間、照らしだしていた。その光も弱くなって、絵の女が目を閉じたようにすっと影が流れると、闇には雨音だけが残った。

「明日、東京を発《た》とうと思っている」

立ちあがって電燈を点《つ》けた鈴子に、私はそう声をかけた。

「そう――」

鈴子はそれだけを答えると、障子の方をふり返った。

「雨もやんだようね」

路地の静まった夜気をしばらく耳で感じとっているふうだったが、やがて立ちあがり、

「どこへ行ってもいいから――どんな遠い所でもいいから、生きていて欲しいわ」

そう呟くと、礼でも言うように小さく頭を垂《さ》げて出ていった。私の方からは何も言わなかった。鈴子はそれまでの三年間で、私の気持を惹《ひ》きつけた唯《ただ》一人の女だったが、所詮《しょせん》は先刻の蛍と同じで二筋の細い光を、僅《わず》かの時間点《とも》しただけの関係だった。畳に白扇が落ちている。鈴子は、せめての記念にわざとそれを忘れていったのかもしれない――そんなことを思いながら、路地を通りすぎていく下駄音を障子窓越しに私は聞いていた。

下駄音が消えかかると、どうしてももう一度鈴子の姿を見ておきたいという気が起こっ

て窓の雨戸を払った。恰度《ちょうど》その時、路地の角を曲がろうとしていた鈴子が私を振り返った。鈴子はまた小さく頭を垂げて、街燈の燈《ひ》の流れ落ちる中に、ほんの短い間、ぼんやりと佇《たたず》んでいた。浅黄の着物の裾《すそ》のあたりに、濡れた石畳が燈をはねかえしている。それは人の姿というより宵月を白く浴びて、待宵草《まつよいぐさ》が咲いているように見えた。鈴子が角を曲がった後も、花の色は私の頭の芯《しん》に残った。

私は鈴子の顔を描いた画布を破り棄てると、夢中で絵筆を握り、鈴子の置いていった白扇をとった。私の手はひとりでに動き、白扇に鈴子の着物の色を——待宵草の花の色を塗りつけていった。

絵は、夜明けが訪れる頃《ころ》には出来あがった。花の黄色と葉の緑だけの、とるに足らぬ絵ではあっても、私が過去に描いたどの絵よりもその花には命が満ちているように思えた。

朝の光がさすと、花は本当に凋《しぼ》んでいくように見える。凋むのを待つようにして、朝靄《あさもや》にその最後の色を滲《にじ》ませている花は、初めて小さく開いた私の画家としての命だった。

四

昼すぎに、私はその白扇を届けに、鈴子の家を訪れた。家といっても、鈴子は、河堀《かわぼり》から奥に入った小さな畳屋の二階を間借りしているだけである。畳職人は、鈴子なら昼前に出かけたと言った。その畳職人に預けようかと迷ったが、やはり、初めて自分の命の宿った絵を自分の手で、鈴子に渡しておきたかった。

私は昨夜、照代が五時に鈴子と入船亭で会う約束があると言った言葉を思い出し、しばらく周辺をぶらついて、その時刻が近づくと根萩町へ出かけた。

水神様の祭日らしかった。通りにはいつになく人の流れがあり、浴衣《ゆかた》や、パナマ帽が行き交《か》っている。橋を渡ったところで、私は鈴子の背を見つけたが、後ろ姿は私の声の届かぬうちに、堤から石段を駆けおりて入船亭の中に姿を消した。照代と顔を合わせるのが嫌《いや》だったので、私は堤の上をぶらぶらしながら、鈴子が出てくるのを待った。

陽《ひ》が西の端へと落ちかかっていた。石垣《いしがき》にくっきりと刻まれていた柳の葉影が夕靄《ゆうもや》に霞《かす》むころになって、やっと鈴子は出てきた。それまで妙にひっそりと、店内の気配を閉じこめていた扉《とびら》の辺りが不意にさざめいた。鈴子が髪をふり乱して飛びだしてきたのである。下駄音《げたおと》をあたりに烈《はげ》しく撥《は》ねかえして石段を駆けあがってきた鈴子は、石段の上に立っていた私とぶつかると、あっと小さく叫んだ。

「東京を……発《た》ったんじゃなくって……」

それだけがやっとだというように、弱々しい声で呟《つぶや》いた。顔は蒼白《そうはく》である。私は事情を説明しようとしたが、その時、鈴子の片方の袖《そで》が赤く濡《ぬ》れているのに気づいた。血だった。血は鈴子の指をも真紅《しんく》に染めあげている。

「どうした。何があったんだ？」

思わず尋ねたが、鈴子は虚《うつ》ろな目で首を横に振るだけである。私は、人目から庇《かば》うように柳の葉影に鈴子を立たせると、石段を駆けおりて、入船亭の扉を開けた。

店の中はもう夕闇《ゆうやみ》に包まれて、妙にしんとしていた。入ってすぐ、照代の姿を見つけた。私が初めて入船亭を訪れた時、鈴子が座っていたのと同じ席に、あの時の鈴子と同じように窓へと躰《からだ》を傾けて座っている。項垂《うなだ》れて眠っているように見えるが、胸のあたりを血で染めているのが遠目でもわかった。近寄ると共色の帯の真上に、着物を裂いて傷口が見える。血はまだその傷口から帯地へと細く流れ落ちている。死体から少し離れた床に、出刃包丁が血を、影のように吸って落ちていた。

私が入船亭の扉をしっかりと閉めて堤の上に戻《もど》ると、鈴子は柳の葉の中に半ば肩を埋《うず》め、力なくぼんやりと立っていた。

私は何も尋ねず、袖の血が人目につかないよう鈴子の躰を抱きかかえると、人ごみに紛れながら、水月まで歩いた。

部屋に通されてからも、私は鈴子を抱きかかえていた。支えていないと鈴子は今にも畳に崩れおちそうであった。ただ茫然《ぼうぜん》と私の顔を見守りながら、

「なぜ、東京を離れなかったの」

そんなことばかり尋ねている。

鈴子が幾分自分をとり戻すのを待って、私は今からこの前の晩と同じように血を吐いたことにして医者を呼ぼうと言った。わけが呑《の》みこめず困っている鈴子を何とか説得して立ちあがらせた。

やがて医者がくると、私は今度も非道《ひど》い喀血《かっけつ》だったと嘘《うそ》を言った。医者は心配そうに鈴子の袖の血痕《けっこん》を見つめ、早いうちに病院へ入った方がよいと私に勧《すす》めて、帰っていった。

二人だけになると、

「どうしてこんなお芝居をするの」

鈴子が尋ねた。私は、着物についた血痕が万一後で警察に見つかった場合の用心だと言った。医者を呼んだということで袖の血は、私が吐いた血だということになる。

「今日、君と照代が会うことになっていたのを、私の他《ほか》に知っている者がいるか」

「いいえ――二人だけで大事な話があったから……でもなぜあなたは知っていたの」

私は、昨夜照代自身の口から聞かされたことを語り、他にこのことを知っている者がいないなら、警察には、今日は昼すぎに二人で活動写真を見に行き、その後で水月へ来たと答えるように言った。

「どうして……」

私は、蒲団《ふとん》から起きあがり、鈴子の目を見詰めた。

「君が殺したのではないかと思って。照代を――」

私は、入船亭の扉を三十分近く見張っていたと話した。その間、誰《だれ》も出入りした者はなかったし、入船亭の出入り口はその扉だけで、他にはない。鈴子が店へ入る前に、すでに照代が何者かに殺されていたのなら、鈴子は三十分もの間、店の中で何をしていたのか――私は店に入ると同時に照代の死骸《しがい》に気づいた。鈴子もすぐに気づいただろう。鈴子が死骸の傍《そば》で三十分近くも何をしていたかは、全く説明できないのだ。

照代は、鈴子の秘密を握っていると言った。その秘密のことで今日話し合うことになっていたのだが、話し合いは案の定うまくいかず、照代が物凄《ものすご》い見幕で詰《なじ》りはじめたのだろう、鈴子は万一のために袖の中にでも隠しもっていた包丁を照代にむけたのだ。

「殺したことになるのかしら……私が……」

こんな際にも鈴子は他人事《ひとごと》のように言う。

「でも、それで、どうして私を庇ってくれるの……」

「さあ、どうしてだろう……」

自分でもわからなかった。たとえ鈴子が人を殺《あや》めたにしろ、そんな事はどうでもいい気がした。鈴子の袖の生々しい血の痕《あと》を見ても、前夜、私の頭の芯《しん》に一刻《いっとき》の面影《おもかげ》を刻みつけた待宵草《まつよいぐさ》の花の色は変らなかった。その花は、突如起こった殺人事件とは遠く離れた、別天地のような場所に咲いている。反対の立場なら鈴子だって同じことをしてくれただろうと、私は思った。

「なにも訊《き》かないのね」

静かな顔で床につき、天井の木目を見上げている私に、鈴子が声をかけた。

「本当だ、何も訊かない――」

自分でも驚いたように言って、私はしばらく天井を見つめたままでいた。そして私は鈴子の躰を探り、自分の胸に引き寄せた。

五

翌日の昼すぎに私は宿を出ると、入船亭の容子《ようす》を見に行った。今日まで店は休みだと聞いていたが、その後、誰《だれ》の出入りもないらしく、石垣《いしがき》から見下ろすとしんと静まりかえっている。死骸《しがい》はまだ店の中にあるに違いないのだが、前の日に自分の目で見た光景が信じられないほど、あたりは静かである。

私は安堵《あんど》して、そのまま河堀《かわぼり》を伝い、昨夜待合を出る際に約束した通り、鈴子に逢《あ》いにいった。鈴子が殺したとして、私には一つわからないことがあった。死体の周辺には血しぶきの跡があった。あれほどの血がとび散ったのなら刺した当人の衣類にも相当量の返り血を浴びた筈《はず》である。鈴子は浅黄の袖《そで》を血で濡《ぬ》らしていたが、それだけで済んだとは思えない――だがしかし、鈴子が殺していないとすればまた、入ってすぐ照代の死体に気づいただろうに、そのまま三十分近くも店内に残っていた理由がわからなくなる。

鈴子の間借りしている家の前を流れる溝《どぶ》の臭《にお》いが、昨日より鼻につく。雨でも降ってくるのだろうか、河堀に沿って歩き始めた頃《ころ》から雲が低く降りてきた。額の汗を袖口で拭《ぬぐ》いながら、恰庵表《ちょうず》で、風雨にさらされて朽ちかけた看板を新しいものにかけ直している老畳職人に、鈴子がいるかどうか尋ねると、私の声を聞きつけたらしい鈴子が階段の上から顔を覗《のぞ》かせた。

畳職人に断わりの声をかけて、私は二階に上がった。安普請《やすぶしん》の四畳半だが、主《あるじ》の商売柄《しょうばいがら》、畳だけはまだ青味を残してま新しい。葦《よし》の簾《すだれ》がかかった窓辺に文机《ふづくえ》があり、誰かに手紙でも書いていたのか、硯《すずり》のそばに封書が置いてある。燻《くす》んだ色の浴衣《ゆかた》を着た鈴子は、その封書を私から隠すようにして袖に入れると、座蒲団《ざぶとん》を勧《すす》めた。顔色は戻《もど》っているが、昨夜、私と別れてから一人泣いたのか目が腫《は》れている。糸でも切れてしまったような頼りなさがあった。もともと自分を棄ててしまったところのある女なのだが、それでも己れの生命を繋《つな》ぎとめていた最後の糸すらもぷつんと断ち切ってしまったような心細い気配であった。

「夕立ちでも来そうね」

気まずさを埋めるように、つい軒の端まで雲の下りている暗い空を見あげて、鈴子は言うと、

「ねえ、古宮さん、今夜中に東京を発《た》ってくれない」

窓の手摺《てす》りに寄りかかって、独り言のように呟《つぶや》く。明日にでも照代の死骸が発見されれば大変な騒ぎになるだろうから、しばらく東京に残って成行きを見守るつもりだと私が言うと、鈴子は横顔のまま、首を振って、

「心配は要らないわ、私のことなら……」

何もかも諦《あきら》めてしまったように言うのである。昨夜は気が転倒して渡し忘れていた待宵草の扇をさし出すと、鈴子は少し驚いて私の顔を見あげたが、すぐにその目を弱々しく扇の花の上に落してしばらく無言で眺《なが》めていた。

「そう言えば、花は嫌《きら》いだったね」

「いいえ、そうでもないわ」

「しかし、あまり嬉《うれ》しそうな顔をしていない」

鈴子は首をふって、

「今、あの人が入っていた伊豆の療養所のことを思い出していたの。庭にこの花がいっぱい咲いていて……そうね、恰度今頃が季節だわ」

そう言ってから、また思い出したように、

「やっぱり、今夜中に東京を離れてくれなくて……私のことなら本当に大丈夫よ」

私が何も答えずにいると、鈴子も黙ってまた手摺りから外を眺めだした。私の目を避けているのか捩《ねじ》られた項《うなじ》に髪が二筋ほど乱れかかっている。私が傍《そば》にいることも忘れたよう

に肩の辺りが静かである。

「死のうと思っているのか……」

私はふとそんな声をかけていた。鈴子はすぐには私の声が聞きとれなかったように、ずいぶん経《た》ってからふり返ると、

「えっ？」

と尋ね返す。いや尋ね返したというより、私の突然の言葉で、死のうとしていた自分にやっと気づき、それに自分で驚いたのだろう。鈴子は手にしていた扇を開いたまま机に置いて、じっと私を見つめていた。この女は、まちがいなく死のうとしている。袖に隠した封書は、おそらく伊豆の兄にでも送るつもりで書いた遺書なのだろう。前の日の夕刻、照代を殺した罪を悔んでか、もともと死ぬつもりで照代を殺したのか、それはわからないが、確かにこの女は死のうとしている。そう思うと、それまでの三年、自分では問題にもしていなかった死というものが、鈴子の命を通して初めて実感として迫ってきた。この女だけは死なせてはいけない――三年ぶりに胸をつきあげた人並みな気持に動かされて、私は鈴子に近寄ろうとした。その時、突如、目の前が白くなった。稲妻かと思った次の瞬間、熱いものが咽《のど》へと突きあげ、口から流れ出した。倒れるようにその場へ蹲《うずくま》ると、畳に頭をこすりつけて、私は血を吐き続けた。鈴子が驚いて近寄ると、背を夢中でさすりながら、

「医者を呼んでくるわ」

立ちあがろうとしたその腕を、私は思わず握って自分に引き寄せた。咽から迸《ほとばし》り出ようとする血に息をつまらせながらも、私は自分の気持をなんとか鈴子に伝えようとした。

「医者なぞいい、呼んでこなくても。俺《おれ》の命より君のことだ。なぜ死のうなんて考える。俺の命は先が見えているが、君は生きようとすればいくらでも生きられるじゃないか……死のうなんて、そんなふうに考えてはいけない」

私は、鈴子から死のうという気持を絞り出したくて、その躰《からだ》を緊《かた》く抱きしめた。鈴子の方でも、苦痛に波うつ私の躰を押えつけるように、必死に縋《すが》りついてくる。

「でも……もうあんなことになって……」

「君が人殺しだとしても構やしない……生きられる命があるなら生きればいい。いざとなれば俺が殺したことにすればいい、君を救《たす》けるために俺があの娘を殺したと……どうせ俺はそう長いこと生きられやしないんだ、堺では盗みまで働いた、どのみち警察に追われている身だ。俺が殺《や》ったことにすればいい……世間なんて騙《だま》したらいい、警察もみんな……それでも生きられるなら、生きた方がいい」

「おかしいわ、古宮さんが……死ぬことばっかし考えてる古宮さんがそんなことを言うなんて……生きろなんていうなんて……」

鈴子の涙が、ぽたぽたと私の痙攣《けいれん》する首すじに落ちた。私は何か言おうとしたが、突如血が槍《やり》のように咽を突きあげてきた。私は鈴子の躰にまわした腕をぶるぶる震わせながら、夥《おびただ》しい血を吐いた。血は鈴子の背に、帯に、畳に飛び散った。それが最後の血だった。

やがて私は、空《むな》しくなった躰をなんとか鈴子に摑《つか》まって支えた。私は顔を鈴子の肩に埋《うず》めた。鈴子の方でも力を出しきって、脱《ぬ》け殻《がら》となった躰で私に寄りかかり膝《ひざ》をついている。

二人の躰は、そんなふうに顔をたがいの肩に埋めて、折り重なることで辛《かろ》うじて倒れるのを免《まぬか》れていた。

「おかしいわ、古宮さんが生きろなんて言っては……」

鈴子の虚《うつ》ろな声が、私の首筋にあたった。

「君には、生きられるってことがどういうことかわかっていない。俺は死ぬしかないから……生きたくても死ぬしかないから……だから君にだけは生きてもらいたい。俺の命はどうだっていい。君さえ生きようとしてくれたら……」

私は鈴子の肩に顔を埋めたまま、喘《あえ》ぎ声で言ったが、その時、鈴子の躰がすっと、私を離れた気がした。いや鈴子は、その顔を私の肩に埋めたまま動かなかったのだが、その躰から、一瞬ふっと魂が離れた気がしたのだ。

「それなら……そんなに要らない命なら私にくれなくって?」

それは私のすぐ耳もとで呟かれていながら、どこか遠い闇《やみ》の世界から聞こえてくるような声であった。私は、はっとして思わず顔をあげようとした。が、それより前に鈴子の手は私の頭を押えつけ、さらに深く自分の肩へと引き寄せた。

「そのままにしていて。今、顔を見られたくないの。きっと恐ろしい顔をしているわ……とても恐ろしいことを考えているもの、私は片山さん……会社員の人の家に後妻として入りたいと思っているの。古宮さんに出会ってからも、こっそり陰で交際を続けていたの。でも照代さんに秘密を知られて……照代さんは初めの頃とても親切にしてくれた。だから私、子供の頃から誰にも話したことがなかった秘密を打ち明けてしまったの。照代さんの方でもうすうす察していたようだし……今月に入ってから照代さん、私を恨むようになって、片山さんや稲田さんにその秘密をばらしてやるって、そんなことばかり……でも、照代さんはもう怕《こわ》くないわ。死んでしまったのだから、もうなにも言えはしないわ。今私が怕いのは古宮さんよ。古宮さんには何もかも見られてしまったわ。古宮さん、私が照代さんを殺したのかと聞いたわね。あの時から私、古宮さんもいっそ死んでくれたらって……そんな恐ろしいこと考えているの」

静かすぎるほどの声を、私は、鈴子の項に顔を埋めて聞いた。顔を見られまいと、私の頭を押えつける鈴子の指には、か弱い娘のものとは思えない力が籠《こも》っている。私は、鈴子が自分の罪を打ち明けたのだと思った。照代を殺害し、その罪を今知っている唯一《ゆいいつ》の証人である私の死も願っているのだと。しかしそれが私には恐ろしい言葉だとは思えなかった。そんなことはどうでもよかった。私はただ鈴子の髪の匂《にお》いだけを嗅《か》ぎ続けていた。

風が舞いこんで、風鈴が不意に騒がしく響き渡った。それを合図のようにして、降りだした雨粒がばらばらと窓に雪崩《なだ》れ落ちる。

「本当にそう望むなら、死んでやろうか……そんな死に方もいいかもしれない」

部屋中に砕けた雷鳴で、かき消されそうになった私の声を、鈴子ははっきりと聞きとったようである。鈴子は私の躰を離すと、少し距離を置いて、短い間、信じられないといった顔で私を見つめていたが、やがて眼差《まなざし》を遠くして言った。

「嘘《うそ》です。本気で言ったわけではないの。古宮さんが、私の困るようなこと誰かに言う筈ないから。照代さんにあんまり虐《いじ》められたから、ふっと人が信じられなくなることがあって……それに古宮さんには少しでも長く生きてほしいと思っているの。古宮さんだけだから……」

「なにが──」

「不思議ね。ずいぶん沢山の男の人と出会ったけれど、古宮さんにしか出会わなかったような気がするの……大丈夫よ。私、死のうなんて思ってはいないわ」

雨は、銀色の光の玉を繋ぎながら、窓に絶え間なく流れ続けている。鈴子は枕《まくら》をとり出して私を寝かせると、手拭《てぬぐい》で私の躰の血を拭い始めた。白い布に染《し》みこんでいく鮮血を眺めながら、私は、ああと思った。──前掛《エプロン》である。カフェの女給たちの制服ともいえる胸高の前掛《エプロン》である。鈴子は、入船亭で照代を刺殺した際、前掛《エプロン》をつけていたのではないか。その前掛《エプロン》が、返り血から着物を庇《かば》ったのではないか──私は、首を振った。鈴子が照代を刺したのはもう間違いないと思えた。だが、そんなことは本当にどうでも良かった。

鈴子は階下から雑巾《ぞうきん》をもってきて、畳の血を拭き終えると、ふと文机の扇に目を落していたが、やがて扇の待宵草に語りかけるように、

「この花も血を吐くわ、血を吐いて死ぬの……そうして消えてしまうの」

雨にかき消えるほどの小声で呟いた。独り言とも思える言い方なので、謎《なぞ》のような、その言葉の意味を問い質《ただ》せずにいると、

「この絵の花、本当に私にくれて？　私の好きにしてもよくって？」

私が肯《うなず》くと、鈴子は、机に飛び散った血に小指を浸し、あっと思う間に指の血で扇を切った。扇は、斜めに大きく赤い線で切りとられた。私の画家としての初めての命を吸った黄色い花は、葉の緑とともに、無残にも真紅《しんく》の傷で裂かれてしまった。私が白河の絵を一筋の赤で穢《けが》したように――同じ色で、同じまっすぐな筋で。

咽《の》もとまで出かかった声を呑みこむと、私は鈴子の顔を凝視した。鈴子は一瞬、自分で自分の行為に驚いて救いでも求めるように、私の方をふり返ったが、すぐに視線を花の上に移した。私が白河の絵を見ていたのと同じ悲しい目だった。この娘は知っている。この娘は三年前の俺の罪を知っている――しかし、俺は勿論《もちろん》鈴子にも、その忌《いま》わしい過去について何も語っていない。それなのになぜ私の目の前で、三年前の私の行いを再現してみせたのか……私自身の血で。

私には何もわからなかったが、しかし不思議にその突然の鈴子の行為に清々《すがすが》しいものを覚えていた。それまでの罪悪感が、一本の線で突如、断ちきられたような気がした。鈴子の行為がただの偶然とは思えなかった。何かこの世ならぬ意志が一人の娘の小指に流れて、指を動かしたとしか思えなかった。私は必死に背を向け続けてきた親友の顔を久しぶりに、本当に久しぶりに思い出した。白河は、この三年、俺を殺したいほど憎み続けてきただろう。だがその白河が、今、この瞬間、この東京のどこかで私への憎しみを忘れ、ふっと私を許す気持になってくれたのではないかと思った。白河の気持が、鈴子の指に伝わり、俺の血で俺の絵を切らせたのだ……思いもかけず軽くなった私の胸に、雨音がその日までの歳月をかき消して流れていた。

私はふと、生きてみようか、と思った。白河の部屋をとび出すとき、ふと死のうかと考えたように、この時本当にふっと、私は生きてみようか、と思った。先のわかった命だが生きられるだけ生きてみようか——そう思った。

「一つだけお願いがあるの」

鈴子は、私の目を見つめながら言った。

「私は死んだりしないわ。だから古宮さんにも生きてほしいの。東京を発つなら——行先が決まっていないなら伊豆の療養所へ行ってくれない？　療養所で病気を直して……古宮さんこそ生きられるだけ、生きてほしいわ」

それもいいかもしれない、と思った。私の頭に、療養所の庭いっぱいに月光を浴びて咲き乱れているという待宵草の花が浮んだ。その花を見てみたいと思った。

「雨があがったら、宿へ荷物をとりに行きましょう。停車場まで送っていきます」

私は事件の成行きの予想もたたぬのに、一人鈴子を残して東京を離れたくはなかったが、その胸の言葉を読みとったように鈴子は首を振った。むしろ私のことを気遣って、

「その躰で汽車に乗れて？ 宿へ戻る前に、そこの町医者へ寄った方がいいわ」

と言った。気持の軽くなった私は、まだ少しふらついている躰のことなど何も気にならなかったが、ただ黙って素直に鈴子の言葉に肯いた。私に背を向けさせ、鈴子はいつもの浅黄の着物に替えた。


×停車場は行商人や書生でごった返していた。待合室でも二人は少し離れて座り、ホームにでてからも、大した言葉は交わさなかった。私と鈴子は何日か前に出逢い、いつかの晩のように闇の中でふと肩をすり寄せて、蛍《ほたる》のやがては消える二筋の光をしばし眺めただけの仲であった。

通り雨に洗われた大気を、夕陽《ゆうひ》は、赤く燃えあがらせている。

夕陽を背にして汽車が入ってきた。二人は互いの胸に小さな燈《ひ》をともし、今別れようとしている。私は鈴子から顔を離さなかったが、鈴子は私の肩ごしに視線を遠くへ投げてい

た。既に遠ざかってしまった汽車を見守っているような目である。

客が汽車に乗りこみ始めた。私が口早に、何か困ったことがあれば療養所の方へすぐに手紙をくれるように言うと、鈴子は袖から待宵草の扇をとり出して、

「一晩だけ、療養所の庭に咲いているこの花を見ながら、私を想《おも》い出してくれない？ 朝になったら花は血を吐いて死ぬわ――それまで私のことを想っていてくれなくて？」

私が肯く前に、駅夫の声と鈴の音が騒がしく響きわたった。鈴子は、汽車に乗るのを止めるかのように私の袖の端を小さく握って私をじっと見つめた。私は上野の池《いけ》の端《はた》で、夕陽を浴びて閉じようとしていた蓮《はす》の花を思い出していた。そして鈴子の扇子に描かれているもう一つの花を――。夕闇に閉じる花もあれば、夕闇に開く花もある。汽笛が鳴り、私達の別れる刻《とき》を告げた。

「笑えとは言ってくれなくて……」

私はそう言おうと思ったのだが、声が出てこなかった。私はただ礼を言うように頭を深く垂《さ》げて汽車に乗った。死ぬ前にもう一度絵筆を握らせてくれたひとりの娘の何かに、本当に礼を言っておきたかったのだが、それも口にはできなかった。

鈴子は汽車にすがるように二三歩足を運んだが、風に払い落された扇を急いで拾おうと、しゃがみこんだそのままの姿勢で、デッキから身を乗りだしている私を見上げた。

それが私の見た鈴子の最後の顔だった。すぐに鈴子の姿は蒸気と烟《けむり》に包まれ、着物の色

だけを淡くホームの端に残して、見えなくなった。

六

翌日の夕刻、私は、前夜遅くに入った停車場前の古びた宿を出ると、鈴子から聞いた療養所の方角に、大方の見当をつけて歩きだした。療養所の庭に咲いている待宵草《まつよいぐさ》を見てほしいという鈴子との最後の約束を果たしたら、再び伊豆を離れ、他《よそ》の町へ流れていくつもりだった。私はもう死ぬことを考えなかったが、堺で犯した窃盗の罪がある以上、療養所のような人目につく所にいるわけにはいかなかった。どこか辺境の温泉地にでも落ち着き、世間を憚《はばか》りながらひっそりと養生するつもりだった。

山峡《やまあい》の日没は早く、歩き始めるとすぐに、道は夜の底に沈んだ。療養所は山の麓《ふもと》と聞いていたが、山影はすぐ眼前に迫っていながら、歩くほどに遠のいていくように思える。やがて道がせばまり、坂を上りつめてふり返ると、目ざしていた山が背後にまわってしまっている。道をまちがえたらしかったが、私は何かに憑《つ》かれたように同じ道を進んだ。

頭上に月がある。縁《ふち》を細く欠いた月は、透きとおるほどに白いが、それでも足許《あしもと》に困らぬだけの光を投げかけてくれる。鬱蒼《うっそう》とした森に紛れこんだり、崖《がけ》を蛇行《だこう》したり、昼中でも歩くのが難かしそうな道を、私はただ歩き続けた。鼻緒が喰《く》いこんで足の指の間がしきりに痛んだが、不思議に疲れは覚えなかった。そのまま道の果てる所まで歩いていけそうであった。鈴子が言っていた、蛍《ほたる》をどこまでも追い続ける夢のように、遥《はる》か前方に見えない燈《あかり》のようなものがあって、その燈に導かれていく安心感がある。

月に雲が重なりしばらく闇《やみ》が続いた。それでも私は歩き続けたのだが、やがて、つと私の肩に月光がふりかかった。見上げると、それまで月を隠していた雲が、夜の端の方へとすべり落ちていく。

それにつれて、底を覆《おお》いつくしていた闇がするすると四方から手繰《たぐ》りよせられて、草原が現われた。私はいつの間にか道をはずし、その一面の草の原に迷いこんでいたのである。闇は引き潮のようにどこまでも遠ざかり、果てしなく草の原は広がっていく。蒼《あお》い空には月だけが残《ほか》った。

月の光が他《ほか》よりも明るく照り映え、恰度《ちょうど》天からの光に答えて地からも光の噴きあがってみえる場所があった。近寄るとそれは花の色であった。地を覆いつくした草の上に、淡い黄色の光の層を浮べ、待宵草のひと群れが咲いている。地上に風はないが、花の色は月光のひと露もうけ落すまいとするかのように、小波《さざなみ》だって見える。

私はやっと目標の場所に辿《たど》り着いた安堵《あんど》から、それまで忘れていた疲労に襲われて、花の中に倒れ込んだ。

快い疲れで、躰中《からだじゅう》が空洞《くうどう》になっている。私はこのまま、草を枕《まくら》に旅寝を気どろうと思った。頭を地につけて見上げる花は、少しでも天空の月に近づこうと、首を伸ばしているかのようだった。花の透き間に、空は青黝《あおぐろ》い川になって流れている。ただ静かさだけが永遠とつながっている。その静寂のかたすみに花はひっかかっている。

夜が更《ふ》けるにつれ、花の色はますます濃くなっていった。花の色に、鈴子の影が現われ、かき消えてはまた現われる……その度に、鈴子はプラットホームでは口にしなかった別れの言葉を呟《つぶや》き、そして遠ざかっていく。私はじっと動かず、息づかいも忘れるほどの静かさで、小さくなっていく鈴子の影を見守り続けた。

そのうちに眠ったようである。

鳥の声で目を醒《さ》ますと、朝は白く明けている。つい鼻先も見えないほど朝霧は深く私の躰を包んでいた。目を凝らすと、周りに朱《あか》い色が点々と浮んでいる。その色のひとつを摘《つ》みとってみた。凋《しぼ》んでしまった待宵草である。

花は皺《しわ》を寄せて縮まり無残な姿に変り果てているが、それより私を驚かせたのはその色である。先程まで淡い黄色の花を咲かせていたのが嘘《うそ》のように、酷《むご》い色に変ってしまっている。朱味を帯びて朝霧にじっとりと濡《ぬ》れているその姿は、あたかも血を滴《したた》らせているかのように見えた。

「この花は血を吐いて死ぬわ……」

鈴子の声が響きわたった。鈴子は待宵草が朝になってこんなふうに朱く凋む様をそう言い表わしたのだろう。この色を見せたくて、私に一晩だけ待宵草を見てくれと言ったのだ。鈴子が私の血で待宵草の絵を切った時、私は三年前の自分の罪のことばかりに気を奪《と》られ、気づかなかったのだが、鈴子はあの時、なにか告げようとしていたのではないか……

長い時間が経《た》って、朝の光がやっと霧を払った。陽は洪水《こうずい》のように草原に流れこみ、逆光となった光のせいで花も葉も一様に影絵となって、潤んだ花と葉の区別がつかなくなった。

「花は血を吐いて、消えてしまうの……」

鈴子はそう言った。私にはやっと鈴子が、血の色で何を告げたかったのか、わかった気がした。蛍を持って私を宿に訪ねて来た晩である。鈴子は枕もとに置かれた緋色《ひいろ》の絵具箱をさして、こう尋ねた。

——あの四角い、細長い箱はなに？

普通の者ならこう尋ねただろう。

——あの真《ま》っ赤《か》な箱はなに？

枕もとでは形よりも色の方が目立ったはずである。しかし鈴子は形だけを口にした。それは、他の物と同じように鈴子の目が見てとれたのは、箱の形だけだったからではないのか……

私はまた、唇《くちびる》の紅の色が濃すぎると言ったときに鈴子の見せた淋《さび》しそうな顔を思い出した。あの後で、私が絵の唇に塗る色をとってくれと頼んだとき、鈴子は絵具箱に手を伸ばすのを躊躇《ためら》っていた。鈴子はその色を他の色とまちがえずに箱から選びとる自信がなかった。それでわざと蛍の籠《かご》を倒し、二匹の蛍を部屋に放ったのではないか。

同様に、鈴子はもう一つの色を怖《おそ》れなければならなかったのだ。鈴子は花を嫌っていたのではない。どの花も葉は同じ色をしている。殺された照代がいつも身に纏《まと》っていた着物と同じ、その葉の色に鈴子は怯《おび》えていたのである。

鈴子の目がいつも淋しそうに伏せられていたのは、子供の頃《ころ》から自分の目が他人の目と違うことに気づいていたからだろう。私は以前、まだ青い柿《かき》を熟れた赤い実に描《か》いて、初めて自分の目が他人と違うことに気づいた男を知っていた。その男は、その後も何枚かの絵を描いて結局、画家になることを断念したのだが、最後の何枚かの絵には二つの色だけでなく、溢《あふ》れるほどあったはずの生命感が欠落していた。絵はただ白く淋しかった。幼い頃、既に自分の目が他人と違うことに気づいていた鈴子の、その短い半生からも、二つの色だけでなく、他人と同じ倖《しあわ》せを希《ねが》う人並みなものが喪《うしな》われていったのだ。

「血って悲しい色をしている……」

夫は血を吐いて死に、その後に出会った私も血を吐いて死のうとしていた。自分が長い間怯え続けた、その色を吐き続けて死んでいく二人の男に、鈴子はたて続けに出会ったのである。私との出会いは、私が感じていたよりはるかに鈴子にとっては宿命的なものだっただろう。血は、私や死んだ夫の命ではなく、誰《だれ》より鈴子自身を、その色で蝕《むしば》み続けていたのだった。

私は、活動写真館だけで、鈴子が幸福そうな目をしていたことを思い出した。なにもかも黒と白にしか見えないその小さな世界だけが、鈴子の心安らぐ場だったのかもしれない。

鈴子は照代を殺していない。

鈴子が照代を殺害したと私が想像した唯一《ゆいいつ》の理由は、鈴子がなぜ現場に三十分近くもいたかが説明できなかったからである。しかし、その理由が今になってやっとわかる。現場で鈴子は何もしていなかったのだ。私が入船亭にとびこんですぐに死体に気づいたのは、その夥《おびただ》しい血のためであった。だが鈴子はその血にすぐに気づかなかった。待宵草の朱く凋む色が、葉の色に混じって消えてしまうように、鈴子の目には血の色が照代の青葉色の着物に消えてしまっていた。鈴子は、ただ照代が居眠りしているのだとでも思い、目を覚ますのを待っていただけなのである。

鈴子は、私に疑われても、その誤解を解こうとはしなかった。鈴子は、自分が殺していないと私に訴えたかったに違いない。しかしそうすれば、なぜ死体の傍《そば》に三十分もいたのか、その理由を私が問いつめると考えたのだろう。問いつめないとしても、私が自分の頭でその理由を考え、鈴子の秘密に気づいてしまう危険があった。私は、その意味で鈴子には不都合な人物だったのである。鈴子は、私が何もかも見てしまったから、私の命を欲しいと言った。愚かにも私は、鈴子が自分の罪を告白したと考えたが、鈴子が私の命を欲しいと言ったのは、私が鈴子の秘密に気づく心配があったからである。照代が青葉色の着物を赤い血に染めて死んでいたこと、三十分もの間鈴子がそれに気づかずにいたこと――この二つのことから、私が鈴子の秘密を探りあててしまうのではないか、鈴子はそう考え、ほんの一瞬《いっとき》だが私という存在を恐れたのだろう。

鈴子は片山という会社員の後妻になりたかった。生真面目《きまじめ》な片山の妻として生まれて初めての人並みな倖せを摑《つか》んでみたかった。そのためには、自分の目のことだけは誰にも知られてはならないと考えたのだろう。

おそらく照代は、その秘密がわかったら稲田も片山も心変りするだろう、と言って鈴子を脅《おど》し続けていたに違いない。あの娘のことだ。鈴子の目が他人と違うことを容赦のない言葉で嘲笑《ちょうしょう》し続けたのだろう。照代はまた、着物の鮮やかな青葉色でも鈴子を威嚇《いかく》し続けた。子供の頃から既にその秘密に傷ついていた胸に、照代の着物の色や脅しの言葉はさらに深い傷を負わせたのである。そのために鈴子は実際には取るに足らぬ秘密を、是《ぜ》が否《ひ》でも守り通さなければならぬ呪《のろ》わしい秘密のように思いこんでしまったのだろう。

実直そうな片山なら、そんなことなど問題にしない気がするから、鈴子が大袈裟《おおげさ》に悩みすぎたとも思えるのだが、しかしまた、私には一つの色にああも怯え、秘密を守り通そうとして苦しんだ気持がわかる気がした。それまでの三年、私自身がその色に苦しみ続け、自分の命を棒にふろうとまで考えたのである。

殺したのは、やはり照代に何らかの秘密を握られていた稲田という工場長の息子ではないかと思える。鈴子も犯人は稲田だと考えたのではないだろうか――そうとすればたとえ、手を下したのは自分ではないとはいえ、鈴子は照代の死を自分の責任のように感じていたのではないか。あの日の夕立ちの昼さがり、鈴子はたしかに死ぬ決意だったのだ。

だが――私がこの通りすがりの女に自分の命を投げだしてもいいと思ったとき、鈴子はその決意を棄ててくれたのではないか、今度の事件で片山を喪うことになっても私の言葉は鈴子に、今後も続くだろう苦しい人生に立ちむかう勇気を――何も恐れず周りのすべてをその目でしっかりと見つめる勇気を、わずかながらも与えることができたのではないだろうか――恰度、鈴子がまた私に小さな命の燈《ひ》を点《とも》してくれたように。

鈴子が血の色で、扇の待宵草を切ったのは、その色に長い間嘗《な》めてきた悲しさが、あのときふと怒りとなって指先に流れたからだろう。どんなに綺麗《きれい》に描かれていても、その色に傷を負い続けてきた鈴子にとって、それは所詮辛《しょせんつら》い悲しい花であった。その悲しさを鈴子は、あの血の一筋で私に語って聞かせようとしたのだろう。鈴子の指が断ちきったのは、しかし花ではなく、私の三年間の罪の呵責《かしゃく》だった。血の一筋は、赤い糸となって、生きることなど忘れかけていた私を、生命の燈に繋《つな》げてくれたのである。

大正九年の夏の数日、私と鈴子とは互いにそんな小さな燈を点すために出逢《であ》い別れたのである。同じ一つの色に悲しさを秘めて出会った私たちは、束《つか》の間《ま》肩をすり寄せあい、そして別れたのだが、それでも、新しい命への旅に互いを送り出したのだった。

朝の光は、燦々《さんさん》と降りそそぎ、花はその無残な色を垂らし続けている。花が私にかわって最後の血を吐いている気がした。

どこまで生きられるかわからないが、私は、ひとりの娘がくれたその小さな燈を守り続けようと思っていた。この花のように最後の血を吐くまで――

私は顔を陽《ひ》の光にむけた。三年の間で私が初めて見あげる陽の光だった。

天空と大地が接するようにある広漠《こうばく》たる世界で、私は朝露に濡れた顔に眩《まば》ゆいほどの陽の光を浴びながら、自分に言い聞かせるように、また東京に残して来た一人の娘の面影《おもかげ》に語りかけるように「生きよう、生きよう」と呟き続けていた。

花虐の賦

〈第四話・鴇子《ときこ》〉

女の手首から、血は小指を伝い、川へと流れ落ちていた。絶え間なく流れる血は、川面《かわも》と、橋の欄干に崩れている女の手首とを一条《ひとすじ》の赤い糸で繫《つな》いでいる。もう大分以前に、女の愛した男の命が流れていった川である。

今夜、女は死んだ男の後を追うために、この橋に立ち、手首を剃刀《かみそり》で切ったのだった。

女が橋に立ち、剃刀で血を流したのは今夜だけではなかった。男に死なれてから、女は時々人目を盗んでは橋から一筋ずつ自分の血を川へと葬《ほうむ》ってきたのである。

一夜に一筋ずつ、この川を先に流れて逝《い》ってしまった男の命に自分の命を繫ぐために――

一晩ごとの血は、川の流れにのって、先に逝った先生の命に無事に追いついただろうか。

月の光に意識が少しずつ溶けこんでいくのを覚えながら女はそんなことを思っていた。

たとえ追いつけなかったとしても今夜の最後の血だけは確かに男の命まで辿《たど》りつき、自分の命を永遠に男の命に繫いでくれるにちがいない――

冬の月は蒼《あお》い光で、喪服の袖《そで》から欄干の隙間《すきま》を縫って川へと垂れた女の細い腕を包もうとするのだが、包みきれぬ白さがその腕には残っている。血はさらに腕から色を奪いながら、流れ落ちていく。

——今やっと私は先生の所へ参ります。

女はそう呟《つぶや》きながら、残っていた命の一片を最後の赤い糸に縒《よ》って、手首から流し出した。

女の表情にはわずかの苦痛もなく、ただ目には月の光と共に悦《よろこ》びの色が染《し》みて、眠るように静かに川の流れを見守っている。この時不意に月の光が輝きを増し、女が最後に見たものは、光の帯となった川を、一人の男の命を求めて流れていく赤い糸である。無数の光の条《すじ》に紛れこんで、赤い糸は蛇《へび》のように蜿《くね》りながら、どこまでも男の命を追いかけて突き進み、やがて果てしない光の闇《やみ》へと消えていった。

一

津田《つだ》タミが、絹川幹蔵《きぬかわかんぞう》の後を追って自害したのは大正十二年二月二十三日の夜のことである。

津田タミとは、大正末期に浅草にあった佳人座という小劇団で短い間人気の花を咲かせた女優川路《かわじ》鴇子《ときこ》の本名であり、絹川幹蔵はその劇団の主宰者であり劇作家だった。

演劇史的には、この二人の名は、同じ大正期に芸術座を主宰し、一世を風靡《ふうび》した松井須《まついす》磨子《まこ》と島村抱月《しまむらほうげつ》の大きすぎる名の陰に隠れた恰好《かっこう》である。絹川幹蔵が佳人座を創立したのは、須磨子が抱月を追って自害した年、つまり大正八年末である。

須磨子の人気と翻訳劇の斬新《ざんしん》さは、それまでの演劇界を一新するほどであったが、須磨子の死後、絹川幹蔵はそういった時流に逆らうように、新派劇の流れを汲《く》む佳人座を興したのである。新派といっても、明治中期に歌舞伎に対抗して創《つく》られながら、外観はいかに変ろうと内容は大時代がかった人情噺《にんじょうばなし》を売り物にしており、活動写真と近代劇に押されて大正中期には古めかしさが拭《ぬぐ》いきれなくなっていた。その時期に人の涙のみに訴えるような人情噺を舞台にかけるのは軽挙妄動《もうどう》ともいえることだったが、恰度《ちょうど》、松井須磨子という大きな星が墜《お》ちた直後の新劇界の間隙《かんげき》に乗じたのか、絹川が描き舞台にのせた数々の人情噺や忠義物語、また悲恋物語は、東京ではなかなかの評判を集め、婦女子の涙を誘った。

幕末を背景に勤皇の志士とその志士を命を犠牲にして救う芸妓《げいぎ》との悲恋を描いた、旗あげ公演の『維新の花』以来三年の間に、『女鑑《おんなかがみ》』『白雪物語』『露草の唄《うた》』『夢化粧』といった名舞台を産み、澄田松代、林香子《はやしきょうこ》、上村竜子等《ら》の人気女優を輩出した。

だが佳人座が高評を受け、真の意味で開花したといえるのは、三年後の大正十一年六月川路鴇子という女優を世に送り出してからである。

その年の六月、絹川は新作『貞女小菊』の公演に鴇子を抜擢《ばってき》した。鴇子は当時二十六歳。二十歳前後の三年間近く某演劇研究所で研究生として女優を志したこともあるので、演技の素養はあったが、その後演劇の道を断念し、津田謙三という若い詩人と世帯をもち、子供を一人儲《もう》けていた。津田は結婚して間もない頃《ころ》より躰《からだ》を悪くし、四年目には病床に臥《ふ》した。病人と子供を抱え明日の暮しもおぼつかない頃、ひょんな偶然から、絹川に見初《みそ》められたのである。

演技の素養があるとはいえ、座員でもない素人《しろうと》同然の女を主役に据《す》えたこの異例の抜擢は、だが大きな成功をおさめた。『貞女小菊』は、半玉《はんぎょく》の頃にある老歌舞伎役者に見初められ、囲われ者となった小菊が、その役者の死後、墓を抱きながらまだ若い命を落とすという古めかしい貞女物語である。が、老役者にある時は子供のように甘え、ある時は長年連れ添った妻のように尽す小菊に、可憐《かれん》さと妖艶《ようえん》さを併《あわ》せもった川路鴇子は適役であった。その美貌《びぼう》は、瞬《またた》く間に評判となり、客を集めた。佳人座という名もこの女優の出現を予期して付けられたのではないかとさえ思わせるほどであった。器量と色香だけに限れば、鴇子は松井須磨子を凌《しの》いでいた。

病床の夫と子供を捨て女優として開花した鴇子は間もなく師にあたる絹川幹蔵と愛し合うようになり、二人は浅草の外れに家を持って夫婦同然に暮しながら、『貞女物語』『夕暮坂』『闇夜の月』といった舞台を次々に送りだした。

そして翌年の正月、新春公演と銘うたれた『傀儡有情《かいらいうじょう》』は佳人座創立以来の大評判をとった。人気を呼んだ理由の一つは、物語が、絹川幹蔵と川路鴇子の現実の関係を下敷きにしてあるからである。時代背景は明治中期、歌舞伎に対抗して新派、近代劇が産み出された頃に変えられてはいたが、劇中の劇作家と女役者の異常ともいえる愛の物語は、巷説《こうせつ》にもなっていた二人の関係そのものであった。

人気が出てくるにつれ、鴇子の夫と子供を犠牲にした不道徳な愛への非難も巷《ちまた》では聞こえるようになった。二人が愛に溺《おぼ》れてどんな暮しぶりをしているか、おもしろおかしく語る者も出てきた。絹川はそういった中傷や誹謗《ひぼう》に、舞台をもって答えたのである。自分達の関係をありのまま舞台にのせることで、二人の愛を世に問い、訴えたのだった。

尋常とはいえぬ愛を、堂々客の前に発表した鉄面皮ぶりを一部では以前にもまして烈《はげ》しい語調で詰《なじ》る者もあったが、多くの人々は舞台に美しく描かれた愛のかたちに魅了され、二人を繋ぐ絆《きずな》の強さに酔い、佳人座最高の舞台という評判もでた。絹川と鴇子は自分達の愛の関係を世に認めさせ、納得させたのである。絹川は浅草の小劇団にすぎなかった佳人座を、自分自身の体験を暴露《ばくろ》することで初めて大花として開かせたのであった。

直ちに全国巡演が決まった。絹川はすぐ次の舞台の準備にとりかかり、佳人座の将来に初めて大きな展望がひらけた。

その前途洋々たる船出の最中《さなか》、だがしかし、絹川幹蔵は突如、自らの命を断ったのである。

実際、唐突としか言い様のない死であった。

一月六日、『傀儡有情』が元旦《がんたん》に幕をあけて六日目、舞台の大成功を座員一同で祝った夜、絹川幹蔵は、隅田川《すみだがわ》にかかった千代橋という橋上から身を投げて死んだのだった。隅田川の川下の杭《くい》に引っ掛り発見された死体は手に剃刀をしっかりと握り、手首や咽《のど》や胸や躰の方々に、剃刀で切ったらしい傷跡があった。

絹川は、剃刀で躰の方々を切ったが死に切れず川にとびこんだ模様であった。捜索の結果、絹川と鴇子が一緒に暮していた家の近くにかかった千代橋の欄干や橋板に相当量の血痕《けっこん》が発見された。その橋上で全身を切り、死に切れぬまま欄干を跨《また》ぎこえて川に身を投げたと考えられた。

その夜は、舞台のはねた後、座員一同が浅草の欧州亭《おうしゅうてい》という洋食屋に集まり、公演の成功を祝い、十時半頃解散した。絹川は皆と別れた後、舞台で劇作家役を演じた片桐撩二《かたぎりりょうじ》という若い俳優に、君の家で飲み直そうと言った。鴇子と片桐を従えて歩き始めた絹川は、しかししばらくして、やはり疲れたから家に戻《もど》ると言いだした。鴇子は自分も一緒に帰ると言ったのだが絹川は一人で帰りたいと譲らず、結局、鴇子と片桐は、絹川を見送り、二人だけで片桐の家へ赴いたのだった。

隅田川の川下に引っ掛った絹川の死骸《しがい》は、鴇子達が別れたときと同じ外套《がいとう》を羽織ったままの姿であった。二人と別れ、家路の中途に渡る千代橋の上で自殺を図ったと思われる。発作的なものではなかった。その朝、劇場の楽屋で剃刀が一つ紛失し、一寸《ちよつと》した騒ぎになっていた。絹川の死骸は同じ剃刀を握っていたのである。少なくともその朝から絹川は決意していたことになる。

とはいえ、そんな気配はその日の絹川には微塵《みじん》も見られなかった。当日ばかりでなく、初日をあけて以来、連日の大入満員と好評に、その数日の絹川は上機嫌《じようきげん》続きで、祝賀会でも何杯も盃《さかずき》を重ね心底楽しそうに笑っていたという。

気配だけではなく、どう考えてもこうも突如自分の命を断つ動機は何一つ見つからなかった。今度の公演の成功に気を良くし、すぐ次の舞台の準備を始めていた。草稿もできあがったところであったし、鴇子との関係も上手《うま》くいっていた。祝賀会でも、今度の公演と全国巡演が一段落したら正式に鴇子を妻として迎えるつもりだと皆に語り、二人は幸福の絶頂にいるようにすら見えたのである。二人の結婚の妨げになっていた鴇子の病床にあった亭主も、前年十一月には死んでいた。

何もかもが成就《じようじゆ》した矢先の死であり、寧《むし》ろ自害を否定する材料ばかりが出てきた。絹川は前日に洋服の仕立てを頼んでおり、また当夜、別れ際《ぎわ》に座員の一人に、翌朝楽屋で会う約束をしている。皆と別れる最後の最後まで幸福そうな笑顔であった。

そんな事から、殺されたのではないかという疑いも出た。自我の強い絹川の性格は、座員の中でも憎んでいる者がいたし、絹川には過去に何人かの女がおり、そういった女達の中には鴇子との関係を快く思っていない者も多かった。動機の点では他殺と考えた方がいいのだが、やがて一人の証人が現われ、他殺説を簡単に否定してしまった。

その男は、一月六日の夜十一時頃、偶然隅田川の土手を歩いていて、千代橋上に絹川らしい人影を認めたのだった。容姿や服装、また皆が絹川と別れた時刻も合致することから考えて、橋上の男が絹川であることは間違いなかった。橋の真ん中に立ってしばらくじっとしていた絹川は、やがて欄干に倒れかかり蹲《うずくま》った。通行人は単なる酔っ払いと思って行き過ぎてしまったのだが、絹川の蹲った位置と翌日血痕の発見された位置が同じだったので、通行人が見た時に絹川が死のうとしたと考えていいことになる。証人は、その時、橋上には絹川以外の人影は絶対になかった、と断言したのである。

自害は間違いないらしいことはわかった。しかしその動機は依然謎《なぞ》であった。絹川のことを最も知っている筈の川路鴇子も、心当りはない、と首を振るばかりだった。そして絹川の死の理由が判《わか》らぬままに、鴇子は正月公演を何とか二十八日の千秋楽まで勤め、二月二十三日、絹川の四十九日の法要を無事済ませたその晩、同じ千代橋上で手首を切り自害したのだった。遺書はなかったが、二人の関係からみて後追い自殺は明白だった。絹川の死がまた大きな話題を集め、小屋には客が押しかけたが、絹川に死なれた後の鴇子は、魂のない脱け殻《がら》で、演技にも精彩がなくなり、死人同然だったのである。

皮肉なことに『傀儡有情』の芝居は最後に二人が手と手をとりあい、暁光《ぎょうこう》を浴びながら明日の幸福を願うという明るい幕切れで終る。現実の二人は、芝居とは余りにかけ離れた悲劇的な幕切れを迎えたのだった。

尤《もっと》も、鴇子の死は、不倖《ふこう》とばかりも呼べない。絹川の突然の死に悲嘆にくれた鴇子にとって、絹川の後を追うことは唯一《ゆいいつ》の救いだったとも想像される。鴇子が初めて佳人座の舞台に立った『貞女小菊』では最後に小菊が愛する男の墓を抱きかかえながら笑顔で死んでいったが、鴇子もまた愛する男の後を追うことだけが唯一の喜びであり倖《しあわ》せだったのかもしれない。

二人の関係も後追い自殺という結末も、数年前の抱月と須磨子に似ていたが、この事件の方は当時東京では騒がれたものの、地方までは知れ渡ることもなく終ってしまった。川路鴇子には、松井須磨子ほどの人気も知名度もなかったし、半年後の大震災で佳人座は壊滅してしまった。二人の死は大震災という大きな事件にのみ込まれてしまった形であった。

佳人座は、最後の舞台『傀儡有情』で開かせた大花の命を、時の流れに繋ぎとめることができぬまま消滅し、その名が演劇史に蘇《よみがえ》ることは二度となかった。

川路鴇子の名も、絹川幹蔵との一年に充《み》たぬ愛の物語も、その絹川の自害の理由も、やがては、歴史の闇に埋没してしまったのである。

尤も二人の死は、私には生涯《しょうがい》忘れ得ぬものとなった。私は当時の佳人座の座員だった。前述した『傀儡有情』で、絹川幹蔵そのものともいえる劇作家役を演じた、片桐撩二というのがこの私なのだが、私は絹川先生になりきったつもりでその役を演じながら、しかし先生の突然の自害の理由だけはどうしても理解することができなかったのだった。

二

絹川幹蔵が、一人の女と出遭ったのは、死ぬ前年の四月、下町の、隅田川《すみだがわ》沿いにある暁《ぎょう》永寺《えいじ》という小さな寺であった。寺の裏手に、絹川の恩師になる鴇島玄鶴《ときしまげんかく》の墓がある。その春の一日は鴇島の命日で、墓参に出掛けた絹川は、その墓から少し離れて置かれた小さな苔《こけ》むした墓石に、蹲《うずくま》るようにして合掌している女の姿を認めた。通りすぎようとして、女の横顔を見下ろした絹川は、ふと足を停《と》めた。

単衣《ひとえ》の木綿の袖口《そでぐち》がすり切れて貧しい身装《みなり》だが、肌《はだ》が透けるほどに白い。春の陽《ひ》ざしは苔に照り映え、女の横顔を光の筆で細くなぞっている。光が戯《たわむ》れて、その場に束《つか》の間の絵姿でも描いたように見えた。

絹川が足を停めたのは美しさのためだけでなく、女の顔に見憶《みおぼ》えがあったからである。確か四年ほど前、舞台で一度だけ見たことのあるある劇団の研究生だった。小さな役であったが、微笑《ほほえ》むと蕾《つぼみ》のような硬さが消えてすっと桃色に色づく頬《ほお》や、か細い糸を弾くような可憐《かれん》な声は、深く胸に刻まれている。赤毛の髱《かもじ》が鼻筋の細い日本的な顔だちに似合わず、哀れにさえ見えたのをはっきりと憶えている。その後気にはかけていたのだが、噂《うわさ》も聞かぬまま四年の月日が流れていた。余程貧しい暮しむきなのか当時に比べると窶《やつ》れて見えたが、肌の白さだけは身装の貧しさを受けつけず、大人びた色香に匂《にお》いたっている。美しさは絹川の目ではなく肌に滲《にじ》んでくる。

「この女なら小菊ができる――」

胸の中で呟《つぶや》きながら、絹川は静かに目を閉じて経を吟じている横顔を見守り続けた。恰《ちょ》度《うど》その頃《ころ》、二ヵ月後に公演予定をしていた『貞女小菊』の女主人公にふさわしい女優が見つからず、困っていた所だった。小菊は、自分を無にして旦那《だんな》である老役者に仕え、指一本の動きまで男の命令に素直に従いながら、いざとなれば祖父ほど歳《とし》の離れた男を母親のように慰め庇《かば》う芯《しん》の強さを併《あわ》せもった難役である。しかし演技力よりまず絹川の頭にある小菊の顔にふさわしい女優が、佳人座にはいなかった。

目の前で墓に手を合わせている女は、最後に老役者の墓を抱きながら後を追って死ぬ小菊そのものの顔である。顔立ちの幼さに、肌の白さが大人の女の翳《かげ》を落としている。

「私は経を読めないので、代って師の墓に経を一巻読んでいただけまいか」

女が立ちあがったとき、絹川の口から自然にそんな言葉が流れだしていた。女は「ええ」と素直に従って、絹川が導いた鵜島の墓の前に座ると、絹川の手から花をとり細やかな指遣いで墓に活《い》け、静かに経を読み始めた。絹川は墓に手を合わせることも忘れ、女の横顔を見守り続けた。見れば見るほど、その顔は小菊である。師の縁が闇《やみ》の世界から、絹川の頭の中の幻にすぎなかった女を、今目の前に、現実の姿形で送りこんできてくれたとしか思えなかった。

「これでよろしいでしょうか」

やがて立ちあがった女に、

「あなたは以前、維新座で女優をしていた——」

絹川は思いきって声をかけた。

女は驚いて、ふっと視線を遠めた。

絹川が自分の名を明かすと、佳人座の噂は聞き知っているらしく「あ」と小さく息を呑《の》み、一歩退くと改めて頭をさげた。

短い立話で、絹川は女の口から、女が四年前、絹川が舞台で見た直後に、津田謙三という詩人と結婚して女優をやめたこと、その夫が子供を儲《もう》けて間もなく胃病で倒れ、今も病床に臥《ふ》していること、自分が手内職をし、夫が病床で書く詩を売りながら細々と暮しをたてていることを知った。津田謙三なら、三十八になる絹川と同年代の男で、一時詩人として名も売れていたので絹川も知っている。その後名を聞かないと思っていたが、そんな不《ふ》倖《こう》な事情で目の前の女と繋《つな》がっていたのだった。

女は花の蔭に置いた紙の束を抱きかかえた。夫が書いた詩を、神田の書店へ売りにいく途中思い出して、子供の頃に死んだ両親の墓に参っていたと言う。

「そうですか」

絹川は落胆の溜息《ためいき》を長く曳《ひ》いて、

「そういう事情なら、もう一度舞台に立つという気などありますまいね」

絹川は率直に、自分が一人の女優を捜している事情を語り、

「先生にあたる方の墓前であなたに逢《あ》ったのも何かの縁と思い、頼んでみようと思ったのですが、まさかご主人と子供を棄てる気はありますまい。——いや失礼をした」

頭をさげた。女は絹川の言葉を打ち消すでもなく受け容《い》れるでもなく、ただ黙って絹川を見上げていた。黙っているのは、勿論《もちろん》絹川の唐突な申し出など受け容れるわけにはいかないからだろうが、その目は男の言葉をそれがどんな言葉であろうと柔らかく自分の中へ溶かしこんでしまいそうな目である。これこそ小菊の目だと思いながら、未練で女の顔を見守っていた絹川は、

「万一事情が変ってまた舞台に立ってもいいという気になったら、いつでも私を訪ねて下さい」

女に所番地を教え、もう一度頭をさげ、背をむけようとした。その時である。絹川の着

ていた結城《ゆうき》の袖に、すっと女の手が伸びて、端を摑《つか》んだ。

ほんの刹那《せつな》である。

絹川が驚いてふり返ったときには、もう女は、絹川の袖から手を離し、足許《あしもと》に落ちた夫の詩の原稿を見守っていた。絹川は紙片を拾って女に渡し、女の言葉を待ったが、女は無言のまま、何事もなかったように静かに頭をさげただけであった。

寺を出て、隅田川の土手を歩き始めた絹川が、しばらく進んで、ふとふり返ると、女も同じ道を絹川より数歩離れて、歩いてくる。絹川は立ちどまって女が自分に追いつくのを待とうとした。だが絹川が立ちどまると、女も離れて立ちどまり、歩きだそうとせず、じっとしている。絹川が自分の方から女に近寄ろうとすると、女は人形のように首を振った。かすかだが、首の振り方に、自分の方へ歩き寄ってきてはいけないと訴えるものがある。

仕方なく軽く頭をさげて、土手を進んだ絹川がしばらくしてもう一度ふり返ると、女はまたも下駄音《げたおと》を停めて首を振った。

何度も同じことが繰り返された。絹川が歩きだすと自分も歩きだし、絹川が立ち停まると同時に下駄音をとめる。決して自分から絹川との距離を埋めないかわりに、また距離を離すこともなく、絹川の数歩後ろを野良犬か何かのように尾《つ》いてくる。そうして立ち停まる度に、静かな目で絹川を見返しながら、小さく首を振った。

土手に連なる桜は今が盛りで、白い道にくっきりと影を落としている。川風は一瞬、花を攫《さら》って帯のように流れると、すぐに彼方《かなた》へと吹きぬけてしまい、置きざりにされた花は、枝を遠く離れた所から、不意に雨脚のように条《すじ》をひいて道に降った。その度に白い道の表面へと花の影も点々と浮かびあがる。影は、落ちてくる花と重なる間際《まぎわ》に色を帯び、道は花の色とそれより淡い影の色とに染め分けられた。その、二つの色が花と影とに揺れ動く中で、絹川がふり返る度に女はひどく静かに佇《たたず》んでいた。

花の道はどこまでも続いている。

女はそんなふうにしてとうとう千代橋まで、絹川に尾いてきた。神田へ曲る道はもう外れているから、女が自分に尾いてきたのは間違いなかった。橋を渡ったところでふり返ると、女は橋の半《なか》ほどで、欄干によりかかっている。絹川は女の所まで戻《もど》り、

「その詩を私が買いましょうか」

と尋ねた。女は首を振ると、横顔になってつと手にしていた詩の原稿の一枚をとり、それを川へと投げ棄てた。

続いてもう一枚――また一枚。

白い紙は花吹雪に混って川風に翻《ひるがえ》り、川面《かわも》に落ちると少しずつ沈みながら流れていく。

これが女が自分に尾いてきた理由だったのか――

絹川は驚いて女の横顔を見守った。女は最後の一枚だけは棄てかねて、指に躊躇《ためらい》を覗《のぞ》か

せている。「妻よ」と題された詩には「妻よ、あなたは何故その手に刃《やいば》をとらぬ」という一行が力ない弱々しい字で書かれている。絹川はその一枚を自分の手で摑みとり力いっぱい川へと放り投げた。女ははっとしてふり返った。

「なぜ尾いてきたのです」

絹川の質問に、女はぼんやりした目を返してくるだけである。絹川がもう一度、今度は声を強めて尋ねると、女は「えっ」と小さな嘆声を唇から零《こぼ》して、

「尾いてきたのでしょうか、私」

呟くと、自分でもわからないというように首をふり、

「ただ……先生が、いつでも訪ねてくるようにと……」

それが自分の声だと確かめるようにゆっくりと言った。「いつでも訪ねてくるように」初めて逢った男のそんな一言に引きずられて、女はその場から夫や子供を棄てて絹川に尾いてきたのだった。しかし女は自分の決心にさえ気づかずにいる。墓の前で突然、絹川の袖を摑んだ意味も、絹川の背に従って歩き始めた意味も、夫の詩を棄てた意味もわからずにいる。わからぬまま、自分の決心を信じられぬまま、何もかもが嘘《うそ》だというように首を振りながら、花の道を絹川に尾いてきたのだった。もしかしたら、病床の夫と子供を抱え疲れ果てていた女は、死ぬ決意で両親の墓に手を合わせていたのかもしれないと絹川は思った。絹川の一言は、溺《おぼ》れかけた女が摑もうとした最後の藁《わら》だったのかもしれない。何も

わからぬまま夢中で、女は藁を摑んだのではないか——

「もう一度、舞台に立ちたいというのですね」

絹川の言葉に答えるかわりに、女の目から涙が一筋頰をつたい落ちた。咽《のど》を突きあげてくる嗚咽《おえつ》を、唇《くちびる》を震わせて必死に堪《こら》えようとしている。

絹川は、自分の指を女の唇に押しいれた。

「泣いてはいけません。あなたが本当に女優になりたいというなら、涙を堪えなさい——私の指を嚙《か》めばいい」

女は絹川の腕に髪を埋《うず》めて、言われた通りに絹川の指に歯を喰いこませた。意志ではなく何もわからぬまま無心に絹川の言葉に従っていた。女はただそっと歯をあてているだけなのだが、絹川は自分の血が膚《はだ》を突き破って女の躰《からだ》へと流れこみ、溶けこんでいくのを感じとった。

小菊——

自然に絹川の胸でそう呟く声があった。

橋にはいつの間にか夕靄《ゆうもや》がたち籠《こ》め、重くなった暮色に、土手の花は糸を伝い落ちるようにゆっくり静かに降っている。

絹川は女を抱きかかえるようにして橋の近くの家へ連れていくと、二百円をさし出し、

「今日のところはひと先《ま》ず家へ戻り、この金で身辺を整理してもう一度訪ねて来なさい。

もちろん一日も早く来てもらいたいが」

　まだぼんやりとしている女に、しっかりと目を据《す》えて絹川は言った。

　二日後女は風呂敷包《ふろしきづつ》みを一つ抱え、継田《つぎた》町の絹川の家を訪ねてきた。百円で、長屋の隣に住む大道芸人の女房《にょうぼう》に病床の亭主《ていしゅ》の世話を約束させ、残りの百円で錦糸《きんし》町の姉の許に子供を預けてきたという。亭主が反対しなかったかと尋ねると、女はただ黙って首を振った。

絹川は既に用意してあった着物や装身具を女の方にさし出した。全身に小菊をちりばめた錦紗《きんしゃ》の着物、絞りの手絡《てがら》、藤《ふじ》の花簪《はなかんざし》、蒔絵《まきえ》の櫛《くし》、蝶《ちょう》の帯留――皆十五六の娘の物である。

　女は花簪を手にとって怪訝《けげん》そうに絹川の顔を眺《なが》めている。

「少しでも早く小菊の役に慣れさせたいと思って用意しておいた。小菊は半玉で十六歳だ」

　絹川が説明しても、女はなお問いたげに墨色に目をぼんやりと溶かしこんで絹川を眺めている。絹川はそれには構わず、近くの女髪結を自分で呼びにいくと、桃割れに髪を結わせた。髪結が帰ると、絹川は着物を替えさせ、これも用意しておいた化粧道具の箱をとり出した。白粉《おしろい》だけを自分の手で塗らせると、絹川は素彫りの面のような女の顔を片手でもちあげ、恰度人形造りが人形に目鼻を描《か》きこむように、自分の手で眉棒《まゆぼう》や紅棒をとり、頭の中にある小菊の目鼻立ちを、女の顔に描きつけていった。指先に神経を集め、丹念に眉や目、唇を描きあげると、しばらくその顔を両手に包みこんで、どこかに乱れや狂いがないか厳しい目で調べていたが、やがてふっと安堵《あんど》の吐息を洩《も》らすと最後の仕上げに簪や櫛を挿《さ》し、少し離れた所から出来あがった一人の女を眺め、満足げに頷《うなず》いた。薄く降り始めた暮色を弾《はじ》くように光の屑《くず》を撒《ま》き散らして、実際十五六としか見えぬ女は、小菊そのものである。絹川の夢に浮ぶ幻の顔を完璧《かんぺき》に模して、一分の隙《すき》もない小菊が仕上がった。驚きに打たれながらも、余りの完璧さに不安を覚えたように、絹川は、女の髪から小指で一筋を掬《すく》うと、その一筋を指の腹で鞣《なめ》すようにして眉の端へと、ふり乱した形に垂らした。そんな絹川を、女は何かを問いたげな眼《め》で見守っている。

「なにか訊《き》きたいのなら口に出して尋ねなさい。さっきからよくそんな目をするが」

「——なぜ」女は遠慮がちに「なぜ先生は、私が本当にここに来ると思ってらしたの。なぜ私を信じてらしたのでしょう」

言葉には、二百円を持ったままどこかへ逃げてしまうと疑わなかったのか、という含みがあった。絹川は余裕ある笑みを浮べた。

「わずかも疑わなかった。必ず来るという確信があった」

「——なぜ……」

「君は自分の気持をあの桜の道に棄ててきた。もう既に僕の与えた気持を生き始めている——」

女の目の奥深くで煌《きら》りと光るものがあった。

「――本当に？」

自分事ではないように女は尋ね返した。目に光ったのは絹川を信頼しきった色である。自分でも判《わか》らぬ自分の気持を、絹川の言葉で測ろうとしている。絹川は頷くと、改まって女の前に正座し、女の膝《ひざ》に『貞女小菊』の脚本をのせた。

「君は松井さんの〝人形の家〟を見ただろうね。松井さんは確かに素晴らしかったが、僕《ぼく》の欲《ほっ》しているのはあのノラのような女ではない。人形になれる女だ。女優になるということは、僕の人形になるということだ。指一本、髪一筋も僕の指示がなければ動かせない人形になるということだ。動きだけではない。まだあの桜の道に棄てて忘れた自分があるなら、残りなく棄てて、今この瞬間から僕の与える気持だけを生きてもらわなければならない。その覚悟はできているね」

女は小さく、しかしはっきりと頷いた。

絹川は女の眼差《まなざし》に自分の眼差をしっかりと結びつけて頷くと、庭に面して置かれた文机《ふづくえ》の洋灯《ランプ》を点《とも》し、女をその前に座らせた。巻紙を机に流し、墨を磨《す》ると女に筆をとらせた。女を背から抱きこみ、絹川は自分の手で、女の手を筆ごと取ると、まるで子供に手習いでもさせるように、紙に『誓詞』と書かせた。

一つ、私は先生の人形になります

人形遣いのように絹川は自分の手で、女の手を操りながら、洋灯の炎を吸って目を射るほどに白い巻紙に、墨を滲ませていった。

一つ、私は先生の命《めい》通りに動き、望む言葉を喋《しゃべ》り、髪ひと筋までも先生に預けて暮します

一つ、先生の与えて下さる気持のままに泣き、先生の教えて下さる気持のままに笑います

一つ、先生のみを信じ、先生のみを心の支えにし、先生のみを愛します

最後に筆は〝川路《かわじ》鴇子《ときこ》〟という名を結んだ。師の鴇島と自分の絹川から一字ずつをとって考えておいた芸名であった。絹川は血判のかわりに、女の指を墨に浸そうとしたが、この時、それまで絹川の手に委《まか》せきって軽かった女の手にすっと小さな力が籠《こも》った。女の手に力が入った分だけ、絹川は自分の手の力を抜いた。重ねたまま女の手に導かれるままにしていると、女は自分から指を墨に浸し、名前の傍《そば》にしっかりと押しつけた。女の指に籠った力が絹川の指に伝わってくる。力は女の意志である。血判だけは自分の意志で押したことで、女は誓詞に書かれた文字の全部を認めたことになる。

絹川は女の項《うなじ》に沿って視線をまわし、横顔を覗きこんだ。閉じた目の睫毛《まつげ》は静かに揃《そろ》っているが、緋《ひ》縮緬《ぢりめん》の半襟《はんえり》に染って頬は上気したように見える。胸の昂《たか》ぶりを押えつけて、帯がかすかに漣《さざなみ》だっている。

「この、胸に熱く燃えあがってくるものも、先生の与えて下さった気持でしょうか」

声は唇に合わせてわずかに顫《ふる》えている。絹川が頷くと、

「今——こんな時《とき》に何を言ったらいいのか、教えて下さい」

幽《かす》かな声でそう呟くと、実際細工物のように小さな唇を静かに結んだ。

三

二ヵ月後、六月の『貞女小菊』の公演は大変な評判をとった。川路鴇子は、美しさばかりでなく、芝居までも浄瑠璃《じょうるり》人形を思わせると評する者もあった。美しい人形は、ただの木偶《でく》ではなく、浄瑠璃人形が人形遣いの命を吸って生身の感情を生き始めるように、川路鴇子の芝居も、眉《まゆ》一つ動かぬ静かさの中に命が点《とも》っていると言うのである。絹川幹蔵の企《たく》らみは見事に成功したのだった。舞台の上でも鴇子は指一本の動きまで、小菊になりきっていた。絹川の指導の賜《たまもの》であったとはいえ、指一本の動きまで教授したというのではない。稽古《けいこ》を始めてすぐに気づいたのだが、鴇子は小菊を演じているのではない。台詞《せりふ》を喋《しゃべ》るのではなく胸の中にもともと持っている言葉を声に乗せるだけである。鴇子と小菊は同一の女なのである。絹川はただ鴇子そのものが出るよう、緊張を解くことに気を配り、相手役や他《ほか》の俳優を、鴇子の呼吸に合わせるよう指導するだけで良かったといえる。

それでも初日が近づくと、舞台に四年の空白がある鴇子に緊張のための硬さが見えるようになった。初日の前の晩である。絹川が夜更《よふ》けに目を醒《さ》ますと、隣の蒲団《ふとん》に鴇子の姿がない。

茶の間を覗《のぞ》くと、縁側にしゃがみこんで夜の庭を見下ろす恰好《かっこう》で鴇子の背があった。月明りがあるので、電灯《でんとう》を点そうと、一旦《いったん》伸ばした手を停《と》めて、絹川がその背に近づくと、鴇子はただぼんやりと庭を眺《なが》めていたのではない。手にした手鏡に、月明りが映す自分の顔を見入っているのだった。

稽古を始めた頃《ころ》、「もっとよく小菊という女を教えて下さい」という鴇子に、絹川は手鏡を与え「鏡の中を覗いてご覧。小菊が見える」と答えた。しばらく不思議そうに鏡を見つめていたが、やがて絹川の言葉の意味がわかったようである。それからは自信を喪《うしな》う度に、呪《まじな》いのように手鏡をとっては自分の顔を見つめる癖がついた。今も鴇子はその、いざ幕あけが明朝に迫った緊張や苛立《いらだ》ちを和《なご》めているのである。絹川の気配を感じとっても鴇子はふり返ることはせず、鏡の中に絹川の顔を探っていた。鏡の中で鴇子と絹川の目が合った。鏡は、絹川の目には鴇子の顔を、鴇子の目には絹川の顔を映しだしている。絹川が、自分がついているから何も心配はない、というと、鴇子はそれには答えず茶の間に逃げ、今度は縁に立った絹川に背をむけて座った。縁側の廂《ひさし》から夜を裂いて一条《ひとすじ》、月光が畳へと切りこんでいる。鴇子は月光の筋を掬《すく》うようにしばし、手鏡を揺らしていたが、やがてある位置に停めた。月の光は鏡にはねかえって、幻の筋を鴇子の左胸にあてている。鏡がはねかえすその月光を自分の胸に注ぎこんでいるように見える。縁に立った絹川から見ると、鏡の中には光に照らされた鴇子の左胸の部分が見える。何をしているのか、と絹川は声をかけた。

「先生、そのままじっとしていて」

鴇子は声を放った。誓詞を守り、この一ヵ月半、絹川の許しがなければ口も利《き》くことのなかった鴇子が初めて自分から発した声であった。驚くと共に、やっと絹川には鴇子が何をしているのかわかった。鴇子が胸に注ぎこんでいるのは月光ではない。その月光を逆光にして縁に立っている絹川の顔を、鏡に月の光ごとはねかえして自分の胸へと注ぎこんでいるのである。絹川の目に鏡は鴇子の左胸を映しているのだから、鴇子の左胸はその絹川の顔を受けとめているのである。

長い時間、鴇子は静かにその姿勢を保っていた。絹川は自分の躰《からだ》が月の光に溶け、鴇子の胸へと少しずつ滲《し》みこんでいくような気がした。

「もう大丈夫です。先生が私の胸の中に入りこんでくれましたもの」

やがて鴇子はそう呟《つぶや》くと、鏡を手から離し、深く安堵《あんど》の息を漏らした。そして事実その言葉通り、翌日の舞台では四年間の空白が信じられない腰の座った自然な演技を見せたのだった。

鴇子には生来の天分があった。しかしそれは畑違いの近代劇研究所などでは花開くものではなかった。佳人座の舞台と絹川の描く女を得て鴇子の天分は初めて開花をみたのである。そしてまた鴇子は、絹川との出逢《であ》いで、女としても初めて自分にふさわしい愛の形を得たといえる。鴇子は病身の夫と子供を抱え、自分が中心になって一家を支えて生きていけるような女では到底なかった。誰《だれ》かが気持を摑《つか》んでやらないと、糸の切れた凧《たこ》となって何もわからぬまま空《くう》を漂っている他はない女である。自分の言葉も持たず、自分の気持すらわからずにいる人形である。誰かが手や足をとり命をふきこんでやらないと、いつまでも片隅《かたすみ》に置きざりにされたままぼんやりしている女である。鴇子は恰度《ちょうど》、恰好の時期に自分の気持を摑み、思いどおりに自分を操ってくれる男と出逢った。絹川に任せておけば、すっかり安心して、自分を生きることができた。その安心が絶対的信頼となって、鴇子の気持を絹川に繋《つな》げた。

　男と女としてのこうした絆《きずな》が、また劇作家と女優としての関係にも大きく利したのである。

　座員の目には、鴇子が絹川に連れられて佳人座に現われた最初の日から、二人が夫婦同然に映った。鴇子は稽古を離れた場でも、絹川の命令どおりに動き、絹川の言葉がなければただ静かに絹川の肩に寄り添って座し、他の者と言葉を交わすこともほとんどなかった。夫唱婦随というが、二人ほどに徹すると時に滑稽《こっけい》に見えることもあった。皆で談笑している際など鴇子一人が笑わず、やがて思いだしたように「先生、私は今笑いたいのですが笑えと言って下さいまし」と真顔で言い、絹川が頷《うなず》くと一人遅れて笑い声をたてた。楽屋を出て絹川が俥《くるま》に乗りこんでも鴇子がなかなか小屋から出てこない。車夫に呼びにいかせると鴇子はぼんやり楽屋に座ったままで「先生から立てという言葉がなかったので」と言ったりする。

滑稽ではあっても、しかしこの奇異とも思える鴇子の追従ぶりを座員はごく自然に受け容《い》れていた。人形遣いと人形のようにごく自然に二人は一体化していたし、絹川の過去の女性関係を知る座員には、絹川が望み通りの女を獲《え》たことが判《わか》ったのである。鴇子との間では以前林香子との間で連日繰り返されていた口論は皆無だった。とはいっても絹川は奴婢《ぬひ》のように鴇子を扱っていたのではない。以前には女達に我心をむき出しにしていた絹川が、鴇子にはいつも優しい言葉をかけ、細かな心遣いを見せた。表面は鴇子を自分の命令通りに動かしながら、自分のやっと手に入れた貴重な人形を、真綿でくるむように大事にしているところがあった。

鴇子という絶好の材を得て、絹川の創作にも以前に増した熱が籠《こも》るようになった。七月にはまた鴇子のために『貞女物語』を書きおろし、八月と十二月は『貞女小菊』を再演、その間、九月、十月にも新しい芝居をかけ、どれもが評判をとった。そして正月公演の『傀儡有情』という佳人座最高の舞台へと上りつめた頂点で突如絹川が自害した。その直前まで二人は、この信頼の一字で固く結ばれた関係を保ち続けたのである。座員等《ら》の傍目《はため》には何一つ不足のない、羨《うらや》ましいほど釣《つ》り合った師弟の関係であり、男女の関係であった。

四

私が二人の関係に、誰《だれ》一人知る者のなかった、ある異常さを感じとったのは、十一月に入って間もなく、絹川先生に呼び出されてからである。

先生は正月の、『傀儡有情』の公演に万全を期して十一月は小屋を休み、師走《しわす》の興行も『貞女小菊』の再演で済ませることにしていた。『傀儡有情』の先生自身を模した劇作家役として私に白羽の矢がたった。『傀儡有情』は私達座員が知っている二人の関係が美しく描き出された傑作である。私には破格の大役であり、本を貰《もら》った日から私は夢中で役作りに取り組んでいた。

私を呼び出された日、先生は私にむかって「君は完全に私自身になってくれなくてはいかん。そのために、稽古を始める前にもっと鵜子のことを知っておいてもらいたい。今夜から二時間ほど鵜子を君の家に通わせるから頼む」と何気なく言われた。私は、鵜子とはそれまで口を利《き》いたことがなかったから、もっとうち融《と》けるための機会を先生がつくって下すったのだ程度に考え、その夜、鵜子の来訪を待った。

鵜子が訪ねてきたのは、晩秋の夜もすっかり更《ふ》けて、私が諦《あきら》めた刻《ころ》であった。玄関の硝子戸《ガラスど》の陰に立った鴇子は口もとをショールで覆《おお》い、目だけで会釈《えしやく》した。深夜の訪問を不自然に感じはしたものの、愚かにも私は、鴇子が茶の間に上がり今度は襖《ふすま》の陰で帯を解《と》き始めるまで先生の言葉にあった含みに気づかなかった。私は驚いて鴇子の手を制《と》めた。

鴇子はくるりとふり返り、

「先生は、あなたに何もかも話してあるからと言っておられたけど」

ただ不思議そうに、首を傾《かし》げている。

「あなたは自分が何をしようとしているのかわかっているのか」

私が思わず吐いた怒声に、鴇子は首を傾げたまま、「ええ」と頷《うなず》いた。疚《やま》しさの微《み》塵《じん》もない、無心ともいえる顔である。私の方がむしろたじろいでいると、

「構わないのですよ。先生の命令なのだし……先生は今度の新作に賭《か》けておられるのですから、あなたも判《わか》ってあげて下さいな」

他人事《ひとごと》のように言う。幾ら先生の命令でもこんなことは聞けないと私が拒み続けると、最後には鴇子も諦めて、座りなおし、

「だったら私を抱いたことにして下さい。そうでないと私が叱《しか》られますし、いえ何よりあなたのためによくありません。あなたは役を下ろされてしまいますよ」

と言って、鬢《びん》を自分の指でわざと乱し、衣紋《えもん》を抜き、帯もしどけなく結び直した。

「しかし……先生に聞かれたら何と答えればいいのです」

「大丈夫です。あなたには何も聞かないでしょう」

鴇子はそう言うと、二時間ほどして戻《もど》っていった。鴇子の言ったとおり、翌朝、稽古場で顔を合わせても先生は何も訊《たず》ねてこなかった。私が鴇子を抱いたと思っている筈《はず》だが、そんな気配はわずかも見せず、いつも通りの顔で私や鴇子に演技をつけた。

その晩も鴇子は、私の家を訪ねてきた。

「あなたは嫌《いや》ならそこに座ってて下さいな」

と言って、自分から蒲団《ふとん》を敷くと、帯を解き着物を脱ぎ、藤色《ふじいろ》の胴ぬき一つになって静かに横たわった。

「私は、先生の言葉に叛《そむ》きたくありませんので」

と言って静かに目を閉じた。胸の薄物を幽《かす》かに波うたせ、既に眠りに落ちたような顔には安らいだ笑みが浮かんでいる。

「あなたは、先生に抱かれるときもそんなふうに笑っているのか」

尋ねると、目を閉じたままで「ええ」と小さく呟《つぶや》いた。

「それも先生の命令なのか」

今度も小さく頷くと「片桐さん、二幕目の先生の台詞《せりふ》を言ってくれませんか」と言った。

私は『傀儡有情』の本を引き寄せた。

二幕目はある夏の夜である。劇中では弥須子《やすこ》となっているが、実は川路鴇子と、これも竜川と変っているが実は絹川幹蔵とが一緒に暮し始めてから三ヵ月が経《た》っている。鴇子は絹川のために全《すべ》てを棄て絹川の人形となって暮しているが自分をも棄てた鴇子が只《ただ》一つ棄てきれずにいるものがある。姉に預けた三つになる男児である。鴇子は絹川の目を盗んで子供に逢《あ》いにいこうとするのだが、出がけに、手土産に買った線香花火を濡《ぬ》らしてしまう。浴衣《ゆかた》の袖《そで》で心配げに乾かしている所へ、絹川が戻ってくる。絹川は花火を見て鴇子が子供に逢いにいこうとしている事に気づくと鴇子を厳しい声で叱る。

「お前は私の人形となると誓ったではないか、あれは嘘《うそ》だったのか」

怒り狂う絹川に鴇子は涙で訴える。

「先生、教えて下さい。それなら私がどうすればよいか――あの子に逢いたい気持だけは、押えることができません。先生、私にこの気持を忘れさせて下さい」

そんな鴇子を、絹川は縁側に座らせ、じっとしているように言うと、花火に火をつけた。絹川の指の下方に、光は小さな花を結んでは束《つか》の間《ま》に闇《やみ》の雫《しずく》となって消え落ちた。絹川はその、ジジジと夜気を焦《こ》がして弾《はじ》きだされる火花を鴇子の胸に寄せた。

「お前の気持はこんな火の屑《くず》となって散っていくのだ。火花が一つ消える度に、お前は少しずつ忘れられないものを忘れていく――」

そう言って絹川は次々に花火に火をつけた。火花は、鴇子の胸を覆う浴衣を点々と黒く焦がすのだが、鴇子は熱さも忘れじっとしている。鴇子の胸にわだかまっていた一つの感情が絹川の言葉どおり、小さな光の花となって少しずつ流れ出しては闇に消えていく。鴇子の胸に安堵《あんど》が染《し》み、鴇子の顔には微笑さえ浮んでいる。

「これは、本当にあったことなのですか」

同じように安らいだ笑みを浮べて、私の声に聞きいっていた鴇子に、そう尋ねると、鴇子は答えるかわりに左の胸をわずかにはだけて見せた。雪に灰を撒《ま》いたように、白い肌に点々と薄くその跡が残っている。

「あなたは、先生のどんな言葉にも耐えられるというのか」

「耐えているのではありません。先生の傍《そば》にいると私の胸は空《から》っぽになって先生の気持が私の中に自然に流れこんできて、私は先生の気持を生きることができるのです」

鴇子はそう呟くと、私にこんな話をした。

絹川は夏の終り頃《ころ》から、しばらく絶えていた柳橋通いを再び始めるようになったが、出掛ける前に、鴇子を机の前に座らせ自分が戻るまで経文を書き写しているよう命じるという。言われた通り、鴇子は写経をするのだが二三時間して戻ってくると、鴇子の写した文字を一字ずつ丁寧に改める。その文字に鴇子の気持を読みとり、乱れがあると鴇子を叱責《しっせき》する。自分から出掛けるだけでなく、柳橋の馴染《なじ》みの芸者を家に招《よ》び、鴇子にその女を持て成させて遊ぶこともある。そんな時も鴇子を傍に座らせて写経をさせる。女の笑い声や恥かしい言葉に字はどうしても乱れるのだが、女を帰らせた後でやはり絹川は写経を点検しては「お前はまだ完全に私の人形にはなっていない」と叱るのである。ある夜、鴇子は耐えきれなくなり涙を流した。女が帰った後、墨字が涙で滲《にじ》んでいるのを見咎《みとが》め、絹川は「お前はまだ私を心底信じられずにいるのだな」と怒声を荒《あら》げるとその紙を鴇子に投げつけ、「もういい、寝ろ」と言って電灯《でんとう》を消し、縁に出た。空には中秋の名月が掛り、月の光が蒼《あお》く流れこみ、縁に立っている絹川の躰《からだ》の影を長く畳に伸した。頭の影が恰度《ちょうど》、鴇子の膝《ひざ》もとに届いている。鴇子の手がひとりでに髷《まげ》から簪《かんざし》をぬき、鴇子は胸に黒く燃えあがった炎に煽《あお》られて、その簪で絹川の影を突いた。影を貫き、簪の刃は畳目に深く沈んだ。

その時である。

「もっと深く突けばよい――」

絹川の声が聞こえた。鴇子は、はっとした。絹川は自分に背を向けて縁に立っている。それなのに鴇子が簪で影を突いたのを見て取ったのである。

「先生はなぜ今――」

驚いて尋ねると、

「お前に今簪で突かせたのは俺《おれ》だ。お前の胸に今炎を燃えあがらせている悋気《りんき》も俺の与えた気持だ――お前にはまだそれがわかっていなかったのか」

背を向けたまま、絹川は静かな声で言ったという。

「私が本当に先生の人形になることができたのはその時からです」

それからも絹川は柳橋の女を連れこむことがあるが、現在《いま》ではもう写経の字が一字とて乱れることはないと鴇子は言った。私には絹川先生の気持がわからなかった。鴇子の話が事実とすれば、先生は鴇子をいたぶって楽しんでいるようなものである。鴇子がどんな命令にも従うことを利用して、以前の女達に見せていた以上の我心をむき出しにして虐《いじ》めているようなものなのだ。だがそれ以上に私には鴇子という女の気持がわからなかった。普通の女なら耐えきれぬものをすべて耐え、あくまで一人の男の人形になりきろうとしている。

夜気に冷えた電燈の光を浴びて、鴇子の顔は血の通わぬ蒼白いものに見えた。目を閉じ、消えいるほどに淡い笑みを浮べた顔は、すべての人並の情念を離れ、まさしく人形の顔に結晶している。私が襲いかかれば、静かな笑みのまま黙って私の躰を受け容《い》れるだろう。私はここまで一人の男の人形になりきった女に憐《あわれ》みを覚えた。しかし不憫《ふびん》に思うのは私の感情である。この女自身は、そんな自分をわずかも不倖《ふこう》とは思うことなく、人形である自分に、どんな女も持ち得ないような深い安らぎを見出《みいだ》している。

立派な女だとは思わなかった。むしろ私は、こうまで一人の男を信頼し、信頼の中に安息している女に、恐ろしさすら覚えていた。

鴇子は二時間もすると、その夜も鬢にほつれ毛を垂らし、わざとしどけなく着物を着て帰っていった。

同じことがさらに幾晩か続き、十一月十五日の晩である。いつもなら帰り支度を始める午前一時頃にやっと訪ねてきた鴇子は、

「今夜もここに来たことにしておいて下さいまし。明日から二三日来られぬかもしれませんが、先生に何か尋ねられたら、間違いなく来たと答えて下さい」

玄関先で、鴇子は珍しく慌《あわ》てた声でそう告げると戸も満足に閉めずに帰っていった。

それから二晩、鴇子は訪ねて来ず、十一月十八日の晩であった。十時頃玄関に音がしたので鴇子かと思って出てみると、絹川先生が少し暗い顔で立っていた。

「鴇子は来ていないね」

三和土《たたき》に女の下駄《げた》がないのを見て取ると確かめるようにそう尋ねた。誤魔化しようもないので私が正直に答えると、

「いつからだ」

「それが――」

私が言い澱《よど》んでいると、

「口制《くちど》めされているのか」

怒声を投げつけ、私が何も答えないうちに「馬鹿《ばか》な奴《やつ》だ」吐き棄てるように言って戸を乱暴に閉めた。「馬鹿な奴だ」という言葉は私のことのようにも、鴇子のことのようにも思えた。

翌朝、稽古場へ行くと先生に急用ができたとかで稽古は休むということだった。私は二人の間に何か揉《も》め事でも起こったのではないかと心配したが、次の朝、二人はいつもと変りない容子《ようす》で現われると、いつも通りに稽古が始まった。私は、鴇子が来ていないことを正直に先生に話したために何か迷惑をかけなかったか尋ねようと機会を狙《ねら》ったが、鴇子はいつも通り、絹川から一刻《いっとき》も離れようとしないので、取りつく島もなかった。

鴇子を私の家に通わせるのは辞《や》めになったのか、鴇子とは稽古場以外で顔を合わせることもなくなったが、二三日して、私は座員の口から、鴇子の病床に臥《ふ》していた亭主《ていしゅ》が死んだという話を聞かされた。座員も詳しく知らないのだが、十五日頃だという。私は恰度その頃、玄関先で二三日来られないと言った鴇子の慌てた素振りを思い出した。おそらくその前後に夫は突然病状が悪化したのであろう。その連絡を受けて鴇子は夫の許《もと》に駆けつけた。絹川先生とこういう関係になった以上、名ばかりの夫ではあったが、ともかく臨終だけは見とっておきたいという気持だったに違いない。だが子供と会うことすら禁じていた絹川先生には何も報《し》らせてはならないと考え、鴇子は私に口止めしたのである。

嘘が露見して一悶着起《ひともんちゃく》こっただろうが、しかしそれも解決したようである。稽古場での二人は以前どおり、いや以前以上に仲睦《なかむつ》まじく見えた。

そんな二人を見ていると、一時期でも先生がただ鴇子を虐待しているだけだと考えたのは間違いだという気がした。

二人は、凡人の私などの測り知れぬ深遠なところでしっかりと結ばれているように思えた。それは紛れもなく、一つの愛の形であった。

五

正月公演は初日から大成功だった。先生自身も舞台の出来には至極満足の容子《ようす》で、私の演技も「まるで自分を見ているようだった」と褒《ほ》めて下さった。佳人座全体が活気に溢《あふ》れ、一同が意気に燃え、先生はその渦《うず》の中心にいた。ただ川路鴇子だけがそんな熱気から少し離れて静かすぎるほどに見えたが、これはいつものことであり、二人の仲も先生の機嫌《きげん》がいい分だけいつも以上に睦《むつ》まじく見えた。

問題の一月六日の晩である。十時に祝賀会を終えると、酔い潰《つぶ》れた先生は一人先に戻《もど》り、私は先生の命令で鴇子としばらくつき合うことになった。先生が特別の用もなく鴇子を自分の傍《そば》から離すことはめったにないことなので、私は先生が今度の芝居の成功を余程嬉《うれ》しがっているのだろうとぐらいにしか考えず、上機嫌に手をふり、少しふらつく足取りで去っていく先生の背を見送って、鴇子を家に招《よ》んだ。つき合うといっても、鴇子はほとんど何も喋《しゃべ》らずただ酌《しゃく》をするだけで、一時を回る刻《ころ》に帰っていった。

その鴇子が二時近くにまたやって来た。

「先生が家に戻っていない」という。あの後外《よそ》へ寄ったとも考えられたが、鴇子が余りに心配そうにするので、私は付き添って先生の家に戻り、帰りを待つことにした。翌日の舞台が始まる時刻になっても遂に先生は帰って来ず、隅田川下流に死体が上がったという報《し》らせが入ったのは最終幕が上がる直前だった。なんとか舞台を勤め終え、座員全員で死体置場に駆けつけた。鴇子は楽屋で報らせを受けたときは、流石《さすが》に取り乱したものの、最終幕もいつも通りに演じ通し、筵《むしろ》を被《かぶ》った水死体と向き合った時も、ただいつもの顔色をいっそう蒼白《あおじろ》くさせているだけで、静かすぎるほどに見えた。後で考えると楽屋で報らせを受けた瞬間に、既に後を追う覚悟が決まったようである。その覚悟が鴇子の気力を保たせ、千秋楽までの舞台を勤め通させたのであろう。

自殺の原因もわからぬまま、皆は千秋楽を無事終えるまでは先生が生きていると考えようと、葬儀だけは簡単に済ませ、七日ごとの供養《くよう》もすべてとりやめ、舞台に賭《か》けた。先生の霊がのり移ったように私の演技にも力が籠《こも》った。鴇子も気を確かにもち、以前通り舞台での演技も乱れることはなかった。

しかし舞台で鴇子の相手を勤めながら、私は鴇子という女が一日ずつ淡く霞《かす》んでいくような気がしていた。舞台で抱き寄せる際、その躰《からだ》が一日毎《ごと》に魂の重みを削っていき軽くなっていくように思えた。

葬儀を終えた翌日である。開幕直前に楽屋を覗《のぞ》くと、鴇子が一人、縹色《はなだいろ》の帛紗《ふくさ》を両手に捧《ささ》げもってじっと座っている。帛紗には白い、人間の骨片のようなものが載せられている。先生のお骨の一片のようであった。私が声をかけると、鴇子はその骨を帛紗にそっと包みこみ、胸にさし入れた。舞台の上での鴇子の気力を支えていたのは、その胸に隠した先生の遺骨だった、と思う。しかしまた、私はその一片の骨が鴇子の魂を一日毎に吸って、鴇子の命を削っていくように思えたのだった。

二月に入り、座員は連日集まって先生なき佳人座の今後の方針を検討し合った。鴇子は時々顔を出しても気分が勝《すぐ》れないからという理由で話し合いには加わらず、ほとんど家に閉じ籠っていた。座員が代わる代わる見舞いに出かけ励ましたが、一月の舞台が終ってからは、いかにも片羽を喪《うしな》ったという印象で、実際、人形師に見放された人形のように声も言葉もなくぼんやりしていた。前からもの静かな人だったが、以前の静かさには光のようなものが滲《にじ》んでいた。その光を与えていたのが先生だったと私は改めて思い知らされたのだった。

四十九日の法要には座員一同が家を訪ね、手厚く先生の供養をすることになっていた。その前日の二月二十二日、私はふと鴇子を訪ねてみようと思いたち家を出た。浅草の街はずれまで来た時である。角の小さな仏具屋から出てくる鴇子の姿を見かけた。鴇子は手に線香の箱をもっていた。

「明日の法要の準備ですか――」

私が声をかけると鴇子は、私の言葉がわからないと言った顔で、ぼんやり私を見上げた。

「明日が先生の四十九日の法要でしょう」

「明日――」

不思議そうに問い返して、この時鴇子はあっと声を挙げ、同時に手から線香の箱が地面へと落ちた。私が鴇子のうろたえた顔を見たのは、十一月半ば家を訪ねてきた時と、先生の死の報らせを受けた時と、この時だけである。鴇子は線香が折れていないか、拾いあげた箱の中身を急いで改め、

「私、明後日《あさって》だとばかり……一日間違えて……」

独り言のように呟《つぶや》くと、満足に挨拶《あいさつ》もせず、足早に去っていった。

大事な法要の日を間違えるのも先生を亡《な》くした悲嘆のせいだろうと気遣ったが、翌日の法要では鴇子は落ち着いた所を見せた。沈みがちな座員の気を引き立てるように、鴇子は初めて自分からあれこれ皆に話しかけ、法要の場にはふさわしくない屈託のない笑い声をたてた。

実はこの法要の席で、私にはおやと思う事があった。読経《どきょう》の間に、ふと何かがおかしい、何か違っている事があるという感じがしたのだが、何に引っ掛りを覚えるのかもわからぬまま、焼香の番が来て、その方に気をとられた隙《すき》に忘れてしまったのである。

皆が帰る際、鴇子は玄関まで送り「いろいろと御世話になりました」と礼を言った。明

るい顔色だったので私達一同も安堵《あんど》したのだがしかし実はその何かを吹っきったような明るさをこそ警戒しなければならなかったのだ。

その夜、鴇子は自らの命を断った。

鴇子の死に顔を見ても私は涙を流すことができなかった。驚愕《きょうがく》が大きすぎたせいもあるが、白布の下から現われた顔は、静かな安らいだ笑みを浮べ、生きている頃《ころ》と少しも変りはなかった。私の家に通ったあの十一月の幾晩か、深い眠りについたように淡い笑みで目を閉じていたのと同じ顔だった。死に顔が生きているように見えるのは、逆に生前の鴇子が、死んでいるように見えていたためだろうと私は思った。自分の全《すべ》てを投げだし、自分を無にして一人の男を信じきった深い安息の中で、鴇子は既にずっと以前から死んでいたのである。

遺書はなかったが、絹川先生の後を追った自害であることは明らかだった。先生が何故《なぜ》死んだかもわからぬまま、鴇子は同じ千代橋から、先生を追って旅立ったのである。否《いや》――警察にも我々にも黙っていたが、鴇子だけは先生の死んだ理由を知っていたかもしれない。しかし仮令《たとえ》そうだとしても、その鴇子も死んでしまった以上、先生が死んだ理由は、依然大きな謎《なぞ》として残ってしまったのだった。

六

川路鴇子の葬儀は、先生の葬儀を出したのと同じ寺で行なわれた。先生の時以上の人々が境内に溢《あふ》れ、私は改めて川路鴇子の人気に驚いたのだが、しかし女優としては余りに短い命だった。鴇子の身内では上野で古着屋をしている姉の浦上フミが列席しただけだった。

この姉は鴇子の子供を預っているのだが、その子供は連れていなかった。浦上フミは佳人座の者とは挨拶《あいさつ》すら避ける素振りで、焼き場で骨壺《こつつぼ》を受けとるとすぐに帰ってしまった。

焼き場からの帰途、私は偶然楽屋によく出入りする呉服屋と一緒になった。絹川先生はこの呉服屋がもってくる反物から自分の気に入ったものを選び鴇子に着せていた。鴇子の年齢には少し不釣合《ふつりあい》な、小娘の着るような派手な色柄《いろがら》が多かった。

その呉服屋が、鴇子さんは喪服で自害したそうだがあれは去年の末に仕立てたものだと言い、

「もしかしたら鴇子さんは歳《とし》の瀬《せ》にはもう先生が自害なさることを知っておられたのではありませんかね」

意外な言葉を呟《つぶや》いた。詳しく尋ねると、昨年末の大晦日《おおみそか》も迫る頃《ころ》、鴇子が一人で突然店を訪ねてきて、元旦《がんたん》までに喪服を仕立ててくれないかと頼んだという。正月早々縁起の悪

い話だと思いながら、何とか言われた通りに間に合わせたのだが、絹川がその後、日を置かず死んだのである。

「只《ただ》の偶然だろう」

私は聞き流すふりをしたが、気持ではこだわっていた。呉服屋の言葉通りとすれば確かに鴇子には正月明けに絹川が死ぬという予想がついていたように思えるのである。しかし、そんな馬鹿《ばか》なことが——。

夜が暗くなるにつれ、呉服屋の言葉が重くなってきた。柱時計が十二時を打ったとき、私はひょいと時計を見あげた。長い針と短い針が重なり合い、一日の終りと新しい一日の始まりを告げている。この時私はふっと、先生の四十九日の法要の前日、鴇子が「私は明後日《あさって》とばかり……一日間違えて」と狼狽《ろうばい》したのを思い出した。

鴇子は何故大事な法要の日を一日間違えたのか——単なる数え違いではなく、鴇子にとっては、絹川の死んだ日が皆の信じている一月六日ではなく次の日の一月七日なのだとすれば……

先生が死んだのは一月六日、私達と別れて間もなくの午後十一時頃だと考えられている。これにはその時刻に千代橋上に蹲《うずくま》っている先生を見たという通行人の証言があるのだが、しかしこの時先生はただ酔い潰《つぶ》れていただけでその後家まで戻《もど》り、死んだのが午前零時を回った一月七日のことだったとすれば……鴇子だけがそれを知っていたとしたら……

私の頭に恐ろしい想像が浮んだ。鴇子があの晩私の家を出たのは午前一時だった。「もう七日になってしまったね」出がけに確か私はそう声をかけている。鴇子は家に戻り酔い潰れて眠っている絹川を見つける。鴇子はその絹川を抱きかかえるようにして橋へと運ぶ。人形だった女が人形遣いだった男を操って、暗い坂を千代橋へと向っていくのである。人形は月明りに白い顔を蒼《あお》く染めて、橋の上に横たえた人形遣いを眉《まゆ》一つ動かすことなく冷やかに見つめている。やがて人形は袖《そで》に隠しもっていた剃刀《かみそり》をとり出し……

人形はその無表情の裏で、自分を思うままに操る人形遣いに、いつしか憎悪《ぞうお》の炎を燃やすようになっていたのだとすれば……人形師が、人形に吹きこんだ命に復讐《ふくしゅう》されたのだとすれば……そして人形は、その罪の意識に耐えかねて、後を追うふりで自らの命も絶ったのだとすれば……

鴇子には絶えず、自分が絹川を殺したのが一月七日だという頭があった。それがあの不用意な間違いを導いたのだとしたら……

私は何度もこの想像を追い払おうと頭を振った。しかし否定すればするほど想像は私の中で重くなっていく。

私はまんじりともせず、夜明けを迎え、暗い顔で座員一同が集まることになっている楽屋へ向かった。先生を喪《うしな》ったばかりに、川路鴇子というやっと大きく輝き始めた星を喪い、今後の対策を新たに検討することになっていた。

皆が困り果てて雁首《がんくび》をつき合わせているとき、座員の一人が、ふと、

「ひょっとして川路さんは去年の末頃、先生が自害することをもう知っていたのではないだろうか」

と言いだしたのである。呉服屋と同じ言葉である。私はぎくりとして詳しい説明を求めた。

すると座員が言うには去年の大晦日の夕暮れ時である。その座員はまだ若く、よく先生の使い走りをしていた。その時も頼まれていた正月の標縄《しめなわ》を先生の家に届けにいったのだが、この時玄関口で先生と鴇子が奥で話し合っている声を立ち聞きしたのだった。話し合うというより鴇子も先生も言い争うほど烈《はげ》しく感情をぶつけ合い、

「私は先生の後を追って死にます。先生がいない人生なんて生きていても意味がありません」

「しかし一月の舞台はどうする。あの舞台は私の命ともいうべき舞台だ。なんとしても無事に勤め終えてくれないと――」

「だから舞台だけは無事に勤めます。二月に法要が済んだら――」

鴇子は絹川先生に後を追わせてくれと泣き声で訴えていたというのである。その通りになった今では重要な意味をもった会話だったが、その時座員は二人がただ芝居の稽古《けいこ》をしている位にしか考えず、今まで忘れていたのだった。確かに『傀儡有情』の最後の幕には

それに似た台詞《せりふ》が出てくる。「もっと早くに思い出していれば川路さんが後を追うのだけは防げたかもしれない」座員は後悔の声になった。私の驚きがいちばん大きかったろう。先生は年末には既に死ぬ決意だった。その決意を知り、鴇子はそれが制《と》められないとわかると後を追わせてくれと頼んでいたことになる。それだと、鴇子が年の瀬に喪服の準備をしていたことも納得がいく。鴇子が先生を殺害したという昨夜の想像が邪推とわかり、安《あん》堵《ど》を覚えたが、しかし一方、それでは、何故先生が年末には死ぬ決意であり、それを何故鴇子が知っていたか——新たな疑問が出てきた。

何もわからないまま、私には、先生と鴇子があの表面の仲睦《なかむつ》まじさの裏に誰《だれ》も知らない何かを隠しもっていたという気がしてならなかった。

空《むな》しく十日が過ぎ、三月に入って、川路鴇子の二七《ふた》日の日に私は上野の浦上フミの家を訪れた。鴇子の位牌《いはい》をお参りさせてもらいたかったのである。姉のフミは、葬儀の際と同じ冷たい目で私を見た。妹の人生を狂わせた佳人座という劇団のすべてを憎んでいるように見えたが、ともかく仏間にだけは導いてくれた。

古びた仏壇には、骨壺が二つ並べられている。共に真新しい。一つは鴇子のものであり、今一つは十一月に死んだという亭主のものらしかった。二つが並べられていることに私は、絹川と鴇子の関係は認めないという姉フミの意志を読んだ。気持では絹川先生を追いながら、遺骨だけは夫と並んでいるのが、私には憫《あわ》れに思えた。絹川を愛してしまった鴇子も哀れなら、その愛に置きざりにされた夫も哀れであった。

仏壇に供えられた線香の箱から一本をぬきとり、火を点《とも》そうとした私の手がふと停《とま》った。先生の四十九日法要の際、読経《どきよう》の間、妙に引っ掛っていた物の正体がやっと摑《つか》めた。

線香の色である。

法要の前日、仏具屋から出てきたとき、鴇子が手にしていたのは鶯色《うぐいすいろ》の線香であった。だがその翌日の法要で、烟《けむり》を噴いていたのは、茜色《あかねいろ》の線香だったのである。

そして、今、鴇子と夫の位牌が並んだこの仏壇の線香は、鴇子があの日仏具屋で買い求めたのと同じ鶯色であった。

七

「ひょっとして川路さんは、亡《な》くなる前日にこの家を訪ねてらしたのではありませんか。この線香を持って――」

私が尋ねると、浦上フミはお茶をさし出そうとした手を停《と》めた。

「ええ確かに――自分はしばらく来られないからこの線香で先生の供養《くよう》をしてくれと――今から思うと死ぬつもりでの暇乞《いとまご》いだったのでしょうが、それが何か？」

私にはその意味がわからなかった。絹川先生の供養をなぜ無関係なこの姉などに頼まなければならないのか。ただでさえこの姉には絹川先生を恨んでいる素振りが見えるし、仏壇には絹川先生の位牌があろうはずもなく、死んだ亭主《ていしゅ》の――

その時である。私に閃《ひらめ》いたことがあった。

「川路さんの亡くなられた御亭主は、詩人で、川路さんとは年齢が大分離れていたと聞きましたが……」

「ええ」

「もしかして……もしかしたら川路さんは、その御亭主を先生と呼んでいたのではありませんか」

思わず大声を吐いていた。私の胸は早鳴ったが、フミは私の動揺などに構うことなく、厚い一重瞼《ひとえまぶた》の下から冷たい目を覗《のぞ》かせながら、小さく頷《うなず》いた。

「病気で倒れてからは大した作品も発表してませんでしたが、妹と識《し》り合った頃《ころ》はあれで少しは名の売れた詩人でございました。だから妹だけでなく私達も皆、先生と呼んでおりましたけれど」

浦上フミはそこで居住《いずま》いを正し、顔を一層厳しくした。

「世間ではいろいろ言ってますし、妹もそれらしく振舞っていたようですが、妹が女優に

「先生の供養？」

なり、絹川とかいう男の妾《めかけ》同然の暮しを始めるようになったのは皆、先生の薬代のためだったのですよ。それは絹川さんには確かに月々大層な金銭を戴《いただ》いてはおりましたし、妹も一時期は気持があちらに動いたことがあったかもしれませんが、先生が死んでからは、気持をすっかり改めて、一月の舞台だけはどうしても勤めなければならないが、それが済んだら女優も辞めるつもりだと——こう申してはなんですが、絹川さんは妹を犬か何かのように思っておられたのではありませんか。あれでは金で女郎屋に身売りしたも同じでしたよ。なんですか、亭主の葬儀にも出てはならんと言われたとか。死ぬ前は毎晩二時間程目を盗んでは長屋に通ってきましたけれど、葬儀もみな私共の手で。先生は亡くなられる間《ま》際《ぎわ》まで、妹の名を呼んでおりましたし、妹も先生にとり縋《すが》って……」

目尻《めじり》にたまった涙を浦上フミはすり切れた袖《そで》で拭《ぬぐ》うと、その目を仏壇の骨壺《こつつぼ》にむけて、

「ここへお参りにくることもままならず、骨壺から先生のお骨を一つとっていつも胸に隠しもっておりました。可哀相《かわいそう》に、一月が過ぎたら女優をやめると言っていたのは、死ぬつもりだったからでしょうが……私達もこの貧乏では助けてやることもできず……」

私の躰《からだ》の中で何かが崩れ落ちた。フミの言葉は絹川への恨みで誇張されているとしてもその幾つかは紛れもない事実だと認めないわけにはいかなかった。十一月の半ば頃、私を訪ねてきた時の鴇子の狼狽《ろうばい》ぶり、鴇子が楽屋で縹色《はなだいろ》の帛紗《ふくさ》に包んで眺《なが》めていた遺骨——そして座員が大晦日《おおみそか》に聞いたという鴇子の言葉。「私は先生の後を追って死にます」

「御亭主が──その詩人の先生が亡くなられたのは何日でしょうか」

「十一月十六日です」

私は慄《ふる》える指で数え始めたが、その必要はなかった。答はフミの口から出た。

「妹が死んだ日は恰度《ちょうど》、先生の百箇日にあたります。新聞では妹が絹川さんの後を追って死んだように言ってますが、その日が絹川さんの四十九日になったのは単なる偶然でしょう。妹は、先生の──津田さんの後を追って死んだのです」


古着屋を出ると、冬の街並はもう暮れなずんでいた。店先で三四歳の男の子が地面に指で絵を描《か》きながら、つまらなそうに一人遊びをしている。鴇子の子供であろうが、鴇子の面影《おもかげ》はないから父親似なのであろう。子供の顔だちから想像すると鴇子の夫は、男らしく目が切れ、鼻梁《びりょう》の通った美丈夫だったようである。鴇子が、いや津田タミという一人の女が愛し、全《すべ》てを投げだした相手はその夫だったのである。鴇子が女優になり、絹川先生の囲われ者になり、人形になりきったのはすべて夫のためだったのである。鴇子があれほど自分を棄てきり、安らぎに満ちた顔をしていたのは絹川先生への深い信頼のためではなかった。鴇子はその振りをしていたが、あの顔に滲《にじ》み出ていた静謐《せいひつ》さ、美しさは病床の夫のために自分の躰を自分のすべてを犠牲にしようとした女の気高さだったのである。夫の命のため──それだけを思って、鴇子は愛してもいない絹川先生のどんな行為にも言葉にも耐え、人形になりきったのである。

薬代——

鴇子と絹川先生の関係はそれだけだったのか。

浦上フミの声を耳に残したまま、暮色のおりた街並を歩いているうちに、いつの間にか隅田川に出た。

冬と夕暮れが暗く重なり合った中を、川は寒風に引きずられて力なく流れている。冬景色に痩《や》せた膚《はだ》でまとわりついた空を、桜の枝が骨のように這《は》っている。土手を千代橋にむかって歩きながら、私は寒さも忘れて考え続けた。

浦上フミの言葉を信じるとしても一つ大きな疑問が残っていた。川路鴇子が死んだ夫の後を追って自殺したというなら、何故《なぜ》、鴇子は絹川先生と同じ場所で、同じ方法で死んだのか。それも只《ただ》の偶然だったのだろうか。恰度、先生の四十九日と鴇子の夫の百箇日が偶然重なったように。

偶然——いや本当にそうなのだろうか。そこに誰《だれ》かの意志が働いていたとすれば……四十九日と百箇日が重なり、先生と鴇子の死が場所と方法の点で一致していることに一人の人間の思惑があったとすれば……

私の頭の中でゆっくりとそれは逆流を始めた。私は桜の幹に手をつき、躰を支えた。

やっと、私には絹川先生の自殺の動機がわかったのだった。簡単なことであった。余りに明解すぎたために私も、誰もが見落していたのである。川路鴇子が死んだ後、「後追い自殺」という言葉を何度も新聞で読んだ。多くの人がその言葉を口にし、私自身も何度かその言葉を口にしている。しかし一度として、誰一人として、その言葉、「後追い自殺」こそが先生の自殺の動機だとは考えてもみなかった。

先生はある人物の後を追って自殺した。誰もそれに気づかなかったのは、その人物が、先生が自殺した時点では、まだ生きていたからである。川路鴇子が先生の四十九日に、その後を追って自害したのではなかった。絹川先生が鴇子の死ぬ四十八日前に、その後を追って自害したのだ。絹川先生はまだ生きている女の後を追って死んだのである。

八

川路鴇子は最初、死んだ亭主《ていしゅ》の四十九日の法要を勤め終えたその日に後を追う心算《つもり》であった。歳末に喪服を誂《あつら》えたのは、亭主の四十九日が年が明けてすぐの一月三日だったからである。その際の死に装束のつもりであったのだろう。絹川がその鴇子の決意に気づいたのは、年の瀬も押し迫った頃《ころ》である。鴇子が呉服屋に喪服を誂えたことが耳に入ったのか、鴇子が胸に秘《ひ》していた夫の遺骨を見つけたのか、それとも鴇子の遺骸《いがい》の腕には相当数の傷跡が残っていたというが、夫の死後、夜自分の目を盗んで千代橋から一筋ずつ血を流しているのを知ったのか、絹川は鴇子の死の決意を嗅《か》ぎとると鴇子に問い質《ただ》した。鴇子は泣く泣く自分の気持を訴えたに違いない。夫に死なれた自分は後を追って死ぬ他《ほか》ないこと、それほど自分にとって夫が唯一《ゆいいつ》無二の存在であったこと――鴇子の決意が固いと知って、夫の四十九日に死ぬことだけは制《と》め、どんなことがあっても一月の『傀儡有情』の舞台を楽《らく》日《び》まで勤めてくれと頼んだ。『傀儡有情』は絹川が自分の命をこめて書きあげた畢生《ひっせい》の傑作である。鴇子は絹川の気持も汲《く》みとり、その言葉に従って舞台だけは勤め終え夫の百箇日に死ぬ決意をした。これが大晦日《おおみそか》のことである。座員が立ち聞きしたのはこの時のやりとりである。座員は、鴇子が夫のことを先生と呼んでいたのは知らず、先生の後を追うという言葉を絹川先生の後を追うと解釈したのである。

　ともかく鴇子が二月二十三日に夫を追って死のうとしていることを、絹川は歳末には知っていた。そしてそれを知ったとき、絹川がまずしたことは、二月二十三日の四十八日前が何日であるか、数えることだったと思う。

　絹川が鴇子の後追い自殺の決意を知ってそれを黙認した形になったのは、絹川には誰《だれ》より鴇子という女がわかっていたからだった。鴇子は糸に繋《つな》がれた人形であった。誰かがその糸をしっかり握っていてやらないと生きていけない女だった。その糸が断ち切られたら死ぬしかない女だった。絹川は自分がその糸を握っていると信じていた。確かに絹川は何本かの糸を握り、鴇子を人形として操った。しかし一番大事な糸、鴇子の気持の糸、命の糸を握っていたのは病床の夫だったのである。

絹川はおそらく夏頃からそれに気づいていた。成程《なるほど》鴇子は絹川の人形のように振舞っていた。しかしそれは言葉であり仕草である。絹川への信頼に安息しているふりをしていたが、その安息は絹川ではなく、病床の夫を愛し尽し、その愛に自分を委《ゆだ》ねきった女の安らかさであった。それに気づきながら、しかし絹川はそれを認めようとしなかった。絹川は鴇子を愛していたのである。多くの女を渡り歩いた末に、初めてめぐり逢《あ》った理想の女に、絹川こそが自分の感情をすべて捧《ささ》げつくしていたのである。その愛が、鴇子の夫にむける気持を認めさせなかった。恰度《ちょうど》烈《はげ》しい炎が鉄をも曲げてしまうように、絹川の愛は、その烈しさゆえに歪《ゆが》められた。家に他の女を引きこんだり、私のもとに通わせたり、まるで鴇子を奴婢《ぬひ》同然にいたぶったのも、裏を返せば実は鴇子を愛しすぎたゆえの行為であった。絹川路鴇子という人形には気持だけが欠けていた。その欠けた分だけ、充《み》たされない分だけ、絹川はさらに鴇子を人形へと追いつめていったのである。ある月夜の晩、鴇子が絹川の影を簪《かんざし》で突いたのは決して絹川への愛ゆえの嫉妬《しっと》ではなく、愛してもいない男への単なる憎しみであったろう。この時、絹川はおそらく手鏡を手にして背後の鴇子の容子《ようす》を窺《うかが》っていたに違いない。その手鏡に映ったのは鴇子の自分を憎み卑《いや》しむ顔であったが、絹川はそれすらも認めようとせず、それが自分の与えた嫉妬だと思いこもうとしたのである。勝算のないこの闘いに焦燥し、苦悩し、その分またさらに絹川は鴇子に人形として従うことを要求したのである。

その絹川も、しかし鴇子の夫が死に、鴇子の後追い自殺の覚悟を知ったとき、遂《つい》には自分の敗北を認めざるを得なくなったのだった。自分が造りあげた人形に、遂に自分の思い通りの気持を与えることができなかったことを認めざるを得なくなったのである。数ヵ月にわたり空《むな》しく糸を操り続けた傀儡師《かいらいし》に残されたのは死のみであった。永遠に充たされることのない愛の捌《は》け口を、絹川は死に求めるほかなくなったのである。絹川は、鴇子の死を制《と》めることができないなら、せめてその愛に殉じ、鴇子の後を追おうと考えた。そして絹川が何の策も弄《ろう》さず、鴇子が死んだ後に死んでいたならば、誰もがそれを鴇子を愛したゆえの後追い自殺と考えただろう。

だが劇作家として名を成し、一人の女を人形として従えるほか愛の発露《はつろ》を見出《みいだ》せなかったほど気位の高かった絹川にとって女の後を追って死んだと思われるほどの屈辱はなかったろう。誰にも自分が鴇子の後を追うのではなく、あくまで鴇子が自分の後を追って死んだものと思わせたかった。それは難しい事ではなかった。ただ自分が鴇子の四十八日後ではなく四十八日前に死ねばよいのである。この前後を入れ替えるだけで、二人の気持を入れ替えることができるのである。人々に逆に鴇子が自分を追ったと信じこませながら、自分が鴇子と同じ場所同じ方法で死ぬことができるのである。

いや、人に信じさせることより何より、最後の最後まで敗北を認めることができなかった絹川は、そうすることで自分の気持を偽り、鴇子が自分の後を追うという状況を信じこもうとしたのではなかったか。

鴇子が絹川の意図に初めて気づいたのは、二月二十三日、自分が死ぬ決意だった日の前日であった。鴇子は絹川の死にほとんど関心をもっていなかった。その一月、鴇子の心を占めていたのは何とか一日でも早く夫の後を追うことのみだったろう。絹川の四十九日などおざなりに考えていた鴇子は、その日初めて絹川の四十九日と、夫の百箇日つまり自分の死ぬ日が一致することに気づいたのだった。その一致に絹川の意図を読みとり、鴇子はああも狼狽《ろうばい》したのであろう。

『傀儡有情』は絹川が自分と鴇子の真実の関係を描いたものではなかった。それは周囲の皆が信じていた表面上の仲睦《なかむつ》まじさをなぞっただけの物語であり、その裏には人形に自分の気持を与えようとして失敗した人形師の悲劇が隠されていたのである。『傀儡有情』という虚構の芝居の中で、せめて自分達の愛に実を結ばせることだけが、愛に敗れ、現実に敗れた一人の男に――一人の愚かな傀儡師に残された最後の夢であった。

私が最後までわからなかったのは、何故川路鴇子が病床で果てた夫の後を追うのに千代橋という場所を選んだかであった。

すっかり夜の降りた土手を歩き続けた私は千代橋まで辿《たど》り着いたところで、やっと、

『傀儡有情』の第一幕がこの千代橋で始まることを思いだしたのだった。この場を実話と考えれば、鴇子は女優になる決心を絹川に示すために、夫の命ともいえる詩をこの橋から川に流したことになる。実際にはその時、鴇子は夫の薬代のために絹川に身売りすることを決意したのだが、夫の命である詩が水に濡《ぬ》れて川を流れて去っていくのを見守りながら、鴇子はいつか夫が本当に死んだら、この橋で後を追おうと決意したに違いない。

　無数の文字となって川を流れていった夫の命、その後を追った鴇子の命、そしてまたその後を追った絹川幹蔵の命——

　三筋の命を葬《ほうむ》った川は、上り始めた月の光に白い薄衣《うすぎぬ》を纏《まと》って両岸を押し開くように滔々《とうとう》と流れている。

　偶然から一人の傀儡師の悲劇を探りあて、私は今なら絹川幹蔵——先生と呼んでいたその人の役を演じきれる気がした。一人の女が身も心も捧げつくすほどの大いなる人物は私には夢よりも遠い存在である。しかし、一人の女を愛し、その愛に呻吟《しんぎん》し、虚栄のために死を選んだ、愚かな、卑小な男なら私にも演じられる、そう思った。私の中にもいる一人の愚かな男は、十一月半ば私の家を訪れた時先生の見せた暗い目を、必ず私のものとして演じられるはずであった。先生への尊敬の念はついえたが、そのかわりに一人の男への共感が私に残ったのだった。佳人座の明日の運命もわからぬ時ではあったが、その橋に立ち川の流れを見送りながら、私はいつかもう一度だけ、『傀儡有情』を舞台にかけ、今度こそ本当の一人の男を演じてみようと固く心に言い聞かせていた。

未完の盛装

〈第五話・葉子〉

昭和二十二年

葉子は、夫が喉《のど》を掻《か》きむしって苦しむのを眺《なが》めながら、風の音を聞いていた。

風は激しい雨音にまざり、米軍基地の端に引っ掛るように建っているバラック同然の小屋などなぎ倒しそうである。少し前に聞いたラジオでは台風は明朝には本土に上陸し、今夜から明日にかけ沿岸一帯は、暴風雨になるという。基地の鉄条柵《さく》が揺《ゆら》ぐのか、風はところどころで切り裂かれ、喉笛のような音をたてる。夫の最期《さいご》の喘《あえ》ぎと区別がつかなかった。

風は葉子の躰《からだ》にまで吹きこんで、感情の一片までも遠くへ運び去ってしまったようだった。夫が煎餅《せんべい》蒲団《ぶとん》にしがみつき、もうのたうちまわる力もなく、ただ喉だけをしきりに痙《けい》攣《れん》させるのを、別世界の出来事のように、ぼんやり眺めていた。一週間前、吉野から「この薬なら楽に死んでいく」そう言って薬壜《くすりびん》を渡されたときに感じた怯《おび》えも嘘《うそ》のようである。

死がこんなに簡単なことなら、なぜもっと早く、実行に踏みきらなかったのか。

それにしてもいつまで苦しんでいるのだろう――苦しみ始めたら、すぐに死ぬ、と思っていたのだが、もう十分近く経《た》っている。葉子はのけぞった夫の、顎《あご》の細い顔を冷やかに見下ろしながら、この小男の生命力に改めて驚いた。

公報にも名が載り、戦死したとばかり思っていた夫が、裏の板戸から、泥棒《どろぼう》のようにおどおどと顔を覗《のぞ》かせたのは、この春である。葉子にはそれが夫だとはすぐにわからなかった。生存していると思ったこともないし、砲弾焼けしたどす黒い顔は、わずかに記憶に残っている夫の顔とは、まるで別人だった。顔の半分が火傷《やけど》に爛《ただ》れ、片目が潰《つぶ》れかかっていた。米兵相手に躰を売り、厚化粧に顔を包んだ葉子も以前の面影《おもかげ》は片鱗《へんりん》もなかったが、夫の方ではすぐにわかったようである。葉子がまだそれが誰《だれ》の顔かわからぬまま、その醜悪さから顔を外《そむ》けようとした時、夫は涙を流し、飢えきった犬のように襲いかかってきた。葉子は悲鳴を挙げた。

夫とわかってからも、葉子はまともにその顔が見られなかった。空襲ではずい分惨死体《ざんしたい》を見たが、夫の顔や、傷だらけの躰はそのどれよりも醜怪に見えた。記憶にある顔と相合するのは、獅子鼻《ししばな》だけだった。獅子鼻は瘦《や》せ細った顔に昔より膨んでみえた。戻《もど》った最初の晩から夫が息をする度に、葉子はその大きな鼻が、自分の将来や生命までも吸いこんでしまいそうで背筋に寒さを覚えた。

この頃《ころ》、葉子はもう吉野と関係ができていたので、突然帰還した夫は、邪魔でしかなかった。吉野は闇物資《やみぶっし》の仲買人をしている、葉子より六歳年上の男だった。逞《たくま》しい体軀《たいく》を黒い革ジャンパーに包み、濃い眉《まゆ》や陽焼《ひや》けした顔色には生命感が漲《みなぎ》っている。その分厚い胸に抱かれると、葉子はなにもかも忘れた。空襲ですべてが灰になるのを葉子は見ている。破壊されずに残ったのは土だけである。吉野には、そんな大地に似た踏まれても傷つけられても微動だにしない確かさがあった。夫が戻ってからは、ゴム靴《ぐつ》で土を蹴るように歩く吉野の姿が、いっそう逞しく思えた。それに比べると夫はあまりに卑小だった。

終戦は人を二つの種類にわけた。滅んでいく者と、次の時代を生きぬく力をもった者とである。夫はもちろん滅んでいく者の一人であり、吉野はもう新しい時代の真ん中を確実な足取りで歩いていた。

ほんとうに邪魔でしかなかった。夫とは名ばかりである。二人が結婚したのは、日本が自滅の泥沼に陥った戦争末期の頃で、一緒に暮したのは二ヵ月だけである。戦死の報《し》らせを受けたときも悲しいものはなにもなかった。他人同然の男である。それなのに夫の方では、たった二ヵ月の結婚生活で葉子を自分の身内と信じきって、葉子が混乱した時代の片《かた》隅《すみ》にやっと見つけた小さな幸福の中に、我が物顔で入りこみ、住みつこうとしていた。

なぜ死ななかったのだろう、なぜ生きて帰ってきたのだろう——夫の顔を見るたびに葉子の胸に怒りがつきあげ、戻って一ヵ月目に夫が倒れた時には、葉子はこのまま死んでくれたらいいと希《ねが》ったのだった。夫は、戦地で受けた胸の傷が化膿《かのう》し腹膜炎を患《わずら》った。事実、医者は三日も保《も》つまいと言ったのだが、その三日目に奇跡的に命をもち直し、それから今日まで半年近くも生き延びたのだった。満足に声も出せなくなった夫は、煎餅蒲団にくるまり、それより薄っぺらな生命《いのち》に必死にしがみついて生きていた。

最初のうちこそ、吉野も、どうせ死ぬのだからと同情して高価な食べ物を手土産に持ってきてくれたりしたのだが、二カ月も経つとさすがに業《ごう》を煮やしだした。「いったいいつ死ぬんだ」夫の生きているのが葉子の責任だというように、葉子に八ツ当りするようになった。「あいつの薬代のためにお前に金を渡してるわけじゃねえぞ」酔うと荒れて、酒臭い息で怒鳴りつけるようになった。

その吉野が、八月に入ると不意に黙りこむようになった。葉子が縋《すが》ろうとすると、面倒げに払いのけて、煙草《タバコ》の煙を妙に動かない目でじっと追っている。葉子は不安になった。羽振りがよく、がっしりした吉野は、他《ほか》の売春婦仲間にも人気があった。吉野を知って間もない頃には、姉さん分の売春婦と吉野のことで摑《つか》みあいの喧嘩《けんか》をしたこともある。吉野は、女に不自由しない。廃人同然の亭主《ていしゅ》を抱えた自分など、もう邪魔になったのかもしれないと思えた。

だが、吉野の不気味な沈黙には別の意味があったのである。

九月に入り、空襲で焼けたままになっている鉄工場の裏手に呼び出され、吉野から薬壜を渡された。「この薬なら大丈夫だ」葉子は咄嗟《とっさ》になにか言おうとしたが、その前に吉野は横をむいてしまった。不機嫌《ふきげん》そうな顔で苦しそうに煙草の吸口を嚙《か》んでいる。それでも葉子はなにか言おうとして何度も口を開きかけたのだが、しかし何も言葉にならなかった。言葉ではなく、悲鳴のようなものを叫ぼうとしたのかもしれない。夏は終わりかけていたが、太陽は小川を真っ白に灼《や》いていた。夏草が生臭い匂《にお》いで葉子の躰を塞《ふさ》いでいた。陽は、むき出しになった吉野の肩の肉をじりじりと焼いている。吉野は「半月ほど北海道へ行ってくる」とだけ言って背をむけた。留守の間にやっておけ、という意味らしかった。葉子は怖ろしさにぶるぶる震えだした躰を、必死に薬壜を握りしめて支えていた。怖かったが、吉野の言うとおりにする自分が、わかっていた。戦争の最後の年の大空襲で、葉子は近親者をみな失《な》くしている。町中を呑《の》みこんだ黒煙は、今も葉子の周囲を真っ暗に鎖《とざ》しながら不安定に揺れ動いている。吉野の堂々とした体軀や厚い胸は、そんな葉子が見つけたたった一つの確かなものだった。吉野だけは失いたくない、吉野がいなくなったら、もう生きてはいけない……そんな言葉を夢中でくり返しながら家に戻った。

そして今日——

薬壜は、戸棚《とだな》の隅にずっと隠しておいたのだが、夫は気づいていたのかもしれない。いや寝たきりの夫が気づくはずはないが、しかし、こうも苦しみながら、それでも必死に生命にぶら下っている夫を見ると、これがこの小男の、二人の殺意への最後の抵抗かもしれないという気がしてくる。

風雨はさらに強くなった。早く死んでしまえばいい——夫だけでなく、あの大空襲の晩のように何もかもが壊れてしまえばいい、葉子はそんな捨《す》て鉢《ばち》な気持で窓から外を見ていた。先刻、夫の口から泡《あわ》が吹き出されたので、葉子は、さすがに気味悪くなって背をむけたのだった。

鉄条柵と夏草が大きく波うつむこうに、滑走路がただ、駄々《だだ》っ広《ぴろ》くある。

風雨は、その何もない風景を横倒しにしていた。その時——

雨雲が、嵐《あらし》の緊張を孕《はら》みきって破れたように、一カ所に裂け目ができて、青空が覗いた。青空というより、それはまだ夏の盛りのような、白く眩《まぶ》しい光に輝いている。夫はもう死んだようだ。葉子の背だけがひっそりとしている。それでもふり返ることも忘れ、ただその空の一片を見続けていた。本当は、風雨の渦《うず》まく空にそんな青空の一片が見えるはずはなかった。それはわかっていた。しかし、葉子の目には、はっきりと見えたのだった。地獄の底から天を仰ぎ見ているのかもしれない。天の小さな裂け目から誰かが……何かがじっと自分を見下ろしている……夫が死んだことなどすぐに忘れてしまうだろう。亡霊が死んだだけのことなのだ。だがたとえ夫の死は忘れることができても、この空、澄みきった、光に溢《あふ》れたこの空の一片だけは、いつまでも憶《おぼ》えているかもしれない——葉子はそんなことを思っていた。

葉子は蒲団や死骸《しがい》の乱れを直し、夜が烈《はげ》しい雨音に真っ暗に閉ざされるのを待って隣へ行った。隣には駅前で簡易食堂を開いている夫婦者が住んでいる。葉子はミツというその女房《にようぼう》の方に、夫の容態がおかしいから、医師を呼んできてほしいと頼んだ。死体の傍《そば》でしばらくぼんやりしていた、とは言えないから嘘をついた。人のいいミツは、葉子の言葉を鵜《う》呑《の》みにして横殴《よこなぐ》りの雨のなかを駆け出していった。

三十分ほどして雨合羽《あまガッパ》を着こんで現われた医師は、豪雨の中の往診に嫌《いや》な顔一つしなかった。田口という名で近辺では温篤者として知られ、直る見込みのない夫にも今までもいろいろ親切にしてくれた。医師は死骸の手首を改めただけで「手遅れでした」と吐息《ためいき》ともつかず言った。それでも突然すぎる死が信じられないのか、しばらくじっと死に顔を覗きこんでいたが、結局何も言わなかった。葉子のかわりにミツが泣き崩れた。顔を覗かせたミツの亭主も目を赤く腫《は》らしたが、葉子は泣けなかった。裸電球が夫の死に顔に揺れるのをぼんやり眺めていた。

窓硝子《ガラス》が割れ、真っ黒の風が濁流のように流れこんだ時、葉子は悲鳴をあげた。一週間前、吉野から薬壜を渡されたときから、喉につまっていた悲鳴がやっと口から迸《ほとばし》りだし、そのまま気を失った。意識が遠くなると、風はいつの間にか黒い煙に変わり葉子を包んでいた。自分はまだあの大空襲の夜に突っ立っている……方々で悲鳴があがり、サイレンが煙を荒波のように揺れ動かす。誰かの声が聞こえる。誰かが自分に救《たす》けを求めている……逃げ遅れた母の声だろうか。煙は息と共に葉子の躰の中に流れこみ、葉子は自分の躰が煤《すす》で真っ黒になっていくのを覚えながら、それでも動こうとしなかった。夢の中で、意識が薄れていくのを感じながら、葉子は、一つの言葉を呟《つぶや》き続けていた……何もかも灰になってしまえばいい……何もかも滅んでしまえばいい……

その夜から翌日にかけて関東一帯に記録的な雨を降らせ、各地で水害をひきおこし、三千名を超す死者を出した台風には、カスリーンという女性の名がつけられていた。葉子はその名に記憶があった。二三度寝た米兵が国の妻の写真を見せ、何度もその名を呟いたのだった。米兵の顔は忘れたが、写真の顔はよく憶えていた。金髪を風になびかせ幸福そうな微笑を浮べたアメリカ女の顔は、猛威をふるった嵐の名とはそぐわなかった。

翌日の晩、形だけの通夜《つや》を済ませた。風雨はしずまったが、東京中が停電で暗く閉ざされ、電灯《でんとう》がわりの蠟燭《ろうそく》がそのまま灯明となった。

十日後、九月二十五日に、葉子は湯河原へ出かけた。ミツには、亭主の位牌《いはい》を郷里へ届けるのだという口実で家を出たが、本当は湯河原で吉野と落ち合うためだった。

吉野は、北海道から早くに戻り、その温泉宿にもう何日も滞在していた。垢《あか》にまみれたネルの浴衣《ゆかた》姿で、寝乱れた蒲団の上に腹這《はらば》いになったまま、あまり関心もなさそうに葉子の方にちらりと首をねじまげた。何も訊《き》こうとしないので、葉子は自分の方から、夫を殺した、何もかも上手《うま》くいった、と告げた。

「ただ——一昨日《おととい》、刑事が来たけど……」

「刑事？」

面倒そうに葉子の声を聞き流していた吉野は、顔色を変え、起きあがった。

「刑事が、なんの用で」

「刑事の家に葉書が投げこまれたんだって……あの工場の裏であんたが私に薬の壜を渡すのを見たって」

「誰が……」

「さあ、差出人の名前もない葉書だって」

「俺《おれ》がお前に渡したと……俺の名もちゃんと書いてあったのか」

「ええ」

「それで、どう答えた」

「その通りだって言ったわ、工場ん所で吉野さんから薬壜を受けとったって……大丈夫よ、そんな心配そうな顔しなくたって。吉野さんは前から私たち夫婦のことといろいろ面倒みてくれてて、薬を貰《もら》ったのもそれが初めてじゃないって言ったから。刑事がその壜をくれっていうから、あんたが春に……ほら、あの人が倒れてまもなく滋養剤だからって持ってきてくれたのがあったでしょう？　あれを渡したわ——」

吉野は黙りこんだ。その無言は、葉子が余計なことをしたと詰《なじ》っている。浴衣の据《すそ》が割れて、太腿《ふともも》がつけ根まで顕《あら》わになっていることにも気づいていない容子《ようす》である。

「だって本当に見られたんだったら、変に隠すと却《かえ》って怪しまれると思ったのよ――大丈夫よ。医者――田口先生だって死体に何の不審もないって言ってくれてるんだから。それにもうあれっきり来ないのよ、刑事も」

「どんな刑事だった」

「桜井っていったかしら。四十すぎの猫背《ねこぜ》の――喘息《ぜんそく》もちだね、ぜいぜいする度に肩丸めて」

「知らん男だな」

違法すれすれの所で仕事をしている吉野は、何人かの警察官とも渡りあっていた。

「なに考えこんでるのよ、本当に心配ないったら……」

「いや……その葉書だしたのは、ひょっとしたら辰《たつ》の野郎じゃないかと思ってな……あの時、工場裏に人気《ひとけ》があったとは思えんのだ」

「辰って?」

「辰夫だよ、俺が時々連れ歩いているだろう? 薬は辰夫に手に入れさせたんだ」

葉子は、いつかの晩、吉野の肩陰でひょいと頭を垂《さ》げた坊主頭《ぼうずあたま》の若者を思い出した。

「辰が、あんたを裏切ったっていうの」

「いや、そうじゃないが……ただあの野郎、六月頃から俺と縁を切りたがっていたんだ。

素人娘《しろうとむすめ》とできて堅気《かたぎ》の仕事を始めたいって言ってな、手を切る約束で、あの薬手に入れさせたんだ」

「辰じゃないよ、たぶん。薬書の、吉野の吉の字が違ってたから……でも変だね、誰かが、戸棚に隠しておいた壜のこと知ってたとも思えないし」

「お前の亭主じゃないのか。壜のこと気づいていて万が一自分に何かあったらそういう投書をしてくれと誰かに頼んで……」

「まさか……」

暗い顔の吉野にいらだち、葉子は背後から手を吉野の胸にすべりこませた。何も心配していなかった。吉野と二人なら警察に捕まったって恐《こわ》くはない。まだ夫の死臭がぬけずにいる肌《はだ》を、夢中で吉野にすりつけた。

「恐ろしい女だな」

吉野は、葉子の腕をとると蒲団に倒し、覆《おお》いかぶさる前に、そう言った。誰のせいなのよ——吉野の唇《くちびる》の端に結ばれた冷たい笑みを見つめながら、葉子は胸の中でそう呟くと、かぶさってきた男の体を両腕で縛りあげた。

同じ九月二十五日の夜八時頃、基地に近いS駅前の屋台で、四十すぎの男がカストリを呷《あお》っていた。喉がぜいぜいするのは安酒のためだとはわかっているのだが、この頃では酒がきれると思考がまとまらなくなった。渇《かわ》ききった喉にメチル臭い液を流しこむと、少し落ち着いて頭が動き始めた。暗い目は、数日前に会った一人の女の顔を必死に思い出そうとするように、じっと一点に注がれている。彼が、一枚の葉書をとり出すと、一瞬虚《きょ》をつかれたように、彼から目を外らした女だ……あの葉書の内容は真実だろう。たしかに女は亭主の死ぬ一週間前、工場の焼跡で男から薬壜を受けとっているのだ——女とその男は以前からできていた。そこへ死んだ筈《はず》の亭主が戻ってくる。戻ってくるばかりか、すぐに倒れて寝ついてしまった。二人にとってこれほど邪魔な存在はない。その邪魔者を除くために二人がちょっとした行動に出たことは充分考えられる。売春婦生活で肌の色はくすんではいるが、女は男好きのする顔だちだし、男の方は闇市場で躰を張って生きているヤクザ者であった。医師は否定しているが、満足に死骸も改めなかったのだろう。いつ死んでもおかしくない病人だったし、台風の慌《あわ》ただしい最中だった。——そのままで済めば、この混乱した時代の片隅で行われた小さな犯罪は、発覚せずにおわっただろう。

だが、ここに二人の小さな行為に気づいていた人物がいる。葉書は筆蹟《ひっせき》を故意に隠すように左手で書かれている。葉書の文面には、二人の間で薬壜がやりとりされるのを見た、としか書かれていないが、その薬物と女の夫の死が関連あると言外に匂わせている。ただの厭《いや》がらせではない。女は葉書を見て顔色を変えたし、薬壜を受けとった事実は、女自身も認めているのだ——まちがいなくあの葉書を書いた人物は、もっと多くのことを知っているにちがいない。まず、あの葉書の差出人を探し出すのが先決だろう――しかし、どうやって？

消印が新宿局だということ以外の手懸りといえば、差出人が男の方の名をまちがえていることぐらいである。男は吉野正次郎という名だが、その吉野を差出人は、〝善野〟と書いている。想像できるのは、差出人が吉野についてあまりよく知らない人物だということ――それに差出人の身近に〝善野〟某《なにがし》と名乗る者がいそうなことである。普通、〝よしの〟という名を聞けば誰もがまず思い浮べるのは吉野であろう。それを〝善野〟とあまり使い慣れない漢字をあてているのは、差出人のごく身近に善野という姓をもつ者がいて、差出人がその先入観に捉《とら》われていたからではないのだろうか――しかも〝善〟の字の横線が一本足らず間違えて書かれているところを見ると、大した教養もない人間だろう。吉野のヤクザ仲間か、葉子の売春婦仲間か……

「お客さん、どうしたんですか。コップが割れますよ」

声をかけられて、彼は、いつの間にかコップを握る手に力が籠《こも》っていることに気づいた。手は、自分のものとは信じられない力で、コップを握り潰そうとしている。コップは台の上でゴトゴト音をたて、中の酒が波うっている。気づいてもすぐにコップが離せなかった。

屋台の主人は、アル中だとでも思ったのか困った顔をしたが、そうではなかった。

彼は今度の戦争が終わるまで特高の一員だった。戦争は彼から何も奪わなかった。もともと係累《けいるい》は少なかったし、不思議に空襲にも出遭わず何一つ外傷のない躰《からだ》で終戦を迎えた。外傷はなかったが、しかし彼の右手には、誰にも見えない一つの傷が残っている。特高時代、なん十人もの被疑者を殴った。灰色の寒々とした部屋では、毎日のように残忍な拷問《ごうもん》が行われた。手はどうしてもあの当時の味を忘れなかった。今でも犯人や容疑者を見ると、手は勝手に、血や呻《うめ》き声を求めて飢えた。酒に溺《おぼ》れるようになったのは、手の飢餓感を鎮《しず》めるためだった。今も彼が握っているのはコップではなく、犯人と思われる二人の男女だった。

彼は、もう一方の手で、震え続ける手をコップから剝《は》がし、ポケットにつっこんだ。そのとき、ふと薬壜のことが頭に浮んだ。あの女が彼に渡した壜には、確かにビタミン剤しか入っていなかった。しかし工場裏で、葉書の差出人が目撃したのは別の壜だったはずだ、女は亭主を殺すのに用いたその薬壜の方をどうしただろう——今まで葉書の差出人のことにばかり気を奪われ、そんな簡単な事にも気づかなかったのだが、もし薬壜が手に入れば二人の犯罪は立証できるのだ。川に捨てたりしたのなら探し出すのは不可能だが小さな品である。まだ、あの家のどこかに隠されている可能性は充分あった。

彼は立ちあがると、小銭を投げ、夜道を歩きだした。気は急《せ》いたが、まだ遠くにいる獲《え》物《もの》に気配を悟られないよう、慎重になっているかのように足はゆっくり運ばれた。風が、基地の柵に沿った長い道に流れていた。

湯河原から戻ると、隣の村田ミツが留守中にまた刑事が訪ねてきたと言った。夜遅くになにか訊きたいことがあってきたらしかった。刑事がなにを探っているか薄々感づいているのか、ミツは声を潜めた。家に戻ると家財道具の位置が出かける前とわずかに違っている。窓ぎわに吊《つる》してあった夫の復員服が皺《しわ》を寄せて落ちていた。留守中に刑事が入《や》り、家探《さが》ししたに違いなかった。いったい何を探しにきたのか……

次の晩、飲み屋を探しまわり、吉野を見つけると物陰に呼んで、早速その話をした。

「変に心配するな。一カ月は逢《あ》わん方がいいと言ったろう」

吉野は酒臭い息で冷たく言い放っただけだったが、それから数日経《た》つと、自分の方から夜更《よふ》けにこっそり葉子に逢いに来た。吉野は酒に赤らんだ顔を上機嫌に崩し、今朝の新聞をとりだした。

「刑事の名は桜井って言ったな」

言って小さな記事を指さした。読み落としてしまいそうな片隅には、桜井赫三《かくぞう》というT署の刑事が酔って酒場で乱暴を働き、懲戒免職になった、と記されていた。

「桜井ってこの刑事も、これから先の食い扶《ぶ》持《ち》を考えたら、俺たちに関《かか》わり合ってる余裕はないだろう。それに署でも有名な偏屈な男で、投書のことは誰《だれ》にも教えずに一人嗅《か》ぎまわっていたらしい。署の他の連中には、投書のことに気づいてる気配はない」

「けど、誰かがまた警察に投書したら」

「大丈夫だ。毒の壜さえ見つからなければ、証拠など何もない。よほど偏屈な刑事でもなきゃ、投書が来たところで、いたずらと考えてしつこく嗅ぎまわることもないだろう。壜は言った通り、川に棄てたな」

本当は裏のゴミ棄て場にすてたのだが、葉子は黙って肯《うなず》いた。言えば、「なぜ言った通りにしなかった」と吉野が神経質そうにこめかみを震わせるのはわかっていた。湯河原で刑事という言葉をだしたときから、柄《がら》に似ず吉野には小心な所があるのに、葉子は気づいていた。嬉々《きき》として知らせにきた所を見ると、口では強そうなことを言っていながら、吉野はこの数日、事件を嗅ぎまわっていたという刑事の影におびえていたにちがいない。

「新宿のいい店が手に入りそうだ」

吉野は機嫌よく言うと、葉子の躰を倒した。

終戦二年目の、その年も押し迫って、葉子は新宿の裏通りに小さな飲み屋を開いた。吉野が恐喝《きょうかつ》まがいの手口で前の持ち主からとりあげた店だった。小さな店だし、男扱いは慣れているつもりだったが、それでも店一軒を自分一人の手で切り回すのは大変なことで葉子の頭はそれだけでいっぱいになった。

そんな中大晦日《おおみそか》も近づいて、雪か霙《みぞれ》でも降りそうに凍りついた晩、迷いこむように入ってきた一人の男が誰か葉子はすぐに思い出せなかった。薄汚ない労務者ふうの男は、入ってくるなり葉子をじろじろ眺《なが》めた。店を開いて間もないが、葉子の美貌《びぼう》は、この界隈《かいわい》でもう評判になっていた。大概の男は、酒よりも葉子の躰を目当てに通ってくる。執拗《しつよう》に全身を嘗《な》めまわす、その男の視線を不快に思いながら、葉子は不愛想に男の前にコップを置いた。この時、男の顔をまともに見たが、それでも思い出せなかった。気づいたのは、男が一気に空けたコップを台に戻そうとした拍子《ひょうし》に、不意に背を丸め、苦しそうに咳《せき》をした時である。喉を絞りあげて吐き出す咳に記憶があった。

「久しぶりだね——三カ月前だったかな」

葉子の釘づけになった視線に、男は咳の合い間にそう答えた。懐《なつか》しそうに微笑《ほほえ》んでいる。目尻《めじり》に皺を集めているが、目自体はじっと動かなかった。

男の右手の空《から》のコップが、震動して耳障りな音をたてた。手がはげしく痙攣《けいれん》していた。

「この手のせいでしくじっちまった。ひとりでに動くんだよ。気づくと、誰かに殴りかかっている……」

ガラスの砕ける音に、葉子は思わず叫び声をあげかけた。男の手がコップを握りつぶしたのかと思ったが、自分の手から一升壜《いっしょうびん》がすべり落ちていた。

「随分探したよ。あれからしばらく郷里へ戻ってるうちに、どっかへ引っ越したと言うだろう？——この意味を説明してほしいと思ってね」

男は震える手を必死にもう一方の手で押えつけながらポケットから何かをくるんだ手巾《ハンカチ》

をとりだし、台に置いた。垢まみれの指と不釣合《ふつりあい》な手巾の白さに目を奪われ、中から出てきた小さな硝子壜《ガラス》を葉子はすぐに思い出せなかった……湯河原に行った留守中に、家をひっかき回していった男は、裏手のゴミ棄て場から、それを見つけだしたのだ。なぜ吉野に言われた通り、川へ棄ててしまわなかったのか……

目の前が暗くなった。暗闇《くらやみ》に、しかし男の目だけが、針の先端のように鋭く光って突き刺さってきた。

昭和三十七年

一

赤松が新宿駅西口の裏通りに開いている弁護士事務所に、一人の男が訪ねてきたのは、その年の夏も終わる頃《ころ》であった。

事務所は、終戦後まもなく建った六階建てのビルの一画にある。当時は人目を惹《ひ》くほど高いビルだったが、現在では乱立する近代感覚のビルに呑《の》みこまれ、いかにも古く取り残されて、道路の一端に引っ掛っていた。

男は四十五六で、代議士のKの紹介状をもっていた。

「K先生とは、どういう関係で」

「はあ……あの、私……歌舞伎《かぶき》町で〝葉子〟という小さなクラブを開いています。葉子というのが店のママをしている私の女房《にょうぼう》の名で私はそこのマスターを……先生はウチの常連客でして……」

男はそれだけのことを、ボソボソと何度も口籠《くちごも》りながら、言った。店の名を聞いたことはないが、Kの行きつけの店なら、かなり高級なクラブと想像される。事実男の着ている色柄《いろがら》のシャツは値の張るものである。恰幅《かっぷく》も悪くない。ただどこか躰《からだ》でも悪いのか、皮膚の色がくすんでいて、年齢に似ず薄く骨に貼《は》りついているので、全体の印象はひどく貧相で生気がなかった。

「それで、用件は」

「はあ、実は……私たち脅迫されているんです……私と女房ですが」

「脅迫というと」

「店に去年の十月から入った歌江という女給がいるんですが、その女給が今年の三月、偶然ある秘密を握って……もともと身持ちの悪い女ですぐにも辞めさせたいと思っていたのですが、その秘密を握ってからは店でも我物顔で——辞めさせるわけにもいかず……」

「金銭を要求してるのですか」

「はあ、この半年の間に百万近く……今月の初めに、これが最後だという約束で二十万渡して、一旦《いったん》は引き退《さが》り店も辞めてくれたのですが……三日前にまた電話が掛ってきまして」

男は、口の中で自分の言葉を咀嚼《そしゃく》するように喋《しゃべ》る。老人がぶつぶつと愚痴を呟《つぶや》いているように聞こえる。支配人というのは名目で実際は、店に出ている女房の稼《かせ》ぎに頼ったひものような存在なのではないかと、赤松は踏んだ。赤松と目が合うのを恐れているのか、小心そうに絶えず目をきょろつかせている。

「それで、その秘密というのは……」

「はあ……実は、私たちが十二年前に、ある犯罪を犯していると……歌江の奴《やつ》、そう思いこんでいまして」

「もう少し詳しく説明してくれませんか」

「歌江がそう思いこんでいるだけなんですが……私と女房の葉子が十二年前に人殺しをしたと」

「ちょっと待って下さい。その女給がそう思いこんでいるだけというなら、あなたたちには過去に犯罪行為などないわけですね。それなら相手の脅迫にのる必要はないんではないですか」

「はあ、それが……」

男はなにか言おうとしたが、出しかけた声を押し戻《もど》すように舌で唇《くちびる》をなめて、黙ってしまった。自分でも何をどう話したらいいかわからず困っている容子《ようす》である。

「もちろん、人を殺した覚えはないんでしょうね」

「はあ、それが……」

「あるんですか」

「いや……あのう」

男は、弱ったというように舌うちすると、

「いや正直に全部、お話しします。そのために来たのですから——実は、本当のことなんです。私と女房で人を一人殺しています、自分達でも忘れてしまったような昔のことですが……」

「警察の知らない事件なのですか」

突然、殺人の告白を受けて面喰《めんくら》った赤松は思わず声を挙げて尋ねた。男は小さく頷《うなず》くと何度も困ったというように舌うちしては、頬《ほお》を撫《な》でさすりながら、

「殺したなんて大袈裟《おおげさ》なことではないんです。あいつ——女房には前に亭主《ていしゅ》がいたんですが、その亭主が戦死したはずなのに、終戦後しばらくして戻ってきて、そのまま腹膜炎で寝ついてしまったんです。医師も手の施しようがないと言ってましたし、半年近く寝たっきりで苦しみ続けていました。それであんなに苦しむならいっそ楽にしてやった方がいい、

と二人で相談しまして……恰度《ちょうど》、楽に死ねるという薬が手に入りましたし」

「しかし薬物を用いたことは用いたのですね」

「はあ……だから確かに殺人は殺人なんです」

「医師は気づかなかったんですか」

「はあ……どのみちいつ死んでもおかしくない病人でしたから」

赤松は、男を少し離れた距離から観察するために、椅子《いす》ごと躰を退かせた。男は赤松の目を逃れるように斜めにうつむいた。こめかみに細く浮き出した血管がピリピリ震えている。この小心そうな男が嘘《うそ》を言っているとは思えない。だが男の話には納得できぬことが多かった。

「あなたは、本当に自分の言ってることがわかってるんでしょうね。私は犯罪者を守る弁護人の立場にはいますが、殺人の告白を受けた以上、法律的に行動を起こさなければならないんですよ、警察に黙っているわけにはいかないでしょう」

「はあ、だから警察に行った方がいいとは思いましたが、その前に先生に相談してみようと二人で話し合いまして」

「つまり、歌江という娘の脅迫に疲れたので自首して出ようというわけですか」

赤松が納得できないのはその点である。歌江という女給が相当の横暴な態度に出ているとしても、まだわずか半年のうちに百万絞りとられただけである。それだけの脅迫に耐えられなくなって、十二年隠し続けてきた罪をこうも簡単に告白してしまうものなのか——

赤松の疑問を読みとったように、

「いや」男は何度も首を振って「そうじゃないんです。歌江のことは直接には関係ないことなんです。私たちが耐えられなくなったのは別の男の脅迫です」

「すると、他《ほか》にもあなた方の犯罪に気づいていて脅迫している人物がいると?」

男は肯くと、今度は溜息《ためいき》ばかりつき始めたが、その溜息の合い間に、それでも少しずつ話を進めた。男と今の女房で、女房の前の亭主を殺害してまもなく、一人の刑事がその死に不審を抱いた。刑事は二人の犯罪を告発するのに充分な証拠品も手に入れたのだが、恰度その頃、小事件がもとで辞職させられ、生活のために、その証拠品を別の方法で利用しようとしたのである。その年の末に店に顔を出した元刑事は、証拠品を見せて最初の金銭を受けとると、以後、今日までに六百万近い金を二人から絞りとったのである。年に一二度店の方へは顔を出すのだが、この時は「ほう店がまた大きくなったね」とか「これなら儲《もう》かって困るだろうね」とか嫌味《いやみ》な言葉を言うだけで引き退り、金銭の要求は月に一度ぐらいの割で、手紙でしてくる。手紙で指定された郵便局へ送る金額は年を追うごとに増え続けた。バッグにしまっておいた手紙を歌江に盗み見られたのは、その元刑事の脅迫に二人の忍耐が限界に達したころであった。

「歌江にはあんな手紙は出鱈目《でたらめ》だといったのですが、歌江の奴、以前からその手紙が後ろめたいものだと薄々感づいていたんでしょうね、大きな態度に出てきまして、私達も弱味があるものですから、ついずるずると金を渡して……あの刑事の脅迫だけでも弱り果てていたのです。こうなったら警察になにもかも話して、はっきりさせた方がいいと思いまして」

そこで男は、思い出したようにズボンのポケットから分厚い封筒をとり出し、

「これは少しばかりのお礼ですが」

赤松の方にさし出した。

「いや」弁護料以外の金は受けとらない主義である。男の方へ押し返しながら、

「弁護料の前払いということなら、受けとりますが」

赤松が何気なく口にすると、男は、はっと虚をつかれたように顔をあげた。

「弁護料は要らないはずですが……」

「——?」

男の言葉の意味がわからず、顔だけで問うと、

「私たちがあの男を殺した事件は、もう裁判にはかけられないはずですが」

「しかし、あなたは自首して出るつもりではないんですか」

男は、その質問には答えず、

「今日は、なん日ですか」

突然聞いた。赤松は、入口の壁にかかったカレンダーへと首をねじった。

「九月十五日ですが」

男は、赤松の返答をもう一度確かめるように、自分も首をねじり、カレンダーの日付をしばらく険しい目つきで、見守っていたが、

「だったら時効なんですよ、私たちの犯罪はもう……私たちが殺したのは、あの年の九月十四日、つまり昨日なんです」

赤松は、思わず身をのりだした。

「ちょっと……あなたはさっき殺したのは十二年前といったでしょう。殺人の時効は十五年ですよ、どんな事件でも殺人である以上」

「いや、それがまちがいなんです。さっき、歌江がそう思いこんでいるだけだと言ったでしょう？　あの刑事は乱雑な字ですし、歌江は女房がちょっと席を立った隙《すき》に慌《あわ》ててその手紙を読んだので読み違えたんです。手紙には、十五年前の殺人事件のことを警察に知られたくないなら金を指定した郵便局へ送れ、と書いてあったんです。桜井から送られてきた脅迫状は、十五年間、印刷したように同じ文面だったからまちがいありません……歌江の読んだのは五の字がインクがちょうどかすれていて私達が読んでも十二年前のように読めたんですが……歌江の誤解をそのままにして、私達は今日まで待ち続けたんですよ。時効が近いと知れば歌江の奴、どんな態度に出てくるかわかりませんからね……しかし昨日

の十二時で、やっと終ったんです」

驚いている赤松の顔に、男はこの時初めて視線をあてた。額に皺《しわ》を寄せているのが、泣き笑いをしているように見える。

「先生にお願いにあがったのは、このことを先生の口から歌江に話してもらいたかったからです。時効が成立した以上もう脅迫は無駄《むだ》だと……私たちの口から言ってもいいのですが、それよりも法律の専門家である先生のような方に言ってもらった方が効《き》き目があると思いまして……」

男はそう言うと、机の上に中途半端《はんぱ》に浮きあがっていた札の封筒を、もう一度、今度はきっぱりと赤松の方へ押し出した。

二

その晩のうちに、赤松は木島《きじま》歌江という問題の女給に会いにいった。吉野正次郎というのが、午後に訪ねてきた男の名だが、吉野はできるだけ早く片をつけたいと望んでいた。十五年も脅迫に苦しめられ続けてきたのだから、やっと法的な自由を勝ち獲《と》った以上一日でも早く厄介《やっかい》な状況を脱け出したいと願うのは無理のない話である。

本当は、歌江より、桜井という元刑事の存在の方が問題があるのだが、居所がわからないというので、まず手近な歌江の問題から処理することになった。赤松一人で会いにいったのは、吉野がいると話が感情的になる心配があったし、吉野のいない所で、歌江から訊《き》き出したいことがあったからだ。吉野という男の話には、まだ納得しきれない部分があった。

それにしても戦後まもなくから弁護士稼業《かぎょう》を始めて、ずいぶん珍らしい事件にも出遭ったが、こんな依頼は初めての経験である。犯罪者と脅迫者の仲裁を務めようというのである。歌江は二十一歳というから、太平洋戦争の勃発《ぼっぱつ》した年に生まれたことになる。青春時代を暗い戦中に包み隠すように暮した四十六になる赤松には、こういうアプレと呼ばれる戦後育ちの娘は苦手だった。雀《すずめ》のように早口で喋《しゃべ》り、胸のうちを露《あか》らさまに表現する娘たちは、却《かえ》ってつかみどころがなかった。

歌江は大久保駅近くの、まだ終戦直後の面影《おもかげ》を残したごみごみした一画にあるアパートに住んでいた。想像したよりあどけない印象だった。童顔で小柄《こがら》である。こんな少女のような娘が親ほどの年齢の男女を手玉にとっているとは信じられないほどだったが、それでも素顔の荒れた肌《はだ》やちりぢりにパーマをかけた髪にはどこか崩れた感じがある。

「そう、そんな法律があるの?」

これから町へ出かけるという歌江は、鏡を覗《のぞ》きこむようにして眉《まゆ》を描きながら、赤松の方をふり返ろうともせずに言った。

「だったら仕方がないわね、諦《あきら》めるしか。それで？　今度は逆に私を訴えるつもり？」

「いや、そういうことは考えてません。ただ吉野さんも新宿あたりに店を構えている以上変な噂《うわさ》を流されたら困るから、あなたがもしあの手紙のことを口外するようなことがあれば、法律の手を借りたいと言ってるんですが」

「今度はこっちが脅迫される番ってわけね。でも私が脅迫してたってこと、どうやって証明するつもり？」

「あなたの預金通帳を調べればわかることだし、吉野夫婦は以前にあなたとの会話を、こっそり録音したテープをもっているのです」

「へえ、ずいぶん用意周到なんだね」

化粧の濃い顔で、歌江は驚いたと言うようにふり返った。実は、録音テープの話を吉野から聞いたとき驚いたのは赤松も同じである。時効が成立すれば、法的には自分達の立場の方が有利になると気づいて、準備を整え、その日を待ち続けていたのである。

「わかったわ、もう二十万くれるんでしょ？　だったらこっちも文句ないわ」

赤松が吉野から預かった金を卓袱台《ちゃぶだい》の上に置くと、歌江はすぐに枚数を改めて、

「これで、私もあんな手紙を読んだこと忘れるわ。だいたい私、金をとるつもりはなかったのよ、マスターがね、あんまり私にしつこく言いよってくるから、断るためにちょっとあの手紙、盗み読みしたこと洩《も》らしたら、向うから金くれるっていうからね、最初はそう

だったのよ――私、ママには同情してたし」

「同情って」

「マスターなんていったってヤクザのヒモと変らないんだから。競輪や競馬に夢中になって昼中から酒飲んでゴロゴロしてね、あの店の女給のほとんどに手をつけてるんだよ。ママには逢《あ》った？」

「いや、まだ」

「あれだけの美人だし、頭もいいはずなんだけど、あんな亭主《ていしゅ》にしがみついててね、私が入ってすぐだったから去年の終わりだけど、前にいた竜子《りゅうこ》って女給とマスターができてさ、ママを追い出してその竜子に店をやらせるなんてところまでいったときは刃傷沙汰《にんじょうざた》になるほどの騒ぎだったんだよ、あんな男、ママの方で棄ててやればいいのにさ、ああまでされてあんな男についていかなくちゃならないなんて可哀相《かわいそう》な女だよ」

歌江は、赤松の目も構わず、するりと下着一枚になると、けばけばしい黄色のドレスに着替えて、

「ねえ、あの二人、誰《だれ》を殺したのよ、あの手紙には人殺しをしたとしか書いてなかったんでわからないんだけど」

赤松は、この娘には何も話さない方がいいと思ったので、話題を外《そら》した。

「それよりその手紙のことなんだが」

手紙を盗み読んだ経緯を尋ねると、話が二十万で解決してホッとしたのか、自分の行為に罪の意識がまるでないのか、ペラペラと喋りだした。今年の三月、歌江が偶然その手紙を郵便配達から受けとり、ママに渡すと、ママの顔色がハッと変り、ひったくるようにバッグに隠した。後で更衣室を覗くと、ソファの隅《すみ》にそのバッグが投げ出されている。ママは化粧室にでも入っている容子《ようす》である。ちょっとした好奇心で歌江はバッグの中身を改めたのだった。読んだ文面は、吉野から聞いたとおりだった。

「十五年前を十二年前と読み違えたんだね」

「あのときもちょっと変だと思ったのよ。二とは違うみたいだったし——そうね、五だったんだわ。尤《もっと》もそんな法律あるなんて知らなかったから十五年前でも十二年前でも同じだけど……」

「手紙の差出人については何も知らないね」

「ええ——でも一度だけ逢ったわ」

「いつ?」

「先月よ。暑い盛り。いつもより早く店に出たら、マスターと話し合ってる男がいたの。後ろ姿だけど首に包帯みたいの巻いて、夏の盛りだというのにぜいぜい咳《せき》をしてたわ。マスターが慌《あわ》てて私を追いだそうとしたんで、ピンときたのよ——ねえ、あの男も二人を脅迫してたんでしょ、あの男はいくらせしめたの」

歌江の質問を適当にはぐらかして、赤松はアパートを出た。案外、簡単に話がついたので少し吻《ほっ》としていた。歌江の性格からみて、これで事件のことを口外しないという保証はないが、金を欲しがっているだけで、根っから気質《たち》の悪い娘でもなさそうである。明《あ》けすけであっさりしたところに、赤松は好感さえ覚えた。むしろ、依頼者の吉野の方が小心そうに見えながら、どこか計算を隠しているようなところがあり、油断のならない気がした。

帰途、結果を報告しに吉野の店にいった。

〝葉子〟という看板も入口も小さいが、中は意外に広く、灰色の絨毯《じゅうたん》や硝子《ガラス》を活《い》かした室内装飾が高級な雰囲気《ふんいき》を漂わせている。

マスターの吉野が、すぐに彼を見つけ、奥の私室へ案内した。

赤松から結果を聞いて、吉野は安堵《あんど》を顔に浮べた。

「残る問題は、その桜井という元刑事だけですね。吉野さん、歌江が一ヵ月前、桜井らしい男を店で見かけたと言ってましたが」

「そうです、あの時は突然電話が掛ってきて店で会ったのですが」

「その時は金を要求しなかったんですか」

「十万くれ、と言うので渡しました。どこか旅に出るようなことを言ってましたが」

「時効のことは何も言わなかったですか」

「この九月十四日で時効だな――と呟くように言って……でもそれだけです」

「それなら心配ないかもしれません。その桜井も刑事をしていたなら、時効になればあなたの方が有利になることを知ってたでしょうから、逃げたのかもしれませんよ」

「だったらいいんですが……しかしそう簡単に引き退《さが》る相手とは思えないんですよ」

十五年間、自分の犯した罪よりも、その脅迫に苦しみ続けた男は、相変らず神経質そうに顳顬《こめかみ》の血管を震わせながら、赤松の楽観が不服そうに言った。しかし、ともかく相手の出方を待つより他《ほか》はないのである。桜井がまた連絡をしてくるようなことがあれば、すぐ自分に連絡するよう言って、赤松は話を了《お》えた。

「奥さんは？」

「今、ちょっと出ています。先生には改めて会っていただこうと思っていますが……」

吉野はそう答えたが、数分後に赤松は、その葉子に会うことができた。

赤松が、酒を飲んでいってくれという吉野の申し出を断って店を出ようとしたときである。駆けこもうとした和服姿の女と肩をぶつけた。二人は短い間、赤いネオンの陰で接するほどの近さに立ったまま、驚いて互いの顔を見つめていた。

「お帰りですか、ありがとうございました」

赤松を客とまちがえたのか、女はそう言って頭を垂《さ》げた。

「吉野葉子さんですか」

「はあ……」

顔をあげると、女は少し視線を後ろに退《ひ》くようにして赤松を見上げた。艶《つや》やかな髪には銀細工の櫛《くし》がとめてある。首筋から白く浮きあがるようにして、眉の薄い小造りな顔がある。

「夕方にご主人から依頼を受けた弁護士の赤松と言います」

「……弁護士さん？」

ぼんやりしていた女は、聞き返した自分の声でやっと赤松が何者かわかったというように、あっと小さく驚くと、次の瞬間、その手をさっと伸ばし、じっと女の顔を見下ろしていた赤松の目を覆《おお》った。だが、それはほんの一瞬のことで、赤松が驚く前に、その手は赤松の顔を離れていた。女は水色の袖《そで》で隠すようにして、離したばかりの手の指を噛《か》んでいる。自分でも瞬間なぜ手が赤松の目を塞《ふさ》ごうとしたのかわからず戸惑っているように見える。

「申し分けありません、あんまり突然でしたので……このたびは面倒なことをお頼みしました。今夜は急いでおりますので、改めて御挨拶《ごあいさつ》に伺わせていただきます」

丁重に頭を垂げると、逃げるように戸口の中へ消えていった。

赤松はタクシーの座席に納まってからも、今の束《つか》の間《ま》の、不思議な色と匂《にお》いに包まれた闇《やみ》が、目にちらちらとしていた。弁護士と知って自分でも思いがけず赤松の目を塞ごうとしたのは、自分の顔を見られたくないと反射的に思ったからだろうか。赤松としてはただその美しさに見とれて思わずじっと見つめてしまっただけのことだが、女にしてみれば初めて自分を犯罪者として見ている他人の目である。十五年間隠し続けて来た罪を、咄嗟《とっさ》にその他人の目から庇《かば》おうとしたのだろう。

「どこへ行くんです」

運転手の声で、車がまだ動き出していないことに赤松は気づいた。目に残った女の手の感触を拭《ぬぐ》うようにいかつい指でこすって、赤松は行先を告げた。

運転手はそれが地声なのか、ひどく掠《かす》れた声だった。その掠れ声が赤松の頭に一人の男の影を浮びあがらせた。影は喉《のど》に白い包帯を巻いている。十五年間、吉野夫婦を恐喝《きょうかつ》し続けた元刑事という男である。会ったことはないがそれだけに影の存在感は大きい。時効が成立したのに、吉野がまだその脅迫者にこだわっている気持がわかる気がした。十五年も脅迫し続けた男が、最後に十万だけを要求して温順《おとな》しく引き退った点が腑《ふ》に落ちなかった。逃げるつもりなら、これが最後の機会と考えて今までにない大金をふっかけてくる方が自然であろう。

桜井という男には、もっと別の魂胆があるのではないか——車窓を流れるネオンのさまざまな色に、ふと十数年前の焼跡の土にまみれた死者たちの鬼火を見ているような気持になりながら、赤松は漠然《ばくぜん》とそんな不安を抱いた。

この赤松の不安は、翌日、的中した。

新宿から三十キロ近く離れた米軍基地に近いT署の電話が鳴ったのは、それから八時間後、初秋の冷えた暗い夜空が、それでもゆっくりと白み始めるころであった。

電話に出た当直の係官に、男の声が、北新宿に住む吉野正次郎とその妻の葉子が十五年前に殺人を犯したこと、自分はその確証を握っており、証拠品である吉野夫婦の指紋がついた薬罎を今朝のうちにもT署に届くように郵送したことを、素っ気ないほど簡潔な言葉で告げた。係官は何度も名前を尋ねたが、相手は名乗らなかった。受話器を手巾《ハンカチ》ででも覆っているのか、特徴のない乾いた声である。その声の合い間に苦しそうな咳が混じった。最後にひとしきり咳きこんでから、受話器を置く前に、男はゆっくりとこう呟《つぶや》いた。

「できるだけ早く逮捕した方がいいな——時効までに今日を入れてあと三日しかない」

二

吉野から電話が掛ってきたのは、赤松が事務所に着いて間もなくだった。吉野は前日の礼もそこそこに、性急な声で、早朝にT署へ桜井らしい人物が電話をかけ、そのことで昼前に刑事が訪ねてきたと告げた。桜井は、その電話で二人の十五年前の犯罪を暴露《ばくろ》し、二人が用いた薬物の罎《びん》を署へ郵送したのだった。

「それで、刑事にはどう答えたんです？　罪を認めたんですか――」

「はい、仕方ありませんでした。刑事たちは私たちの指紋をとっていったんです。薬壜の指紋と比べればすぐにわかってしまうことです……それに時効になっている以上、心配ないと思って……ただ」

桜井がT署への電話の最後に奇妙な事を言った――と吉野は心配そうな声で告げた。

赤松は電話を切ると、事務所をとび出し、北新宿にむかった。吉野の住むアパートは、あれだけの店の持主とは思えぬほど貧弱だったが、それでも部屋数は四つほどあり、入口に続く部屋にはソファや額縁が置かれ、応接間らしい体裁が整っていた。吉野は寝ているところを叩《たた》き起こされでもしたのか、油っ気のない髪を乱していた。

昨夜とは別人のような簡素な洋装の葉子は陽光の中で、さすがに肌《はだ》の年齢は隠せなかったが、それでもどこかに張りつめた美しさがある。とり乱した吉野の横で、赤松の目を避けているのか、少し目を伏せているのが、ひどく物静かな印象だった。

「一体、どういうことなんです、桜井が、時効まであと三日あると言ったのは」

「わかりません、私たちにもなにがなんだか――こいつの亭主《ていしゅ》が死んだのは九月十四日にまちがいないんです。十五年前の九月……」

そこで吉野はふっとなにかを思い出したように、

「そうだろ、葉子、間違いないんだろ」

葉子をふり返って念を押した。

赤松は、おやっと思った。日付を正確に記憶しているのは葉子一人だと言うような吉野の口振である。尋ねてみると、十五年前、犯行は葉子一人の手で行われ、その頃《ころ》吉野は北海道の方へ旅行していたと言うのである。吉野が結果を聞いたのは九月二十五日のことだった。

「でも、十四日です、確かに――まちがえるはずありませんわ」

「先生、桜井の奴《やつ》、いったいどういうつもりなんでしょう。一月《ひとつき》前店へ来たときも、はっきり自分の口で時効は十四日だと言ってるんです、それなのに」

「厭《いや》がらせかもしれません。時効で法的に自由になっても犯した罪が消えるわけではありません。あなた方もあれだけの店をやっている以上社会的な立場がある。昔の犯罪が世間に知れれば困った問題も起こってくるでしょう――桜井の狙《ねら》いはそこかもしれない。ただ桜井としても恐喝罪《きょうかつざい》での訴追は覚悟して、今度の行動に踏みきっていると思います。とすると単なる厭《いや》がらせとも思えない。何か脅迫とは別に個人的にあなた方二人に特別な恨みでもあるように思えるのですが」

うな垂れている吉野がどう答えるか心配するように、葉子はふり返った。少し冷たい眼《め》だった。

「そんな心当りは全くありません」

吉野は、顔を上げずに、そう答えた。

「ともかく心配は要りません。時効が十四日だったことは調べれば簡単にわかる筈《はず》です」

慰めるように赤松が立ち上がった時、それが楽観にすぎなかったことは、一時間後にわかった。一度事務所へ戻《もど》ろうと赤松は言ったが、ドアにノックがあった。今朝も来たという刑事達が再び訪ねてきたのだった。

「どうも話を聞くと、桜井という男が何か誤解して……」

早速にきりだした弁護士の言葉を、刑事はさえぎった。

刑事は最後まで言わせなかった。

「誤解をしてるのは、この二人のようです」

そう言って一枚の紙をさし出した。紙に書かれている文字を見て、吉野は、あっと叫んだ。葉子は驚いて口もとを押えた。

その紙は、十五年前の殺人事件の被害者、宮原定夫の戸籍の写しである。その死亡年月日には、はっきり昭和二十二年、九月十八日午後五時三十分と記されているのだ。

「なにかの間違いですわ」

葉子の声が震えた。

「あの時は確か、田口先生、群馬の家族が水害にやられたというので、死亡診断書、書き忘れてそちらへとんでいかれて……やっと死亡届出して埋葬の許可がおりたのが死んで四五日後でしたから、先生か区役所の人か誰《だれ》かが間違えたんです」

「死亡届はあなたが書いて出したんですね」

「いいえ、先生が遅れて申し分けないことをしたと言って、確か判だけ受けとって自分で出しにいってくれたんです……私は死臭で気分が悪くなっていましたから」

「田口という医者は今、どこに」

「もうだいぶん前に引っ越したという話は聞きましたけれど、引っ越し先までは……」

「他《ほか》に、ご主人の死に立ち会った人は？」

「おばさん——村田ミツという隣に住んでた人がいます。もう、ずっと会ってませんが、今でも、駅前で食堂をやってるはずです」

「しかし、赤の他人が、そんな昔の日付を正確に憶《おぼ》えてるでしょうかね」

刑事は冷やかに言った。

「カスリーン台風の晩でしたから。おばさんはこんな晩に死ぬなんて、と言ってましたし、憶えてくれてるはずです」

カスリーン台風なら確かに九月十四日から十五日にかけて関東一帯に大被害を与えた台風である。

刑事が出て行ったあと、吉野が険しい顔で、

「葉子、お前がまちがえているんじゃないか」

尋ねた。葉子は髪を大きく揺らして、何度も首を振った。吉野の質問を否定するというより、自分にもわからなくなったと言っているようであった。

刑事が、村田ミツの返事をもって再び訪ねてきたのは、翌日の午後である。一日遅れたのは、前日村田ミツが温泉旅行に出かけていて留守だったからであった。恰度《ちょうど》、赤松が吉野夫婦と話し合っていたときである。

刑事は、事務的な口調で、村田ミツが絶対に宮原が死んだのは台風の晩ではない。台風の三四日後だったと証言している、と告げた。

「そんな馬鹿な――」

思わず両手で口を押えた葉子の驚きに追いうちをかけるように、刑事はもう一人、犯行が十四日の台風の晩ではなかったと断言している証人がいることを告げた。

今朝早くに、再び桜井がT署へ電話をかけてきて、池袋に住む水野《みずの》辰夫という男を洗えと言った。水野辰夫は犯行当時、吉野の仕事を手伝っていた若者である。吉野と離れた後、しばらく堅気の生活をしていたが、結局暴力団に身を沈め、今だにチンピラ同然の生活をしている。暴力団に入ってからは、吉野の店にも顔を出していたのだが、去年吉野と喧嘩《けんか》してからは関係が途絶えていたらしい。その水野が、十五年前の夏、吉野の頼みで問題の薬壜を用立てたことを認めたと言う。しかも、吉野と葉子の関係を知っていた水野は、その劇薬が葉子の亭主を殺すのに用いられるのではないかと疑い、葉子の動向を気にしていたのではっきりと憶えているが、葉子の夫が死んだのは台風の四五日後だったと断言したと言う。

吉野は喰《くら》いつくように葉子を見た。こうなったら、まちがっていたのは葉子の方だという可能性の方が大きくなる。

「葉子、お前――」

茫然《ぼうぜん》としていた葉子は、不意にバッグを摑《つか》むと、

「村田のおばさんに会ってきます、会って直接聞いてみます、まちがえてるんです、おばさん……」

譫言《うわごと》のように呟《つぶや》いて飛び出そうとする葉子を赤松は、押しとどめた。

「待ちなさい。それより、刑事さん、田口医師の方はどうなっているんですか。目下一番重要な証人でしょう？」

田口は、十年前に引っ越したまま行方がわからずにいる、今探しているところだ、と言って刑事は不機嫌《ふきげん》な顔で帰っていった。

桜井から電話が掛ったのは、その直後である。電話に出た吉野が顔色を変え、ふり返ったので、赤松にも電話の主が誰かわかった。吉野は電話口に向い、興奮した口調で、「今どこにいるんだ」とか「あんた、十四日とはっきり言ったじゃないか」とか「辰夫までも買収したのか」「まだ田口という医者がいる、あの医者なら必ず証明してくれる」とか、

強がりともつかず喋《しゃべ》りたてた。赤松が、そんな吉野を宥《なだ》めて途中で電話を替った。赤松が弁護士だと名乗ると、

「弁護士さんか──二人から手を退《ひ》いた方がいいな、あいつらの負けは目に見えている」

それだけを言って、赤松がなにも喋らないうちに電話を切った。特徴のない低い声だったが、電話を切る直前に男が、喉《のど》を削るように苦しそうに吐いた咳《せき》は、受話器を置いたあとも、赤松の耳にしつこく残った。

夕方近くになって、赤松は葉子と二人、村田ミツに会いに行った。だがこれも無駄《むだ》であった。ミツは葉子を見ると懐《なつか》しそうに声をかけようとしたが、葉子の顔が硬《こわ》ばっていることに気づくと、自分も冷やかな顔になって、

「でもねえ、葉ちゃん、警察には嘘《うそ》を言えないからね。まちがえてるのはあんたの方だよ、たしかに台風の晩、旦那《だんな》さん危なかったのは事実だけど、なんとか命とりとめて、こんな晩に死ななくて良かったって、私言ったじゃないの」

干涸《ひから》びた唇《くちびる》に、頬《ほお》の皺《しわ》を絞るようにして言った。葉子がしつこく喰《く》い下がると、そのうちにミツは不機嫌そうに黙ってしまった。

「だって旦那さん殺してたなんて知らなかったからね」などと言われれば、葉子も黙って引き退《さが》るより仕方がなかった。

車が拾えずに、二人はしばらく基地の鉄条柵《さく》に沿った長い道を歩いた。この周辺も十五年のうちにすっかり変ってしまった。新宿ほどではないが、ビルが立ち並び新しい時代を装っている。雨でも降るのか、暮色だけとは思えない暗い空が、長い滑走路に低く接している。それでも滑走路の涯《は》ての地平線には、最後の光が薄白く、雲をかき砕いていた。こんな時刻にどこへ飛び立つのか、戦闘機が一機、その最後の光を目指すように進んでいく。

ふと立ちどまった葉子は、変らないのはこの基地だけだと言った。

「十五年も経《た》てば、何もかも変ってしまうんです……人の記憶だって」

「いや村田ミツも水野辰夫も、桜井に買収されたのかもしれません。あなたの記憶が正しければ、二人が間違えているか、故意に嘘をついているか、どちらかしかありません」

「買収――そう、桜井なら、それぐらいのことしかねないでしょう。桜井は、私たちに復《ふく》讐《しゅう》するつもりなんです」

「復讐?」

「吉野は、先生に昨日嘘をつきました。桜井は私達を恨んでいるんです。桜井が署を馘《くび》になったのは一般市民に暴力を振ったためだと言うことになっていますが、実際には喧嘩《けんか》の相手は下っ端《ぱ》の暴力団員だったらしいのです。桜井は、吉野が裏で動いて、暴力団員に喧嘩を売らせたのだと考えています」

「そういう事実が本当にあったのですか」

「吉野は私にも否定していますが、吉野ならやり兼ねないことです。あの頃の吉野はヤクザ同然でしたし、私達の犯罪を嗅《か》ぎまわっている刑事の存在に怯《おび》えていましたから……少なくとも桜井は、吉野のために自分が署を辞めさせられたと信じこんでいました」

葉子は、横顔で空を見上げていた。空に何かを探るように遠い目つきで、

「先生、私の躰には鎖の跡があるんです」

思いがけないことを呟いた。

「桜井が要求したのは金だけじゃありません。桜井は特高の頃に、犯罪者を殴《なぐ》りつけたり縛りあげたりする味を覚えてしまったんです。私にもそれを要求しました。十五年、私はこの躰でも、夫を殺した罪の償いをさせられ続けたんです。桜井の恐ろしさは、私の躰がいちばんよく知っています。あの男は最後まで私たちを追いつめ、私たちから全《すべ》てを奪うつもりでいるんです」

蒼《あお》ざめた唇だが、葉子の口調はあくまで静かである。驚いて見つめる赤松の目に気づくと、葉子は右手で着物の襟《えり》に切りとられて覗《のぞ》いている素肌を隠すようにして、歩き出した。

「吉野さんは、そのことを知ってるんですか」

「知ってます、知ってて知らん振りをしています——吉野はそういう男ですから」

吉野より、自分自身を蔑《さげす》むような声に、赤松は、刑事に見せられた宮原定夫の戸籍を思い出した。その戸籍の日付以外にも赤松が驚いたことがある。戸籍にはまだ葉子の名があ

った。戸籍上では葉子は依然、死んだ宮原の妻であり、十五年経った今も、吉野とは内縁関係にあるのだ。少し先を歩く葉子の夕影に消えそうな背を見守りながら、赤松は、歌江が言った「可哀相《かわいそう》な女」という言葉を思い出していた。

アパートに戻ると、吉野が、今しがた刑事がやってきたが、田口医師の移転先は依然わからないという。戸籍の日付が正しければ、時効までに明日一日しかない。村田ミツと水野辰夫だけの証言で、警察が逮捕に踏みきることは充分考えられた。薬壜からは吉野夫婦の指紋が検出されたというし、なにより当人の自白がある。

その善後策を相談している最中だった。なに気なくテーブルに置かれていた赤松のメモ帳にぼんやり目を落としていた葉子が、不意に顔色を変えた。驚いて思わずなにか尋ねようというように唇を開きかけた葉子は、赤松と目が合うと、誤魔化すように台所へ立った。赤松はメモ帳を手にとってみた。開かれた頁《ページ》には〃九月末〃という言葉しか書いていない。たったそれだけの三文字に葉子がなぜ驚いたかわからなかったが、それより、その時赤松の胸を占めていたのは別の不安である。午後の、桜井からの電話に吉野は、田口医師という証人の存在を話してしまっている。桜井が吉野への復讐のために、今度のことを計画したなら、既に村田ミツと水野を買収している以上、その医師というもう一人の証人を放っておくとは思えない。もう手を回しているか、今日の電話で改めてその存在に気づいたなら、今後、なんらかの方法で、桜井は田口医師に手を伸ばすのではないか——赤松にはそんな不安がある。

目下の頼みの綱は、田口医師の記憶だけである。

その夜の雨は、九時を回るころに降り出した。神奈川県川崎市の工場街でも、いかにも初秋らしい細かい雨が霞《かすみ》のように夜を包み、街は昼間の騒音を遠く切り離して、死んだように静かだった。工場の裏手に官舎のように並んだ家の一軒に、一人の男が立ったのは、その静かな雨が、不意に闇夜《やみよ》ごと砕け落ちるように、激しい音をたて始めた時刻であった。男は全身濡《ぬ》れ鼠《ねずみ》であった。首に巻いた包帯が灰色に濡れて、喉にきつく絡《から》まっている。そのせいか、男は、粗末な表札で田口太造という名を確かめ、ブザーを押すあいだ、咳が押し出されてくる口もとを左手で庇《かば》っていた。やがて、硝子戸《ガラスど》に人影が映り、中から現われた五十すぎの男を、手の端から目だけ覗かせて見ると、

「田口さんだね、さっき電話した警察の者だが、十五年前の事件のことで聞きたいことがある――」

田口の返答を待たずに、男は三和土《たたき》に押し入ると、後ろ手に錠をおろした。その間、男は、田口の顔から目を離さなかった。動作は素早かったが、田口に据《す》えた目は静かだった。

男が濡れた外套《がいとう》のポケットからとり出した物を見て、田口はやっと男の目的に気づいたようである。何か叫ぼうとしたが、声になる前に、男の躰《からだ》は動いていた。

響き渡る雨音が、男の行為の音を消し、家の中は、何も起こらなかったように静かだった。

四

T署で、田口医師の行方が判明したのは、翌日の午後である。ラジオのニュースが報道した川崎市で前夜起こった強盗殺人事件の被害者の医師の名が田口であった。所轄署《しょかつしょ》に問い合せると、たしかに殺された田口は以前米軍基地の近くに医院を開いていたことがわかった。

田口は十年前、手術ミスで評判を落とし医院を閉じると、川崎市の工場の診療所に勤めるようになったのである。六年前妻を失《な》くし、現在は一人住居であった。

鈍器で後頭部を殴打《おうだ》され、現場は荒されていた。手提げ金庫がこじあけられ、中身が全部奪われていたので、警察では、強盗殺人の線を出したのである。

T署の刑事は、川崎の現場に向かう途中、吉野のアパートに寄り、このことを報告した。この時も、赤松はアパートに来ていた。驚いた吉野は、赤松の方をふり返った。赤松は、吉野も同じことを考えていると思った。

赤松は、その事件に、桜井らしい人物が登場していないか尋ねた。刑事は、現場へ行ってみないとわからないと答え、とび出していった。

吉野は頭を抱えこんだ。赤松の不安は的中したのである。強盗を装ってはいるが、桜井が殺したという可能性もある。昨日今日である、単なる偶然では割りきれない。桜井が殺したとすると、田口が吉野夫婦の犯行が十四日だと知っている証人だからだろう。とすると却《かえ》って桜井は時効が十四日だと証明してしまったようなものだが、しかしそれは、桜井が田口を殺した証拠でもあがれば言い得ることで、証拠があがらない以上、結果としては、吉野夫婦は大事な証人を失ったことになる。今度の事件を無視し、警察が、逮捕に踏みきるのも時間の問題と思えた。

そのうえ、葉子が、自分でもわからなくなったと言い出したのである。

「わからないわ――本当に、台風の晩だったのか」

葉子は髪を大きく振ると、気が狂《ふ》れたような暗い声で、

「あの晩のことは、夢だったのかもしれない。後で自分の想像で創《つく》りあげただけのことかもしれない……わからない」

呟《つぶや》くと、寝不足らしい赤い目から乾いた涙を流した。

ここまで二人を追いつめながら、だがそれから数時間後、桜井の魔手によって演出された復讐劇《ふくしゆうげき》は、突如あっけなく解決したのだった。

九月十八日、夜十一時。

戸籍の死亡年月日が正しいなら、吉野と葉子の求め続けてきた十五年という月日の経過は、まだあと一時間を残して未完のままであった。

ドアにノックがあり、刑事二人が現われた。逮捕にきたと思ったのか、吉野は一瞬、唇《くちびる》を痙攣《けいれん》させ赤松に何か言おうとしたが、刑事は暗い声で、意外なことを言った。田口医師の殺害現場から、古い診療記録が見つかり、中に九月十四日、つまりカスリーン台風の晩、宮原定夫が死亡した事がはっきりと記されていたと言うのである。吉野夫婦は思わず顔を見合せ、突然、好転した事態が、まだ実感としてわからないのか、ただ茫然《ぼうぜん》としていた。吻《ほっ》とした赤松にだが、一つの疑問が浮んだ。桜井が現場を荒したのは、強盗を装うだけでなくそんな記録が残っていないか調べたのだろう、その桜井が診療記録の存在に気づかなかったのだろうか——刑事に尋ねると、その記録は、現場の押入れの蒲団《ふとん》の裏に押しこまれた行李《こうり》の中にあり、係官もすぐには気づかなかったという。桜井の見落としである。

しばらく経《た》って、安堵《あんど》の吐息をもらした吉野は、思い出したように壁の柱時計をふり返った。時刻は恰度零時《ちょうどれいじ》に数秒前である。この三日間、吉野夫婦がその秒針の音に悩まされていたのに赤松は気づいていた。

秒針は、その時の吉野夫婦や赤松の気持を語るように、拍子《ひょうし》ぬけした素っ気ない音で、最早《もはや》何の意味もなくなった九月十八日の終りを告げた。

五

一ヵ月が過ぎた。

赤松は新しい事件の公判を来月に控え、多忙だった。その日も公判の弁論の草稿を作っている最中に被告の妻から重要な電話が入った。三十分ほど電話で喋《しやべ》ったあと、草稿に戻《もど》った赤松は、文の最後に〝十〟という字を見つけ、顔をしかめた。自分で書いたのに、十なんと書こうとしていたのか思い出せなかった。

しばらく考えていた赤松は、〝十〟ではなく〝去年〟と書こうとしていたのだと思いあたった。〝去〟の〝十〟を書いたところで電話が鳴ったのだ。

このところ記憶力がとみに弱っている。齢《とし》はとりたくないものだ、と思いながら、去年と書き終えたところで、赤松はふとペンを置いた。おや、と思った。〝去〟という字は、〝十〟に〝二〟の二本の線をつないだように書き、〝、〟を打つのである。

赤松は、先月半ばの出来事を思い出した。あれきり吉野夫婦とは会っていない。噂《うわさ》によれば、T署では、川崎の強盗殺人事件の犯人が桜井だという可能性もあるとみて、その行方を追っていると聞いたが、まだ桜井が逮捕されたという話は聞いていない。T署では自分の署に昔いた刑事が関《かかわ》り合っている事件であり、慎重に構え、まだ公表は控えているが、捕まったなら、赤松の耳に届かないはずがない。村田ミツや水野辰夫がその後、証言を翻《ひるがえ》し、自分の記憶違いだったかもしれないと言い出したという話も聞いた。

だが、このとき赤松の頭を掠《かす》めたのは、歌江という若い女給の顔である。桜井の脅迫状を盗み読み、吉野夫婦を脅迫した娘だった。

その歌江が脅迫状の文字について、こう言っていた。

〃十二にしてはちょっと変だと思ったのよ。そう、十五だったかもしれないわ〃

〃去〃の字は、上部と下部を切り離して書けば〃十二〃のように見えないことはない。〃、〃を長く打てば〃十五〃の底部が消えているようにも見える。脅迫状の字は乱雑だったというから、読み違えたという可能性は充分あるのではないか――

赤松は、机を離れ、窓にむかって腕を組んだ。両側からビルが迫り、窓から見える空は、年々細くなっていく。今も点《とも》りだしたネオンに霞《かす》んで、細長い器に似た空の底に夕焼けが小さく落ちて見えた。秋も深まり、夕焼けの色は、冷えて見える。しばらくして立ち上がった赤松は、思いきって大久保のアパートに歌江を訪ねることにした。

運よく部屋にいた歌江は、

「ええ、そういう字よ、十二にしてはちょっと変でしょ」

赤松が紙に書いたのが〃去〃の上下を切り離したものだとは気づかず、そう答えた。

「それで年のあとに前の字があったのは確かですか――」

「ええ、仮名ではっきり」

仮名にしろ漢字にしろ〝去年前〟では意味が通じない。

「その脅迫状を、あなたは今年の春に、初めて見たんですね」

「ええ、でも昔からいるバーテンに聞いてみたら、そう言えばそんな手紙、もう何年も前からちょこちょこ来てたようだって言ってたわ」

この点でも赤松にはわからないことがあるのだが、ともかく怪訝《けげん》そうな歌江に礼を言ってアパートを出た。部屋を出る前に、

「ねえ、マスターまた竜子と縁《より》を戻して、ママと上手《うま》くいってないって聞いたけど本当？」

歌江が言ったが、この時は大した重要なことだとは思えず、適当に答えを返しただけだった。それよりも、脅迫状に書かれていたのが〝十二年〟でも〝十五年〟でもなく、やはり〝去年〟だったらしいということの方が気になった。〝前〟という語が邪魔だが、それを無視すれば、脅迫状の文はこうなるのだ。〝去年の殺人事件のことを警察に知られたくないなら〟——つまり、吉野夫婦が殺人事件を起こしたのは去年、まだほんの一年前だったのではないか。

脅迫状が何年か前から送られていたとすると、今年の春の脅迫状に去年という言葉が書かれていたのでは辻褄《つじつま》が合わないが、赤松はその点も無視して考えることにした。

吉野夫婦は去年、人を殺した。桜井がその事実を摑《つか》んで吉野夫婦を脅迫していた。そしてその脅迫状を偶然歌江に見つかってしまった。歌江に去年の殺人事件を知られてしまったことに、吉野夫婦は怯《おび》えた。桜井との関係は特別なものだが、歌江はいわば部外者である。歌江も脅迫を始めたが、その脅迫の意味は桜井のそれとは違う。部外者である歌江は、脅迫しながらも、いつなん時、不用意に他人に事実を洩《も》らしてしまうかわからない危険な証人なのである——ただここに好運が一つあった。歌江は、脅迫状の去年という語を十二年前と読み違え、十二年前の事件と信じきっているのだ。十二年前には、吉野夫婦の周囲に何の事件も起こっていない。だが十五年前なら二人のすぐ身近に一つの死が起こっていた——そこで吉野達は去年の殺人事件を十五年前の死とすり替える方法を思いついたのだ。去年の殺人事件の時効は、まだ十四年先である。二人の将来には気の遠くなるような長い時間が置かれている。だが十五年前の事件ならば時効は目前である。これから先耐えねばならない十四年を、既に耐えた十四年にすり替えてしまえば——つまり殺人事件の時効期間十五年のうちの十四年を過去のものとしてしまえば、去年の殺人事件を、わずか一年で時効にすることができるのである。

　この場合、十五年前の事件は殺人である必要はない。身近に起こった死を殺人事件と見せかけるだけでも構わない。だが、それだと薬壜《くすりびん》やら、十五年間、吉野夫婦が受けとり続けた桜井の脅迫状が意味をなさない。やはり吉野夫婦が十五年前にも殺人を犯したと考えた方がいい。吉野夫婦は十五年前の殺人事件と去年の殺人事件、この二つの事件を一つの事件に替えて、今年の九月半ばに一挙に時効にもっていく計算だったのではないか――そう考えれば、歌江が見た今年の春の脅迫状にだけ、〝去年〟と書かれていたことも説明がつく。十五年間、夫殺しの事件で吉野夫婦を脅迫し続けた桜井が、その時効が近づいて困っていたとき、再び吉野夫婦は殺人を犯した。その確証を握ると、時効がまもなく成立する十五年前の事件の方を捨て、新しく、去年の殺人事件の方で二人を脅迫し始めたのではないか――しかしこう考えると、今度は別の矛盾にぶつかる。去年の殺人事件を知っていたなら、桜井は、なぜ先月末に、四日間の時効のくい違いを盾《たて》に吉野夫婦に復讐《ふくしゅう》しようとしたのか。去年の殺人事件を知っていたなら、そのことを警察にばらせば、吉野夫婦を簡単に逮捕させられるではないか――

この時である、突然ある疑問が赤松の脳裏を掠めた。

桜井という男は本当に存在するのか。

いや過去には実在しただろう。だが今、現在本当にいるのか、本当に生きているのか。自分もT署の刑事も、その声を聞いている。だが姿を見た者は誰《だれ》もいないのである。歌江がこの夏にそれらしい人物を店で見かけてはいるが、それが本物の桜井だという保証はないのだ。桜井は、本当はもう死んでしまっているのではないか――去年、吉野夫婦に殺されたのは、桜井のことではないのか。

突然思い当ったその考えに赤松は自分でも驚いた。吉野夫婦が去年殺人事件を犯しているなら、その被害者に十四年二人を脅迫し続けた男、桜井を的《あて》れば確かに一番自然なようである。だがそう考えると話はますますわからなくなる。

推理の糸は見つかったようだが、考えれば考えるほど糸は捩れてくる。

五里霧中のまま、赤松は葉子に会ってみようと思い、新宿の店に行った。だが葉子は店に出ておらず、吉野もいない。自宅に電話したが、その方も留守のようである。その晩は諦《あきら》めて帰ったが、翌日の午後、葉子から事務所に電話が掛ってきた。前夜、訪ねたのを店の者に聞いた、という。

「私の方でもお会いしたいと思ってました」

という葉子と、赤松は新宿駅近くの喫茶店で待ち合せることにした。

一カ月ぶりに見る葉子は、艶《あで》やかな綸子《りんず》の着物を纏《まと》っていたが、前より暗い顔で、目の下の隈《くま》が目立った。世間話から切り出しながら赤松は、しげしげとその顔を見つめた。

葉子は、その目が辛《つら》いというようにうつむいたが、すぐに顔を上げると、

「今、先生の目にはどんな女が映ってるんでしょう――」

と聞いた。

「自分の幸福のために邪魔な夫を殺した恐ろしい女ですか?」

「歌江があなたのことを可哀相《かわいそう》な女だと言いました」

葉子は、その言葉にハッとしたようである。

「そう──あんな娘《こ》にもそんなふうに見えるんですね。私もあの娘《こ》みたいになにもかも割り切って生きられたらって思ってます。でも私は終戦で全《すべ》てを喪《うしな》いました。あれから今日まで私にあったのは吉野だけです」

そう言いながら、葉子は、最初の晩思わず赤松の目を塞《ふさ》いだ細い指に目を伏せていたが、ふとその手を赤松の方にさし出した。薬指に指環《ゆびわ》がはまっている。トルコ石なのか、青く澄んだ色であった。

「結婚指環ですか」

「ええ、夫が死んで一年目ぐらいに買いました。でも自分のお金で買ったようなものです。吉野が何も仕事をしていないことはご存知でしょう?」

葉子は、しばらくその宝石の青い光を、細くした遠い目で見守っていたが、

「あの時の空の色なんです、この色」

「──?」

「宮原が最後に苦しんでいた時、私、空を見ていました。真っ暗な空の一ヵ所に、これと同じ小さな空が覗《のぞ》いてました。誰かの目みたいに見えました。どうしてなんだか、私、あの空の色だけは憶《おぼ》えていたかったんです。それでこの指環を買いました。──先生、先月に私、何もかもわからなくなったと言いましたわね、本当に殺したのが台風の日だったか

どうかって——でもあの時も私ちゃんと知ってたんですよ。夫が死んだのは台風の日に間違いないって。あの空の色だけは忘れたくても忘れられませんもの」

「じゃあ、あなたは嘘《うそ》を言ったんですか」

赤松が驚いて尋ねると、葉子は少し淋《さび》しそうに微笑《ほほえ》んで、謝罪するように小さく頭を垂《さ》げた。

「先月のことは吉野と私の芝居でした。でも今はこれ以上言いたくありません。お約束します、近々何もかもお話しすると——今日は許して下さい」

六

やはり去年、吉野夫婦は人を殺している。殺されたのは、十四年にわたって二人を脅迫し続けた桜井だったのだろう——と赤松は考えた。

すると、今年の春、再び脅迫状が届いたのがわからなくなるのだが、しかしそれも、桜井以外にもう一人、吉野夫婦を十余年にわたって脅迫していた人物がいると考えれば説明がつく。つまり十五年前の宮原定夫殺しの件で吉野夫婦を十何年間脅迫していたのは桜井だけではなかった。この十数年、二人の人物が別々に吉野夫婦を脅迫していたのである。桜井が殺されたのは、時効が間近になり桜井が今までにない強硬な態度に出たためだろう。死骸《しがい》は人目につかぬよう処理され、警察にもわからずに済んだが、もう一人の脅迫者は何らかの方法でその事実をつかみ、今度はそれをネタに脅迫を始めたのだ。しかもその脅迫状を歌江に読まれてしまった。そこで吉野夫婦は、あの大胆な先月末の時効芝居を計画したのだ。

先月半ばの出来事が、みな二人の巧妙な芝居だったことは、今日の午後、葉子も認めている。葉子は夫の死んだのがヵスリーン台風の日だったことを、間違いなく知っていたのである。

もう一人の脅迫者の正体を、赤松は想像できた。その人物は吉野夫婦とは赤の他人でありながら、葉子の夫の死についてよく知っており、素人《しろうと》には病死に見えるその死に疑いを抱き、吉野夫婦を十余年にわたって脅迫し続けるだけの確証を握り得る人物でなければならない。想像には水野辰夫の顔も浮かんだ。だが水野や村田ミッは、吉野夫婦に買収され、あの時効芝居に力を貸しただけだろう。

時効芝居の目的は三つあった。歌江に、脅迫状に書かれていたのが〝去年〟だったことを気づかせないために、去年の殺人事件を十五年前のそれとすり替えること――桜井がまだ生きているように思わせること――そして、もう一人の脅迫者を殺すことだった。

もう一人の脅迫者――田口医師。

田口は、二人にとって、二つの殺人事件を知っている危険な――不利な証人であった。

その不利な証人を殺害して、捜査圏外に逃れる一番いい方法は、その証人を有利な証人に仕立てあげることではないだろうか。そこに吉野夫婦は目をつけたのだ。戸籍の宮原の死亡年月日が偶然四日狂っていることを利用して自分達を逮捕寸前ののっぴきならぬ状況に置き、田口医師を、自分達の犯罪の時効が既に成立していることを証言し得る、最後の、唯一の有利な証人に仕立てあげたのだった。

診療記録の存在は、前からわかっていたのだろう。診療記録があれば安全だったというものの、大胆な賭《か》けであった。だが、二つの殺人事件を一挙に時効にもっていく、という策略の大胆さは、吉野のような小心なくせに山師的性格をもっている男にふさわしいように思えた。日がな一日、する仕事もなくぶらぶらしながら、吉野は計画の細部までも吟味し尽くしたに違いない。

赤松は、この自分の想像がまちがいないだろうと思った。目下の所それを証明する方法はない。ただ赤松は、喫茶店で葉子が近々何もかも話す、と言った言葉を信じていた。葉子が自分の口から全《すべ》てを告白するまで、待とうと思っていた。

しかしこの時の赤松は、重要なことを見落としていた。

自分の想像に夢中になっていた赤松は、喫茶店で葉子が見せた暗い顔や、歌江の言った吉野夫婦が上手《うま》くいっていない、という言葉を忘れていたのだった。

吉野の血に手を濡《ぬ》らしたままで、葉子はやはり風の音を聞いていた。

秋風は、灯《ひ》を落とした暗い部屋の空《くう》を幾重にも重ねて切りながら、やがてどこかへ消えていってしまう。吉野の死骸《しがい》を一番奥の部屋へ運んだときの意外な軽さに、葉子はまだ驚いていた。あれが本当に十五年前、ブルドーザーのように焼跡の土を踏みしめていた男の躰《からだ》だったのだろうか――吉野から全てを奪いとり、あんな細い残骸のような躰にしてしまったものはいったいなんだったのだろう。夫を殺した記憶だったのか、犯罪者の後ろめたさだったのか、それとも吉野にすがるよりなかった自分が「捨てないで」そんな下卑た言葉で絶えずしがみつきながら、その躰から血を吸いとり肉を喰《く》いちぎってしまっていたのか。それとも、それはただの十五年という年月の流れだったのだろうか。十五年も経《た》てば、本当にみんな、何もかも、全部が壊れてしまうものなのだ。

「なにもかも上手く行ったんだ。これで別れようじゃないか」吉野がふり返ってそう言ったとき、自分がなぜ不意にナイフを摑《つか》んだのか、葉子にはわからなかった。今までだって何度も、吉野は「これで別れようじゃないか」同じ言葉を、同じ声で葉子の耳に投げ棄ててきた。竜子とのことは今までと違う、今度こそ吉野は本気だと感じたからなのか、それとも吉野が泣き出そうとした葉子を蔑《さげす》むように見たとき、とり返しのつかない十五年の月日が自分でも突然馬鹿馬鹿《ばかばか》しくなったのか――気がついたとき吉野は葉子の躰を滑り落ちていこうとしていた。吉野にも、今まで十五年耐え続けてきた葉子がなぜ不意に今度だけナイフを摑んだのかわからなかったのだろう、何か悪い冗談でも聞いたように笑おうとして、笑い切る前に床に倒れた。

死骸の、空《むな》しいほどの軽さをまだ肩に感じながら、葉子は風の音を聞いていた。風の音は十五年前と同じだった。空っぽになった葉子の躰に、夫の最後の喉笛《のどぶえ》の音となって吹き荒れていた。風には、全てを焼き尽くした煙の煤《すす》の匂《にお》いが黒く染《し》みていた。

血と闇《やみ》とに塗りこめられた手に、光るものがあった。あのときの小さな青空だった。

「これでいいのだ、本当にこれでいい」

何がいいのかわからぬまま、結婚指環《ゆびわ》の小さな光にむけて、小さな青空にむけて――十五年間とうとう逃れることのできなかった眼差《まなざし》にむけて、葉子は呟《つぶや》き続けた。

七

葉子から電話が掛かったのは、二日後の晩だった。赤松が事務所を出ようとしたとき、電話のベルは鳴った。声が非道《ひど》く遠く、受話器の底に暗いものが澱《よど》んでいた。葉子は、遠い旅先から掛けているのだと言った。この電話が終わったら、吉野のアパートへ行き管理人から鍵《かぎ》をもらい部屋を開けてほしいとも言った。そこに吉野の死骸《しがい》がある、吉野が竜子という女給のために自分を捨てようとしたので殺した――

「でも逃げようとも死のうとも思ってはいません。自首する前に、三日間だけ自由が欲しかったのです。東京へ戻《もど》ったら、先生に身柄《みがら》をお預けします」

電話はその際の弁護の依頼でもあった。

アパートの書棚《しょだな》に黄色い背表紙の本がある。その中に先生宛《あ》ての、真相を書いた手紙を入れておいた、警察に連絡する前に、それを読んで欲しいと言って、電話を切ろうとする葉子を説得し、赤松は自分の推理を、簡単に話した。

しばらく黙っていた葉子は、自分の無言をふと思い出したように、

「先生のおっしゃった通りです」

と言った。

「辰夫——水野辰夫に桜井の真似《まね》をさせて刑事や先生を騙《だま》しました。八月に歌江が見た桜井らしい男も辰夫です。それより大分前から私たちは計画を進めていたんです。去年の末桜井を夜更《よふ》けに誰《だれ》もいない店に招《よ》び寄せ、殺害しました。桜井の死骸をどう始末したか、私は知りません。車でどこかへ運んだ吉野は何も教えてくれませんでしたから。ただズボンに泥《どろ》の跡があったから、どこかの山奥へでも埋めたのだと思います。絶対に見つかる心配はないと言っていました」

「田口医師を殺したのも吉野さんだったんですね」

「そうです、吉野と私とです。直接手を下したのは吉野一人ですが、私たちは共犯です。

――ただ、私と吉野では二人を殺した理由は全く違うものでした。吉野は先生の推察通り、十五年前、宮原を殺した証人として桜井と田口を殺したのです、でも私が二人を殺すのを手伝ったのは、それとは全然別の理由からです」

赤松は、押し黙って、次の言葉を待った。

「私にとって、あの二人は困った存在でした。私の弱味を知っている証人だったのです」

「つまり、十五年前、あなたが宮原を殺したことを知っていたからでしょう?」

赤松は、少し混乱して、そう尋ね返した。

「違います。それなら吉野と同じ理由になってしまいます。あの二人は、私にとっては吉野が考えていたのとは正反対の意味での証人だったのです。何も起こらなかったことの証人だったんです。――先生、十五年前、殺人事件など何も起きてはいないことをあの二人は知っていたんです。十五年前、私は夫を殺してはいないのです」

「しかし――」

赤松は思わず、受話器を固く握りしめた。

「しかし、それなら脅迫状はどうなるんですか――あなた方は十五年間脅迫状を受けとり続けた、それは事実なんでしょう」

「ここまでお話ししても、先生にはまだあの脅迫状を送っていたのが誰か、おわかりにならないのでしょうか」

葉子は、赤松の大声を寄せつけないほど、静かな声で続けた。

「先月、先生は気づかれたかどうかわかりませんが、私、先生の手帳を見て驚きました。手帳には九月末と書いてありましたわね。私その時まで〝末〟という字は〝え〟と仮名を送るものだとばかり思っていたんです。たった一字ではありましたけれど、私の命取りになるかもしれない誤りでしたから」

赤松の口から思わず、溜息《ためいき》とも叫びともつかぬ声がこぼれ出した。赤松にも、この時になってやっと、なぜ脅迫状の〝去年〟の下に〝前〟という字が平仮名でついていたかわかったのである。あれは〝まえ〟ではなく〝末〟と〝え〟を繋《つな》げた語だったのである。〝末〟という字は崩すと平仮名の〝ま〟になる。

脅迫者――真の脅迫者、宮原葉子は、自分にむけて送る脅迫状に〝去年末えの殺人事件〟と書いたのだった。

八

十五年前の、九月十四日――あの台風の日の夕刻、夫が突然苦しみ始めたとき、私はどうしたらいいかわからずにいました。本当は喜ぶべきだったのかもしれません。そのしばらく前に、私は吉野から夫を殺すよう劇薬を与えられていましたし、しかしいざとなるとふんぎりがつかず、ずるずると実行の日を遅らせていたのですから。夫、いいえ夫とは名ばかりでした。邪魔者以外の何者でもなかった男は、私の手を汚さずとも、死のうとしていたのです。それなのに、その時、私が感じていたのは、とり返しのつかないことをしたような、後悔に似たものでした。私は、なぜもっと早くに自分の手で夫を殺しておかなかったのだろうと思っていたのです。夫が苦しむ声を聞きながら、死がこんなに簡単なことなら、なぜもっと早く、自分の手で実行に踏みきらなかったのか、ただそれだけを後悔していました。田口先生から今度苦しみ始めたらすぐにも死ぬと言われていたのですが、夫はまるで私たちの殺意に気づいて抵抗するようにしつこく苦しみ続けていました。しかし、殺意はあっても、結局、私の手を汚さぬまま夫は死んでいきました。

自分の手を汚したかったのではありません。私は吉野の手を汚させたかったのです。吉野を犯罪者にし、共犯者の絆《きずな》でしっかりと自分に繋ぎとめておきたかったのです。

その頃《ころ》の私には、吉野しかありませんでした。「薬を使う必要はなかった」と言えば、吉野が喜ぶのは目に見えていました。しかしそれと同時に、安心した吉野が、私との関係を軽く考え、いつか私に飽きて他《ほか》の女にクラ替えすることも私にはわかりきったことだったのです。その頃の吉野は、土の匂《にお》いがし、荒削りで逞《たくま》しく、何人かの女が夢中になっていました。私との関係が深くなった後も、絶えず遊び相手の別の女がいたのです。私は、そんな女たちの一人として吉野に紙屑《かみくず》のように棄てられることだけは耐えられませんでした。なんとかして確かな繋がりがほしかった、たとえそれが犯罪であろうと構わない、いいえ犯罪ならば、吉野は私の手をしっかり握りしめるほかないだろうと思いました。吉野は私に薬を渡されたとき、私はさすがに怯《おび》えましたが、その恐怖の底に、これでやっと吉野は自分のものになるのだ、吉野がいくら自分から離れようとしてもこの罪がある限り必ず自分のところへ戻《もど》ってくる他はないのだ、という安堵《あんど》がありました。溜息《ためいき》のような小さな感情でしたが、夫が病死してしまうと、それは不意に私の中で大きな意味をもち、膨れあがってしまったのです。田口医師が、当然のことのように病死の判断を下したとき、私の不安は、これで吉野を失うことになるかもしれないということだけでした。これで吉野は自由になり、いつだって自分を棄てることができるのだ――

それほどまでに私が吉野に執着した気持は、先生にも誰《だれ》にもわかっていただけないことだと思います。終戦の年の大空襲のあと、駄々《だだ》っ広《ぴろ》い、果てしなく広い焼野原に、真っ黒な煙に包まれて、私はたった一人、自分の影すら見つけることができず立っていた女です。終戦後まもなく私は躰《からだ》を売る生活を始めたのですが、食べることに困ったというより、誰でもいい誰かの躰に縋《すが》っていたかったのです。真っ赤な口紅で顔を変え、初めてガードの下に立った晩、ゆきかう男に目を配ることもできずうなだれながら、私が祈っていたことといえば、自分に声をかけてくる最初の男の躰に戦争の傷跡がないように、ということだけでした。荒海に一人投げ出された、そんな私にとって、吉野は、たった一つの最後の藁《わら》だったのです。たった一つの救いを摑《つか》むためなら、どんなことでもする覚悟でした。

　吉野には、殺したと噓《うそ》をつくことに決め、私は自分の手で犯罪が起こったような事実を匂わせる葉書を桜井に送りました。桜井にはそれ以前会ったこともなく、ただ刑事にくわしい知りあいから、何人かの刑事の名を聞きだし、適当に選んだのです。葉書の内容だけでは逮捕される心配はなかったし、事実、犯罪など起こってはいないのだし、ただちょっと刑事が嗅《か》ぎまわってくれればよかったのです。いいえ、吉野と二人逮捕されるのなら、その方がいいとさえ思っていたほどでした。私が恐れていたのは、ただ葉書の差出人が私自身だとばれることです。そのために吉野の〝吉〟の字をわざとまちがえて葉書に書いたのですが、それでも心配しました。偽《にせ》の葉書に、私は夫を殺すことよりも後ろめたい罪を感じていたのです。

　刑事が嗅ぎまわっていると知ると、私の思った以上に、吉野は怯えた目になり、今までにない激しさで私を求めました。粉々に砕けてしまいそうな恐ろしい力に抱きしめられながら、私はこれでいいのだと思っていました。これでいい、これで吉野は自分のものだ、このまま吉野を怯えさせておこうと……

　自分が馬鹿《ばか》げたことをしていることには気づいていました。人を殺して、殺さないと噓をつく犯罪者は多いでしょうが、私は殺してもいないのに、殺したと噓を言っていたのですから――でもその噓だけが、私と吉野を繫ぐ絆だったのです。

その時の私は、まだ、小さな嘘のために自分が後の十五年の人生を狂わせることになるとは、夢にも思っていなかったのでした。

その小さな嘘の代償を、私が支払わされることになったのは、それからわずか二カ月後、その年の大晦日《おおみそか》に近い晩のことです。桜井が、開いたばかりのまだ居酒屋と変らないほどの小さな店に顔を出し、劇薬の壜《びん》をポケットからとり出したのです。私は目の前が真っ暗になりました。桜井がとりだした薬壜は、当然のことですが封を切ってありませんでした。私たちに容疑をかけていた桜井は、なぜ劇薬の壜が使われなかったのか、その理由を知りたくて私に逢《あ》いに来たのです。私は怯えました。卑劣な手で桜井を署から葬《ほうむ》った吉野は、それですっかり安心し、まだわずか三カ月目で既に若い娘と関係をもち、「その店をくれてやるから別れようじゃないか」そんな言葉を吐くようになっていたのです。今この事実が知れたら、吉野が紙屑同然に私を棄てるのはわかりきったことでした。その最初の瞬間から桜井という男は、私にとっては危険な証人だったのです。

私は桜井に真実を話すと、桜井の異常な性癖を私の躰で受けいれることを条件に、桜井に脅迫者の芝居を演じてくれないかと頼みました。桜井は悪い男ではありません。自分が署を追われたのが吉野のせいとは知りませんでしたし、私の話にすっかり同情し、私の頼みを引き受けてくれました。いいえなにより戦中に覚えた異常な快楽の味を、私の躰で果たしたかったのでしょう、それに時々店に顔を出すだけで金が転がりこむのです、職に困っていた桜井には渡りに舟の話でした。

脅迫状は私が書きました。そうして、その最初の脅迫状が予想以上の効果をあげ、吉野が娘と手を切って私のところへ戻ってくると、私は一度かみしめた味が忘れられなくなり、その後も脅迫状を出し続けたのです。それからも吉野は何度も女をつくり私から離れようとしました。その度に私は脅迫状を送り、無謀で大胆なことをしでかすくせに実は小心な吉野は私のところへ戻り、私を抱く他はなかったのでした。桜井、吉野、そして私の三人の異常な関係は、それから十四年続きました。

その危なっかしい関係が、危ないまま、しかし表面上は何も起こらず、最初の破局が訪れるまでに十四年もの月日が流れたというのは、今でも私には信じられないことです。

十四年目——つまり去年の末、吉野が竜子という女給と関係をもち、竜子に店をやらせ、私を追い出そうとしているとバーテンから聞かされたとき、今度こそ吉野は本気なのだと思いました。私は包丁を握るような惨《みじ》めな真似《まね》までし、私を棄てたら夫殺しのことは全部警察に話す、証拠の薬壜を桜井が握っているのだと脅し文句まで言って吉野に縋りましたが、吉野は、お前も共犯者なんだ、そんなことができるはずがない、と相手にさえしませんでした。事実、私にできる筈がありませんでした。十五年前に殺人事件など起こってはいないのですから。時効が近づいていましたし、月々習慣のように送られてくる脅迫状も、もう以前のように吉野を怯えさせることはなくなっていたのです。私はそこで時効が迫り桜井も最後の賭《か》けに出ようとしているという形にして、脅迫状に今までにない大金を書きこみました。脅迫状は今度も効を奏し、吉野は竜子と逢うことも諦《あきら》め、暗い顔で黙りこむようになりました。そうして、たぶん私があんまり大きな金額を書きこんだために、桜井の今後の出方を恐れたのでしょう、それからまもなく吉野は、「いっそ殺してしまおうか」思いがけないことを言い出したのです。今ではもう昔の面影も、痩《や》せ衰えた老人臭い顔に消え果ててしまった吉野でしたが、そう言った時の目の色だけは、十五年前、あの工場裏で私に薬壜を渡したときと同じでした。

予想もしなかったことではありましたが、しかし私は気持のどこかで吉野がそう言い出すのを待っていたと思います。私は黙って肯《うなず》きました。どのみち桜井は、私にとって危険な証人でした。吉野にとっては実は何の意味もない男でしたが、私にとっては私と吉野の絆を断つに充分な秘密を握っている男でした。それにその頃、私と桜井の関係も暗礁《あんしょう》にのりあげていたのです。金も貯《た》まり、脅迫者の役にも疲れ始め、昔のようには私の躰への興味も薄れてしまっていた桜井は、そろそろ私との関係を清算したがっていたのです。

しかし、私が吉野の言葉に肯いたのは何より、今度こそ本当に吉野の手を犯罪で汚させたかったからです。私が十四年苦しみ続けたのは、何より、吉野が本当は犯罪者ではなく、私と吉野の繋がりが私の嘘だけに支えられていることでした。今度こそ本当に吉野に人殺しを犯させ、吉野を縛る本物の綱を自分の手にしたかったのです。事実、殺した桜井の死《し》骸《がい》を埋めにいって、夜明けごろアパートに戻った吉野は獣のように私に襲いかかってきました。あの時の吉野の力や体臭や熱さを今も私は忘れることができません。窓の外を吹きぬける夜明けの風の音を聞きながら、このときも私は「これでいいのだ」と胸の中で呟《つぶや》き続けていました。

桜井を殺害した後、私が再び脅迫状を出す気になったのは、いったいなぜなのか、私にもわかりません。一度脅迫状の味を覚えてしまったために(それは脅迫状が届く度に私をいつもより強く抱きしめる吉野の躰の味でもあったのですが)嘘に嘘を重ねるうちにもう嘘をつかなければ生きていけなくなった愚か者になりさがっていたのか、それとも時効が近づき、このまま桜井殺しが発覚しなければ、吉野を繋ぎとめておく綱がなくなってしまうのを恐れたのか、ともかく私はもう一度脅迫状を送ることにしたのです。そのために私は、今日まで脅迫を続けていたのが桜井ひとりではなく、桜井とグルになっていたもう一人の男がいるというデッチあげを吉野に信じさせることにしました。見知らぬ男の声で電話があり、その男が桜井の消息を知りたがっていたと吉野に言いました。男からはその後何度も電話がかかったように思わせ、あの声はもしかしたら田口という医者かもしれない、そう言えば、桜井が田口と今も時々つきあっているようなことを言っていたと嘘に嘘を重ねました。誰でもよかったのですが、田口医師を新しい脅迫者に選んだ理由は、田口なら十五年前の犯罪を知っていてもおかしくないこと、桜井と接触していても不自然ではないこと、田口があの後医院を閉じて川崎の一隅《いちぐう》で、いかにも胡散臭《うさんくさ》い暮しをしていたためです。

小心な吉野が、じかに田口に逢いにいく心配はなかったので、私は自分が調べてくると言って家を出ました。実際に田口に逢ったのですが、何も話すことはなく、ただつまらぬ世間話をしただけでした。田口との会話で後に役に立ったことといえば、田口が当時の診療記録をもっており、夫が死んだのが台風の晩だったことをはっきり憶《おぼ》えていたことだけです。桜井を殺した直後で、その記憶がまだ生々しかったのか、アパートに戻り私がついた嘘を吉野は何一つ疑うことなく、信じこみました。そして今年の三月に田口から脅迫状が届くころには竜子のことをもう口にすることもなく、私を——自分には私という女しかいないというように私だけを、求めるようになっていたのです。

そのままいけば、再び私は脅迫状を送り続け、今までと同じ十五年がまた過ぎただけだったのかもしれません。しかし田口からの脅迫状を偶然、歌江に読まれ、歌江までが脅迫を始め、のっぴきならぬ状態に追いこまれた吉野は、私の誤字を歌江が読み違えていることを利用して、十五年前の殺人事件と去年の殺人事件の二つを同時に時効にするあの途方もない芝居を思いついたのです。私が今度も吉野の言葉に黙って肯いたのは、その芝居の目的の一つが田口を殺すことにあったからです。田口はどのみちいつか邪魔になる存在でしたし、桜井同様、吉野が十五年前宮原を殺していないこと——宮原が単なる病死であったことを知っている恐ろしい証人だったのです。

十五年前ついた小さな嘘は、もうどうしようもなく私を追いつめ、嘘に嘘を重ねているうちに私は完全に自分を見失っていました。私は自分の方が吉野よりずっと恐ろしい罪を犯していることも忘れ、自分の思いついた計画に夢中になり、犯罪を重ね、私の仕掛けた縄《なわ》に縛られて自滅の奈落へと落ちていく一人の男を、満足さえ覚えながら黙って見守っていたのでした。

こうして、吉野と私は共犯者でありながら、別々の目的を抱いて計画の細部までも検討し合い——九月十五日、十五年前の架空の犯罪が時効になるのを待って、吉野は、先生を訪ねたのでした。

十五年間。

長い、長すぎる一人の犯罪者の年月でした。犯罪を犯さなかったためにその犯罪よりもっと大きな罪で、十五年を生きてしまった一人の愚かな女の年月でした。

犯罪には時効がありますが、犯罪を犯さなかった私の罪には時効がありません。ただ永遠に続く果てしない時の流れがあるだけです。私はその果てることのない年月に疲れ果て、吉野を殺しました。

　後悔はしていません。後悔があるとすれば、夫が死んで三ヵ月目に吉野がもうあの若い娘と関係をもったときに、なぜ吉野を殺してしまわなかったのか、そのことだけです。そうすれば私は、桜井と田口という何の罪もない二人の男を殺さずに済んだのですから——吉野が卑劣な男だったことは、十五年前、薬を私に渡して、自分は留守にするから一人でやれと言ったときに気づくべきでした。

　いいえあのときもう気づいていました。気づいていながら、私には吉野にすがる他なかったのです。今私の傍《そば》に横たわっている一人の男には、もう以前の面影はわずかも残っていません。十五年という年月は、私の罪の真の被害者だったかもしれないこの一人の男からも、全《すべ》てを奪いました。細く尖《とが》った小心そうな顎《あご》や、落ち窪《くぼ》んだ目や卑怯《ひきょう》そうな薄い唇《くちびる》を眺《なが》めながら、しかし、今も私は、私にはこの男しかいなかったのだと思っています。私の躰には鎖の跡があります。それは桜井との恥ずべき関係で私の肌《はだ》に染みついてしまったものですが、本当に私の躰を鉄の鎖で縛りあげていたのは、吉野正次郎というこの一人の男でした。

　先生——

　今の私は、法の裁きを待つ身ですが、しかし私を真の意味で裁き罰する権利があるのは、法などではありません。

あの時の小さな空です。

十五年前、私が何も罪を犯さなかったことを見ていた、あの一ひらの空です。

あの一片の空は、白い澄んだ色で、十五年、私の嘘を見つめ続けてきたのです。

先生に初めて逢った晩、私は先生の目にあの空の色を見ました。

私が誰よりまず、先生に、この真相を書いた手紙を読んで欲しいと願っているのは、たぶん、そのせいだと思います。

解説

泡坂妻夫

今から二十四年前、超能力者、ユリ・ゲラーがテレビでスプーン曲げのブームを起こした昭和四十九年の末、私は近所にある本屋で風変わりな雑誌を手にしていた。『幻影城』という書名で「探偵小説専門誌」と角書《つのが》きが添えられているにもかかわらず、その創刊号は「日本のSF特集」なのであった。ちなみに「本格探偵小説特集」が組まれたのは三号である。

昭和三十年代からミステリー界は松本清張をはじめとする社会派推理小説の時代であった。横溝正史の再評価がはじまったものの、トリックとロマンを重視する小説は過去のものだとされ、探偵小説という呼び名も忘れられようとしていた時代であった。そうしたとき、あえて「探偵小説専門誌」とうたった雑誌の出現は、マニアにとっては一つの事件だった。

『幻影城』創刊号には、埋もれた過去の名作を発掘して読者に提供するとともに、戦後の新しい評論家の研究成果を紹介し、ゆくゆくは新しい作品も登場させせたい、という意味の編集長・島崎博氏の言葉が語られていた。

あとで判《わか》ったのだが、島崎氏はワセダ・ミステリ・クラブに所属していて、探偵小説の厖大《ぼうだい》なコレクションの中から名作が選び抜かれていたのだ。

私が、『幻影城』に興味を持って見守っていると、第一回の新人賞が募集された。ちょうど本業が暇な夏だった。私は昔ながらの探偵小説を書き、一篇を投じた。これが幸い佳作入選になり、活字になった。

連城さんもその『幻影城』に応募した。第三回の新人賞入選作「変調二人羽織」である。デビューは一応私の方が先輩なのだが、私は佳作で連城さんは入選。格は連城さんの方が上なのである。

『幻影城』は廃刊になるまで、四回の新人賞を募集し、小説部門と評論部門にそれぞれ十篇以上の入選・佳作作品を発表した。だが、探偵小説専門誌と謳《うた》っても、小説の入選作は本格探偵小説だけとは限らなかった。怪奇、幻想、SFといったいわゆる変格物も多く含まれていた。

連城さんははじめ本格推理作家として出発した。第一作「変調二人羽織」はトリッキーな作であると同時に、ユーモアを備え、更に東京の上空に鶴を舞わせるといったシュールな味わいもあった。私は一読して、本格派に有力な味方が出現した、と思ったのだが、それは連城さんの才能の片鱗《へんりん》を見たにすぎなかったのである。

昭和五十三年『幻影城』五月号の「幻影城作家書下しオンパレード特集」に、連城さんは第三作目「六花の印」を発表する。早速読みはじめた私は小説の舞台が明治期の新橋ステーションということにまずびっくりした。

明治物を書くのは難しいとされている。私たちは明治を知らないが、世の中には明治に育ったお年寄りもいる。時代考証の基本を押え、あとは空想を働かすという、時代小説のようにはいかないからだ。にもかかわらず、この若い新人は美しい文章で明治の空気を描写することに成功していた。

更に読み進むと、この小説は過去と現在とが重なり合い、交錯《こうさく》し微妙なずれを起こすという、凝ったプロットで、結末の意外性とともに、小説作りの粋《すい》を極めていたのである。

しかし——ここでも連城さんはその才能の全貌《ぜんぼう》を現わしたわけではなかった。

島崎編集長は新人賞が決まると、入選者を集め、私たちに紹介してくれた。

初対面の連城さんは、長身の美男子というだけで、あまり強い印象は受けなかった。連城さんは立居《たちい》にも目立つところがなく、話し掛けても小声で口数少なく答える人だった。その穏《おだ》やかさは酒が入っても変わらず、親しく付き合うようになっても同じであった。

「ボク、だめなんです」と言うのが口癖の連城さんは、謙譲の人というより、含羞《がんしゅう》の人であった。だが、作品を読めば、連城さんがただの含羞の人でないことはすぐに判る。穏やかな外見とは関係なく、連城さんの身体に流れる血は熱く、愛憎《あいぞう》を溶かしこんで、煮えたぎっているのである。これは、ミステリーファンにとっては、この上なく幸せなことに違いない。

原稿用紙に向かうとき、連城さんは好んでサインペンを使う。

その筆勢は逞《たく》ましく、伸びやかで美しく、奔放《ほんぽう》と言いたいほどだ。それが決して誇張ではない証拠に、短篇集『密《ひそ》やかな喪服《もふく》』(昭和五十七年、講談社刊)の本の見返しに、黒地に白抜きで、生原稿の文字がデザインに使われているのを見れば納得されるだろう。

連城さんが机に向かうと、いつも秘められている身体の奥の情火が、腕を通してペンの先に火をつける。その火で連城さんは原稿用紙を焦《こが》しながら、小説を書き進めていくのである。

そんなイメージを私に与えたのは、『幻影城』に発表された「藤の香」をはじめとする花葬シリーズであった。そのシリーズが完結しないうち『幻影城』が廃刊になってしまった。

『幻影城』が創刊されて四年半。私が幻影城作家になってから三年半。連城さんは一年半という短い付き合いだったが、連城さんははじめての短篇集のあとがきで「花でいえば、土壌は幻影城、種を蒔《ま》いてくれたのは、その編集者だった島崎博氏ということになります。今、僕のすみかだった一つの城への感慨をこめて、だから最初のお礼を島崎氏に言います」と書いている。わずか一年半だが、忘れ難《がた》い日々だったに違いない。

その後、連城さんは一般小説雑誌に花葬シリーズを書き継ぎ、その独自な作風は広く知られるようになった。『戻り川心中』（昭和五十五年、講談社刊）で第三十四回日本推理作家協会賞受賞、本書『宵待草夜情』（昭和五十八年、新潮社刊）で第五回吉川英治文学新人賞を、『恋文』（昭和五十九年、新潮社刊）で第九十一回直木賞をそれぞれ受賞、まさに破竹《はちく》の勢いであった。

思えばデビュー当時、連城さんは「探偵小説と言っても時に探偵の二字に興味がいくかい、小説の二字に心が動くか、四字まとめて一つの小説ジャンルを形成しているのだと、そんなことが言いたかったようです」と、エッセーに書いている。

今でこそ誰でもお題目のように、ミステリーは人間が描けていなければいけない、と言うが、当時はまだトリック重視の探偵小説では文学性はむしろ邪魔だという見方をする人が多かった。そのあまり、架空の絵空事《えそらごと》に堕《だ》していった探偵小説に活《かつ》を入れるように、リアリズムに徹した社会派推理小説が擡頭《たいとう》したのであった。そして、リアリズムの代償としてロマンの味が薄れてしまった。

連城さんが言う探偵と小説は、知と情と言い替えてもいいだろう。水と油とに等しいこの二つを結び付けるという「宣言」を、連城さんは着実に実行に移していった。

探偵小説の海に出航した連城さんが、すでに帆一杯の風を受け、快調な船足で走りはじめたころの作品集が本書『宵待草夜情』である。それにしても連城さんの小説作りは過激だ。

ともすると、探偵に重点を置くために小説の方を少々遠慮する。あるいは小説を強く押し出すため探偵の方を手薄にする、といったような安手な方法を取らない。連城さんの場合、いつも両者は激越を極める。

はじめの「能師の妻」では二人の主人公の火花を散らす争いを軸にしながら、結末では凄《すさ》まじい企みが用意されている。小説の舞台には華やかな明治期の能の世界、描くには流麗な文章。冒頭、酸鼻《さんび》なバラバラ事件を描くにも、作者は桜の花を添えずにはいられないのであった。

「野辺の露」もまた、大正期、書簡体である。しっとりと語られていくのは、愛憎劇である、と思うと最後には仰天《ぎょうてん》のどんでん返しが待ち構えている。

表題作「宵待草夜情」も、大正期の竹久夢二が描くようなカフェで幕を開ける。連城さんにいつも感心するのだが、作中の二人の男女が出会い、お互いの心を確かめ合うまでの過程が素晴らしい。この作では特に優れていると思う。勿論《もちろん》、探偵の方にも抜かりはないのだ。

「花虐の賦」は探偵の方のふしぎな逆説に肝《きも》を潰《つぶ》してしまった。肝を潰したといえば「未完の盛装」も奇抜な発想で驚かされた。

と、なんだか生煮えのような文章しか書けないのは、探偵小説解説の常として宥《ゆる》していただくことにして、なにはともあれ、連城さんの傑作群をたっぷり味わって下さい。

（あわさか・つまお／作家）

初出一覧

「能師の妻」　「別冊文藝春秋」　昭和五十六年夏号

「野辺の露」　「小説新潮」　昭和五十七年九月号

「宵待草夜情」　「小説新潮スペシャル」　昭和五十六年秋号

「花虐の賦」　「小説新潮」　昭和五十七年二月号

「未完の盛装」　「別冊小説現代」　昭和五十七年冬号

※本書は新潮文庫（昭和六十二年二月）を底本にしました。

Haruki Bunko
ハルキ文庫

れ 1-10

宵《よい》待《まち》草《ぐさ》夜《よ》情《じょう》（新装版）

著者 連城《れんじょう》三《み》紀《き》彦《ひこ》

1998年7月18日第一刷発行
2015年5月18日 新装版 第一刷発行

発行者 角川春樹

発行所 株式会社角川春樹事務所
〒102-0074 東京都千代田区九段南2-1-30 イタリア文化会館

電話 03（3263）5247（編集）
03（3263）5881（営業）

印刷・製本 中央精版印刷株式会社

フォーマット・デザイン 芦澤泰偉
表紙イラストレーション 門坂 流

ISBN978-4-7584-3905-3 C0193 ©2015 Mikihiko Renjô Printed in Japan
http://www.kadokawaharuki.co.jp/［営業］
fanmail@kadokawaharuki.co.jp［編集］ ご意見・ご感想をお寄せください。